董学增　主编

增定词谱全编

第一册

北京燕山出版社

图书在版编目（ＣＩＰ）数据

增定词谱全编 / 董学增主编. -- 北京 ： 北京燕山
出版社，2021.4
ISBN 978-7-5402-6049-1

Ⅰ. ①增… Ⅱ. ①董… Ⅲ. ①词谱－中国－古代
Ⅳ. ①I207.23

中国版本图书馆CIP数据核字(2021)第035606号

ISBN 978-7-5402-6049-1

9 787540 260491 >

增定词谱全编

主　　编：董学增
责任编辑：刘朝霞
封面设计：采薇阁
出版发行：北京燕山出版社有限公司
社　　址：北京市丰台区东铁匠营苇子坑 138 号 C 座
邮　　编：100079
电话传真：86-10-65240430（总编室）
印　　刷：广东虎彩云印刷有限公司
开　　本：787×1092　1/16
字　　数：1239 千字
印　　张：157.5
版　　别：2021 年 04 月第 1 版
印　　次：2021 年 04 月第 1 次印刷
ＩＳＢＮ　978-7-5402-6049-1
定　　价：4980.00 元　　（全 5 册）

前 言

　　词和诗、曲，为我国古代主要的韵文格式。词和诗（近体诗）在文字上的最大区别，在于一首词的各句有"长短"，所以词被称为"长短句"。而词和诗在本质上的区别，则在于词的文字与乐谱的紧密结合，故此，词又被叫做"曲子词"。

　　诗的句子的字数，由最初的不固定到大量采用"四言"（如《诗经》），再进展到"五言"和"七言"，到唐朝时，构筑了"近体诗"的鼎盛。但字数的固定，也束缚了诗的表现能力，尤其是和音乐结合的能力。"五言""七言"，自然也可入乐，如李白的"清平乐"三首，可供载歌载舞。但在西域音乐传入以后，音乐的表现手法和表现能力有了长足的进展，这样，对配乐的文字有了更特殊、更高的要求。固定字数的诗句和音乐的匹配有点力不从心，所以促进了"长短句"的诞生。词，为了更好地配合乐曲应运而生。依乐谱而填词，为了配合音调，字要讲究平仄，甚至需要区别四声，所谓"调有定句，句有定字，字有定声"。当然，作了词再去谱曲，也不是不可以的。到南宋时，词的文字才逐渐和音乐剥离。

　　在唐、五代之际，词多为字数较少的"小令"，如《菩萨蛮》《忆秦娥》《南歌子》《忆江南》一类。到了宋代，词迅速发展，为了更好地表现词人的内心世界，字数较多的中调和慢词不断涌现。由于柳永、周邦彦、姜夔等大词人精通音律，"自度曲"成为滥觞，再加上添字、减字、偷声、摊破、重叠、合并等技法的大量应用，加快了新词牌产生的速度，造就了词的高峰——"宋词"。

　　由于词要讲究句数、字数、句读、平仄、用韵、对仗和各种表现手法（如叶韵、叠韵、叠句、领字等），自然需要对文字加以严格的约束，这就使词谱的产生成为必然。最早的词谱已经无法加以考证，但历史上还是有几本重要的词谱得以广泛流传。清代的词谱主要有：万树编著的《词律》，收了六百六十个词谱，分为一千一百八十余体；王奕清、陈廷敬等奉康熙之命编纂的《钦定词谱》，收词谱八百二十六调，共二千三百零六体。舒梦兰编有所谓《白香词谱》，实乃选词一百首，聊充百调词谱而已。现代的一些古典文学专家也编著有词谱，如：王力的《汉语诗律学》附载词谱二百零六调，二百五十余体；龙榆生的《唐宋词格律》收集一百五十三个词谱，二百九十六体。

各种词谱对词的规范和写作起到了一定的作用，但也存在明显的不足。词如何分谱？谱依何分体？缺少相对严格的依据，其中甚至有不少疏漏和谬误。词谱的混乱，有不少来自词的"同谱异名"现象。以较完善的词谱《词律》和《词榘》来看，《词律》就有洞庭春色、风中柳、鼓笛慢、桂华明、眉峰碧、望仙楼、惜分钗、惜双双令、惜余春慢、潇湘夜雨、绣带儿、月中行、摘红英、镇西等异名作为不同谱收入；而《词榘》则有鼓笛慢、桂华明、六幺、添字渔家傲、惜分钗、惜双双令、湘月、消息、忆故人、月中行、摘红英、镇西等异名作为不同谱收入。同一个词谱中的"体"，也是仁者见仁、智者见智，有的仅仅相差一韵或某一句句读略有差异，就分列出若干个"体"来。

词谱的制定，离不开存世的词作。据不完全统计，唐五代约存词近二千七百首，分为一百六十谱；宋词存词约二万余首，分为约九百三十谱；金元词约存词近七千三百首，分为五百余谱。根据作者对元以前三万余首词的分谱排列研究，除纯五、七言词外，真正不同的约为一千零二十六谱。另外，张璋、饶宗颐所编之《全明词》约收词二万首，南京大学全清词编纂研究室《全清词（顺康卷）》约收词五万余首。《全明词》中词谱别名交杂，未加梳理，有八百左右词谱名，而《全清词（顺康卷）》五万余首词所涉词谱不超过二百五十调。历史上出现的词谱，消涨不一，唐五代的词谱有不少入宋时已无人或罕见有人填写，宋时所创词谱，相当多数在宋代已无人或只有极少数人在依其填作。有不少"自度曲"，仅见制谱者本人所填一两篇而已，可谓之只词孤谱。在一千零二十六谱中，词作存世仅一首的就有三百七十八谱！唐五代、宋、金元传承相填者不过五十四谱。追宗溯源，较为流行的词谱大概只在三百调左右。

本词谱以元以前存世词作作为研究、统计基础，参照各家所编词谱，尤其是集一代之力的《钦定词谱》。所选词作参见《全唐诗》《四印斋所刻词》《景刊宋金元明本词》《全宋词》《全金元词》等。本词谱共收列常用词牌三百零二谱，计五百十五体，非常用词牌六百零四谱，计六百八十二体。两者合计九百零六谱，一千一百九十七体。另收列未编校词牌一百二十调，五、七言词牌六十一调。总计收入词牌一千零八十七调，亦可谓之"增定"矣

　　为利于读者更好、更快地掌握词的规律，欣赏前人的优秀词作，作者由未刊印著作《词分谱汇集》中，精选出例词三千三百九十八首，其中常用词谱例词二千二百六十四首，非常用词谱例词七百六十八首，未编校词谱例词二百二十五首，五、七言词谱例词一百四十一首。三千多首词的选入，使得本词谱不仅是一本词学的工具书，而且称得上是一本较为全面的金元之前词的词选。

　　另外，为了让读者对词有更为全面的了解与认识，更方便词学爱好者运用好这本工具书，本书特列入附录六项：一、词分谱划代统计表。二、词谱对照表。三、词谱溯源。四、词谱分类检索：1. 按用韵检索；2. 按字数检索。五、词人小传。六、词林正韵。

　　本词谱沿用或新创注释符号若干，以期符号与文字相分离时，注释符号自身即可单独成谱。此类似乐谱，可称其为"词谱"。

　　《增定词谱全编》编定，耗时十八载，竭尽心血，特于此求教于词坛方家，并祈效力于各位词学爱好者。彰显古国文明，鼓吹千年词学，愿与诸君共勉之。

董学增

二〇一九年春

序

　　董公学增先生之《增定词谱》付梓经年。今重新补定再版，嘱余弁乎于前。余何以序先生，谨以数言而达恭敬之心。今坛坫词人亦多蒙先生惠赐词谱，余每于案头见先生所编谱系，无不感念。想见其十载灯窗，苦心孤诣。而先生今逾古稀之年，复重新校定增删，终得集词谱之大成也。

　　学增先生生长于沪上，深得江南山水之灵秀。而其雅心素志本亦有自，其少年时得承郑逸梅先生言传身教。而平生犹擅倚声之学，其词赋作品，无不惬于心者而后成，而才智深美，仁心端肃，更为同侪所称羡。其儒雅风范足以沾概草木人物焉。先生复执吟旆于吴门，亦自能开风气之先。无论同仁弟子，皆以文心相交谊，更雅调同求，阳春白雪得见于林莽高山也。

　　先生于倚声之余，潜心韵律偏诣之学。唐宋以降，其以才力穷尽声韵之学者不乏其人。且每以诗词文章为其学养先导，唯此始见溯源发微之功。而先生效法前贤，焚膏继晷，恒兀兀以穷年。正如钱牧斋为时人序中所言："吾知珠不在岘湖，宝不在楚州，而焰焰者在黼臣之卷牍之间也。"盖自古词律数千谱系，编纂者必得披沙拣金，非于古词谱参酌殆遍，不可安排增定也。而其检索补遗之功，亦正在于精微周备处。考其声韵之学，本为寂寞之学。文士每有心而难为，唯有古今惟诚且愚者，能寂寞其身而潜心为之。而词谱大系，犹若人间秩序，唯合于理，始能通乎道；唯通于道，始能形乎器。形乎器乃为有用，正可谓：无声无臭独知时，此为词心万有基。

　　盖今人所延用古谱，版本驳杂，所选词例亦固有限。康熙《钦定词谱》收词谱826调，2306体。虽为大全，而鲜见词例。而其他谱系亦难免疏漏谬误。而学增先生增定词谱，非主流者既有七百余调。为鼓吹历代词学，复精心选

1

用词例三千余首，茫茫沧海，白雪千堆；郁郁青山，云烟万叠。操雅调者信可被之管弦，拣选妙韵而吟唱矣。

　　学增先生尝戏言曰：余十年为增定词谱，诚为余自己所取用方便焉。善哉，为己而及人，为人而惠及雅道，先生为己之学不亦大哉。是为序。

　　　　　　　　　　　　　　　丁酉中秋陈逸卿识于澡雪斋

凡 例

（一）　本词谱计收一千零八十六调，其中常用词谱三百零二调，非常用词谱六百零三调，未编校词谱一百二十调，五、七言词谱六十一调。每谱后附列例词若干，全书共收纳例词三千零三十一首。以词谱名汉语拼音为序。

（二）　每一词谱名下注明其体数及别称。字数相同且仅有个别句句读、用韵有别的列为同一体。

（三）　字数、句式相差太多仅仅谱名相同的分列为不同词谱。

（四）　各谱的定格（体），词和平仄等标注一起列出，一谱有多个定格时亦然。

（五）　一谱多体者，其变体凡平仄两可之处（"应仄可平"或"应平可仄"），可参照正体（正格）。"应仄可平"及"应平可仄"实质一也，其别在于源词（开宗之词）及律句之一般定则。

（六）　注释符号如下："○"表平声字，"●"表仄声字，"△"表平韵，"▲"表仄韵，"▼"表叶仄，"▽"表叶平，"◇"表换平韵，"◆"表换仄韵，"◉"表应仄可平、应平可仄，"；"表断句，"、"表句读，字或句的下划线"＿"表叠字或叠句。注释符号可独立成谱。（按："应仄可平"及"应平可仄"亦可并列为"可平可仄"，只以符号"◉"表示之。）

（七）　凡一句中连续三字以上标注可平可仄，需对照例词适当运用。一般不连用三平、四平，或三仄、四仄，例词特定用法除外且应遵之。

（八）　词谱溯源仅以元以前词为界。共纳入一千零八十七谱，不计除《玉楼春》《瑞鹧鸪》《生查子》外的纯五、七言词六十一谱，则为一千零二十六谱。

（九）　　词、曲同源，本谱从前人惯例，杂有后亦为曲的调名。

（十）　　例词未加注解以节省篇幅。

（十一）　上阕第一句或第一片（起句、起片）简称为"上起"，下阕最后一句或最后一片（结句、结片）简称为"下结"，其余简称类推。

总目录

附录：

跋

第一册　目录

常用词谱（一）

常用词谱（一）

1. 安公子　（六体）

正体　双调一百六字，上下阕各八句，六仄韵

晁端礼

渐渐东风暖。杏梢梅萼红深浅。
⊙●○○▲　　●○○⊙○▲

正好花前携素手，却云飞雨散。是即是、从来好事多磨难。
⊙●○○○●●；●○○⊙▲　⊙●●、○○⊙●○○▲

就中我、与你才相见。便世间烦恼，受了千千万万。
⊙○●、⊙●○○▲　●●○○●；⊙●○○⊙▲

回首空肠断。甚时与你同欢宴。
⊙●○○▲　⊙○⊙●○○▲

但得人心长在了，管天须开眼。又只恐、日疏日远衷肠变。
⊙●○○○●●；⊙○○▲　●●●、●○●●○○▲

便忘了、当本深深愿。待寄封书去，更与丁宁一遍。
⊙●●、⊙●○○▲　●⊙●○○●；○○⊙●○▲

（上下阕句式似同。上下阕第四、第七句例用一字领。柳永别体，上阕
第四句少一字：⊙○○▲。）

变体一　双调一百四字，上下阕各八句，六仄韵

晁补之

送进道四弟赴官无为

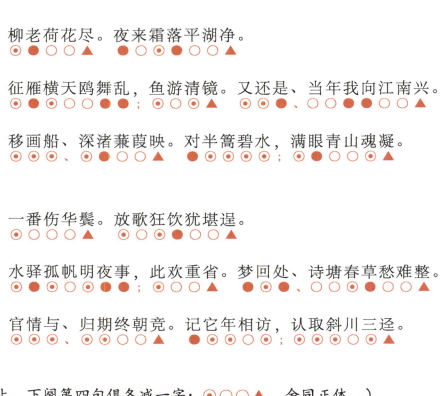

柳老荷花尽。夜来霜落平湖净。
⊙●⊙○▲　⊙●○⊙⊙○▲

征雁横天鸥舞乱，鱼游清镜。又还是、当年我向江南兴。
⊙●⊙○○●●；⊙○○▲　⊙●●、○○●●○○▲

移画船、深渚蒹葭映。对半篙碧水，满眼青山魂凝。
⊙●○、⊙●○○▲　⊙●○○●；⊙●○○○▲

一番伤华鬓。放歌狂饮犹堪逞。
⊙○○○▲　⊙○○●○○▲

水驿孤帆明夜事，此欢重省。梦回处、诗塘春草愁难整。
⊙●○○○●●；⊙○○▲　⊙●●、○○○●○○▲

官情与、归期终朝竞。记它年相访，认取斜川三迳。
⊙○●、⊙○○○▲　●⊙○○●，○●○○○▲

（上、下阕第四句俱各减一字：⊙○○▲，余同正体。）

变体二　双调一百二字，上下阕各八句，六仄韵

陆　游

风雨初经社。子规声里春光谢。
⊙●○○▲　　●○○●○○▲

最是无情零落尽，蔷薇一架。况我今年，憔悴幽窗下。
⊙●○○○●●；⊙●○▲　●●○○；⊙○○●▲

人尽怪、诗酒消声价。向药炉经卷，忘却莺窗柳榭。
⊙○●、○●○○▲　●○○○●；⊙○○●○▲

万事收心也。粉痕犹在香罗帕。
⊙●○○▲　●○○●○○▲

恨月愁花争信道，如今都罢。空忆前身，便面章台马。
⊙●○○○●●；⊙○○▲　●●○○；⊙●○○▲

因自来、禁得心肠怕。纵遇歌逢酒，但说京都旧话。
⊙○○、⊙●○○▲　●○○●○；⊙●○○○▲

　　（上、下阕第四句俱各减一字：⊙○○▲。上、下阕第五句减一字重组为四字一句、五字一句：⊙●○○；⊙●○○▲，余同正体。

变体三　双调一百六字，上下阕各八句，六仄韵

杜安世

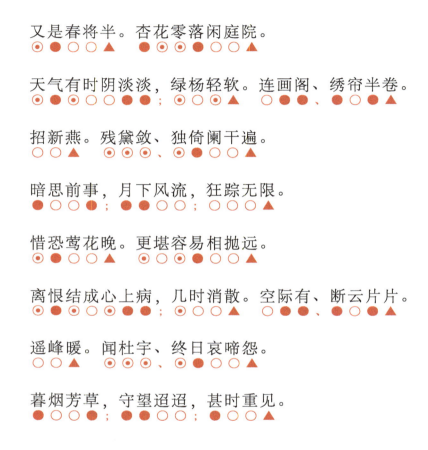

又是春将半。杏花零落闲庭院。

天气有时阴淡淡，绿杨轻软。连画阁、绣帘半卷。

招新燕。残黛敛、独倚阑干遍。

暗思前事，月下风流，狂踪无限。

惜恐莺花晚。更堪容易相抛远。

离恨结成心上病，几时消散。空际有、断云片片。

遥峰暖。闻杜宇、终日哀啼怨。

暮烟芳草，守望迢迢，甚时重见。

（上、下阕第四句俱各减一字：⊙○○▲；第五句重组为七字一句、三字一句：○●●、●○●▲　○○▲；末两句重组为四字三句：●○○●；●●○○；⊙○○▲。余同正体。）

变体四　双调一百五字，上下阕各八句，六仄韵

晁端礼

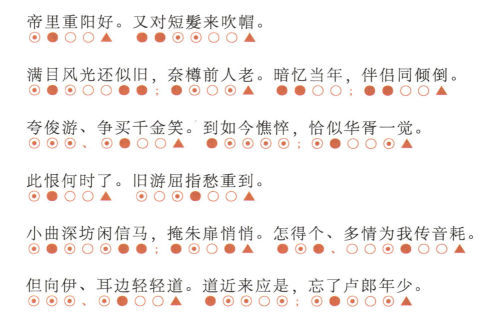

帝里重阳好。又对短髮来吹帽。
⊙●○○▲　●●⊙○○▲

满目风光还似旧，奈樽前人老。暗忆当年，伴侣同倾倒。
⊙●○○⊙●；⊙●○○▲　●●○○；⊙●○○▲

夸俊游、争买千金笑。到如今憔悴，恰似华胥一觉。
⊙●⊙、⊙●○○▲　⊙○○⊙●；⊙●○○▲

此恨何时了。旧游屈指愁重到。
⊙●○○▲　⊙○⊙●○○▲

小曲深坊闲信马，掩朱扉悄悄。怎得个、多情为我传音耗。
⊙●○○⊙●；⊙○○▲　●●●、⊙○⊙●○○▲

但向伊、耳边轻轻道。道近来应是，忘了卢郎年少。
⊙●○、⊙○○●○▲　●●○⊙●；⊙●●○○▲

（上阕第五句减一字重组为四字一句、五字一句：●●○○；
●●●○○▲，余同正体。晁补之和词别体，上阕第五、第六两句合并后添
一字同下阕第五句。）

安公子　双调八十字，上阕八句四仄韵，下阕七句三仄韵

柳　永

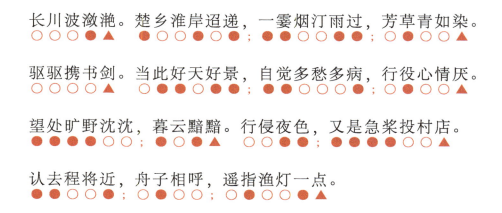

长川波潋滟。楚乡淮岸迢递，一霎烟汀雨过，芳草青如染。
〇〇〇●▲　　〇●〇●〇●；〇●〇〇●●；〇〇〇〇▲

驱驱携书剑。当此好天好景，自觉多愁多病，行役心情厌。
〇〇〇●▲　　〇●〇〇●●；〇●〇〇〇●；〇●〇〇▲

望处旷野沈沈，暮云黯黯。行侵夜色，又是急桨投村店。
●●●●〇〇；●〇●▲　　〇〇●●；●●〇〇〇〇▲

认去程将近，舟子相呼，遥指渔灯一点。
●●〇〇●；〇●〇〇；〇〇〇●〇▲

（此首收于《乐章集》下，标为中吕调，迥异于般涉调之安公子。）

安公子　（宋词）

柳　永

远岸收残雨。雨残稍觉江天暮。拾翠汀洲人寂静，立双双鸥鹭。望几点、渔灯隐映蒹葭浦。停画桡、两两舟人语。道去程今夜，遥指前村烟树。　游宦成羁旅。短樯吟倚闲凝伫。万水千山迷远近，想乡关何处。自别后、风亭月榭孤欢聚。刚断肠、惹得离情苦。听杜宇声声，劝人不如归去。

安公子　（宋词）

晁端礼

渐渐东风暖。杏梢梅萼红深浅。正好花前携素手，却云飞雨散。是即是、从来好事多磨难。就中我、与你才相见。便世间烦恼，受了千千万万。　回首空肠断。甚时与你同欢宴。但得人心长在了，管天须开眼。又只恐、日疏日远衷肠变。便忘了、当本深深愿。待寄封书去，更与丁宁一遍。

安公子　（宋词）

袁去华

　　弱柳丝千缕。嫩黄匀遍鸦啼处。寒入罗衣春尚浅，过一番风雨。问燕子、来时绿水桥边路。曾画楼、见个人人否。料静掩云窗，尘满哀弦危柱。　　庾信愁如许。为谁都著眉端聚。独立东风弹泪眼，寄烟波东去。念永昼、春闲人倦如何度。闲傍枕、百啭黄鹂语。唤觉来厌厌，残照依然花坞。

2. 暗香 （二体）

正体 又名红情，双调九十七字，上阕九句五仄韵，下阕十句七仄韵

姜　夔

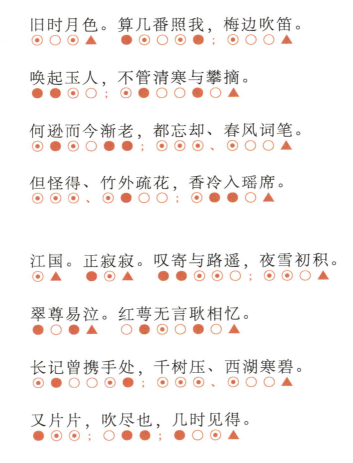

旧时月色。算几番照我，梅边吹笛。
⊙○⊙▲　●⊙⊙●；⊙○○▲

唤起玉人，不管清寒与攀摘。
●●⊙○；⊙○○●○▲

何逊而今渐老，都忘却、春风词笔。
⊙●○○⊙●；○⊙●、○○⊙▲

但怪得、竹外疏花，香冷入瑶席。
⊙●●、⊙●○○，○●●○▲

江国。正寂寂。叹寄与路遥，夜雪初积。
⊙▲　●⊙▲　⊙●●○○；⊙●○▲

翠尊易泣。红萼无言耿相忆。
●○●▲　○⊙○○●○▲

长记曾携手处，千树压、西湖寒碧。
⊙●○○⊙●　○●●、○○⊙▲

又片片，吹尽也，几时见得。
●⊙⊙；○●●；⊙○⊙▲

（多用入声韵。下起可不用短韵，即二字句与三字句并为一句。下阕第四句可不用韵。上阕第二句、下阕第三句例用一字领。下阕第三、第四句可重组为三字、六字各一句。）

变体　又名红情，双调九十七字，上阕九句五仄韵，下阕十句七仄韵

汪元量

　　西湖社友有千叶红梅，照水可爱。问之自来，乃旧内有此种。枝如柳梢，开花繁艳，兵后流落人间。对花泫然承脸而赋。

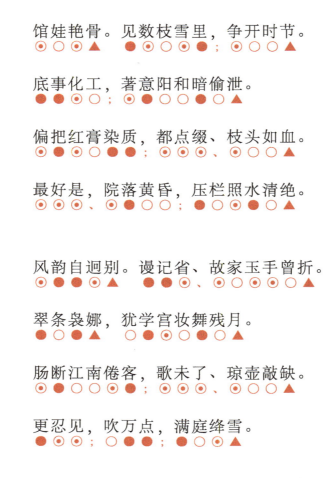

馆娃艳骨。见数枝雪里，争开时节。
⊙○▲　　●●●○●；⊙○○▲

底事化工，著意阳和暗偷泄。
●●⊙○；⊙●⊙○○●▲

偏把红膏染质，都点缀、枝头如血。
⊙●○○⊙●；⊙⊙●、⊙○○▲

最好是，院落黄昏，压栏照水清绝。
⊙●●、⊙●○○，⊙○⊙●○▲

风韵自迥别。谩记省、故家玉手曾折。
⊙●●⊙▲　●●●、⊙○⊙●○▲

翠条袅娜，犹学宫妆舞残月。
●○●▲　○●⊙○●○▲

肠断江南倦客，歌未了、琼壶敲缺。
⊙●○○⊙●；⊙●●、⊙○○▲

更忍见，吹万点，满庭绛雪。
●○⊙；○○●；⊙○●▲

　　（上结添一字：●○⊙●○▲。余同正体。）

暗香　（宋词）

吴文英

夷则宫　　送魏句滨宰吴县解组，分韵得阖字

县花谁葺。记满庭燕麦，朱扉斜阖。妙手作新，公馆青红晓云湿。天际疏星趁马，帘昼隙、冰弦三叠。尽换却，吴水吴烟，桃李靓春靥。　　风急。送帆叶。正雁水夜清，卧虹平帖。软红路接。涂粉闹深早催入。怀暖天香宴果，花队簇、轻轩银蜡。更问讯，湖上柳，两堤翠匣。

暗香　（宋词）

吴　潜

再和（姜夔）

雪来比色。对澹然一笑，休喧笙笛。莫怪广平，铁石心肠为伊折。偏是三花两蕊，消万古、才人骚笔。尚记得、醉卧东园，天幕地为席。　　回首往事寂。正雨暗雾昏，万种愁积。锦江路悄，媒聘音沉两空忆。终是茅檐竹户，难指望、凌烟金碧。憔悴了、羌管里，怨谁始得。

暗香　（宋词）

张　炎

送杜景斋归永嘉

　　猗兰声歇。抱孤琴思远，几番弹彻。洗耳无人，寂寂行歌古时月。一笑东风又急。黯消凝、恨听啼鴂。想少陵、还叹飘零，遣兴在吟箧。　　愁绝。更离别。待款语迟留，赋归心切。故园梦接。花影闲门掩春蝶。重访山中旧隐，有羁怀、未须轻说。莫相忘、堤上柳，此时共折。

3.八六子 （六体）

正体 又名感黄鹂，双调八十八字，上阕六句三平韵，下阕十一句五平韵

秦　观

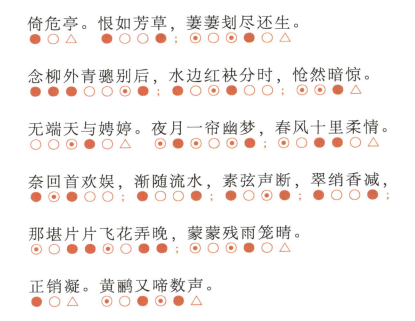

倚危亭。恨如芳草，萋萋刬尽还生。

念柳外青骢别后，水边红袂分时，怆然暗惊。

无端天与娉婷。夜月一帘幽梦，春风十里柔情。

奈回首欢娱，渐随流水，素弦声断，翠绡香减，

那堪片片飞花弄晚，蒙蒙残雨笼晴。

正销凝。黄鹂又啼数声。

（上阕第五句可用韵。上、下阕第四句例用一字领，下阕第八句例用二字领。）

变体一　又名感黄鹂，双调八十八字，上阕六句三平韵，下阕十一句五平韵

李　演

次笪房韵

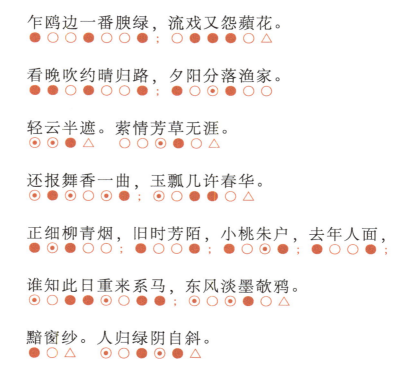

乍鸥边一番腴绿，流戏又怨蘋花。
● ○ ○ ● ○ ● ● ； ○ ● ● ● ○ △

看晚吹约晴归路，夕阳分落渔家。
● ● ○ ● ○ ○ ● ； ● ○ ◉ ● ○ △

轻云半遮。萦情芳草无涯。
◉ ○ ● △　　○ ○ ◉ ● ○ △

还报舞香一曲，玉瓢几许春华。
◉ ● ● ○ ○ ● ； ◉ ○ ● ● ○ △

正细柳青烟，旧时芳陌，小桃朱户，去年人面，
● ◉ ● ○ ○ ； ● ○ ○ ● ； ● ○ ○ ● ； ● ○ ○ ● ；

谁知此日重来系马，东风淡墨敧鸦。
◉ ○ ● ● ◉ ○ ● ● ； ○ ○ ◉ ● ○ △

黯窗纱。人归绿阴自斜。
● ○ △　　◉ ○ ● ○ ◉ ● △

（起两句合并，三、四句平仄异。余同正体。）

14

变体二　又名感黄鹂，双调九十一字，上阕六句三平韵，下阕十二句六平韵

晁补之

重九即事呈徐倅祖禹十六叔

喜秋晴。淡云萦缕，天高群雁南征。
● ○ △　 ● ○ ○ ○ ；　 ⊙ ○ ○ ● △

正露冷初减兰红，风紧潜凋柳翠，愁人漏长梦惊。
● ● ○ ○ ● ○ ○ ；　 ○ ● ○ ○ ● ● ；　 ○ ○ ● ○ ● △

重阳景物凄清。渐老何时无事，当歌好在多情。
○ ○ ● ⊙ ● ○ △　 ● ⊙ ○ ○ ○ ● ；　 ⊙ ○ ● ● ○ ○ △

暗自想朱颜，并游同醉，官名缰锁，世路蓬萍。
● ● ● ○ ○　 ○ ○ ○ ● ；　 ○ ○ ○ ● ；　 ● ● ○ △

难相见，赖有黄花满把，从教渌酒深倾。
⊙ ○ ● ；　 ● ● ○ ○ ● ● ；　 ⊙ ○ ● ● ○ △

醉休醒。醒来旧愁旋生。
● ○ △　　 ⊙ ○ ○ ● ● △

变体三　又名感黄鹂，双调八十九字，上阕六句三平韵，下阕十一句六平韵

杨　缵

牡丹次白云韵

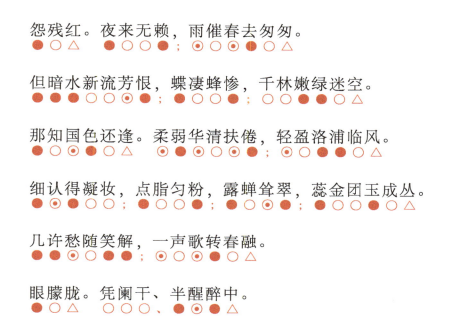

怨残红。夜来无赖，雨催春去匆匆。
●○△　　●○○●；◉○◉●○△

但暗水新流芳恨，蝶凄蜂惨，千林嫩绿迷空。
●●●○○●◉；●○○●；○○●●○△

那知国色还逢。柔弱华清扶倦，轻盈洛浦临风。
◉○●●○△　◉○○●○●；◉○●●○△

细认得凝妆，点脂匀粉，露蝉耸翠，蕊金团玉成丛。
●◉○○△；●○○●，●○○●，◉○○●○△

几许愁随笑解，一声歌转春融。
●●◉○●●；◉○◉●○△

眼朦胧。凭阑干、半醒醉中。
●○△　　○○○、◉◉●△

变体四　又名感黄鹂，双调九十字，上阕十句五平韵，下阕九句三平韵

杜　牧

洞房深。画屏灯照，山色凝翠沈沈。
●○△　●●○●；○●●○○△

听夜雨冷滴芭蕉，惊断红窗好梦，龙烟细飘绣衾。
●●●●○○；○●○○●●；○○●○●△

辞恩久归长信，凤帐萧疏，椒殿闲扃。辇路苔侵。
○○●○●；●●○○；○●○△　●●○△

绣帘垂，迟迟漏传丹禁。
●○○；○○●○○△

葬华偷悴，翠鬟羞整，愁坐望处，金舆渐远，何时彩仗重临。
●○○●；●○○●；○●●●；○○●●；○○●●○△

正消魂，梧桐又移翠阴。
●○○；○○○●●△

变体五　又名感黄鹂，双调九十一字，上阕九句五仄韵，下阕八句五仄韵

柳　永

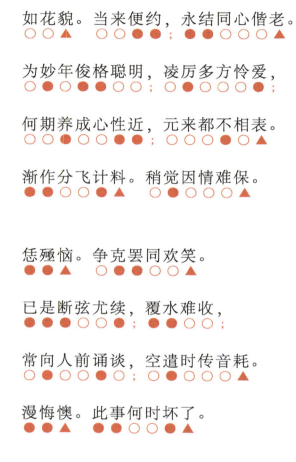

如花貌。当来便约，永结同心偕老。
○○▲　○●●●；●●○○○▲

为妙年俊格聪明，凌厉多方怜爱，
○●○●●○○；○○○○○●；

何期养成心性近，元来都不相表。
○○●○○●●；○○○●○▲

渐作分飞计料。稍觉因情难保。
●●○○○●▲　○●○○○▲

恁殢恼。争克罢同欢笑。
●●▲　○●●○○▲

已是断弦尤续，覆水难收，
●●●○○●；●●○○；

常向人前诵谈，空遣时传音耗。
○●○○●○；○●○○○▲

漫悔懊。此事何时坏了。
●●▲　●●○○○▲

（仄韵《八六子》，宋仅见此词。）

八六子　（宋词）

郑熏初

忆南洲。绀波萦绕，垂杨柳拂朱楼。念十载风流梦觉，满身花影人扶，旧曾暗游。　　无言空怆离忧。醉袖裹将红泪，吟笺写许清愁。试与问、杨琼解怜郎否。也应还是，旧家声价。而今艳质不来眼底，柔情终在心头。黯凝眸。黄昏月沉半钩。

4. 八声甘州 （一体）

正体 又名甘州、萧萧雨、宴瑶池双调九十七字，上阕九句四平韵；下阕十句四平韵

柳　永

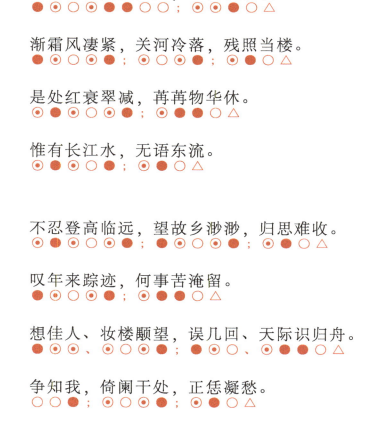

对潇潇暮雨洒江天，一番洗清秋。
● ◉ ● ● ◉ ● ○；◉ ◉ ● ○ △

渐霜风凄紧，关河冷落，残照当楼。
● ○ ○ ○ ●，○ ○ ● ●，◉ ● ○ △

是处红衰翠减，苒苒物华休。
◉ ● ○ ○ ● ●；◉ ◉ ● ○ △

惟有长江水，无语东流。
◉ ● ○ ○ ●；◉ ○ ○ △

不忍登高临远，望故乡渺渺，归思难收。
◉ ● ○ ○ ○ ●，● ◉ ○ ◉ ●；◉ ● ○ △

叹年来踪迹，何事苦淹留。
● ◉ ○ ○ ●；◉ ● ● ○ △

想佳人、妆楼颙望，误几回、天际识归舟。
● ◉ ○ 、◉ ○ ◉ ●；● ◉ ○ 、○ ● ● ○ △

争知我，倚阑干处，正恁凝愁。
○ ○ ● ；◉ ○ ○ ● ；◉ ● ○ △

（起句可押韵。起句、上阕第三句、下阕第二、四句例用一字领。下阕第六句偶有不作破读依旧用一字领者。上起可重组为三字一句、五字两句，或五字一句、八字一句，八字句读作三、五。八声甘州下阕大抵同此，有异者不足十首，不予校订。上阕增字、减字者更为少数，亦不予校订。）

20

八声甘州　（宋词）

辛弃疾

夜读李广传，不能寐。因念晁楚老、杨民瞻约同居山间，戏用李广事赋以寄之

故将军，饮罢夜归来，长亭解雕鞍。恨灞陵醉尉，匆匆未识，桃李无言。射虎山横一骑，裂石响惊弦。落托封侯事，岁晚田间。　　谁向桑麻杜曲，要短衣匹马，移住南山。看风流慷慨，谈笑过残年。汉开边、功名万里，甚当时、健者也曾闲。纱窗外，斜风细雨，一障轻寒。

八声甘州　（宋词）

赵希迈

竹西怀古

寒云飞万里，一番秋、一番搅离怀。向隋堤跃马，前时柳色，今度蒿莱。锦缆残香在否，枉被白鸥猜。千古扬州梦，一觉庭槐。　　歌吹竹西难问，抚菊边醉著，吟寄天涯。任红楼踪迹，茅屋染苍苔。几伤心、桥东片月，趁夜潮、浪痕入秦淮。潮回处，引西风恨，又渡江来。

八声甘州　　(宋词)

张元幹

西湖有感寄刘晞颜

　　记当年共饮醉画船，摇碧胃花钗。问苍颜华髮，烟蓑雨笠，何事重来。看尽人情物态，冷眼只堪哈。赖有西湖在，洗我尘埃。　　夜久波光山色，间淡妆浓抹，冰鉴雪开。更潮头千丈，江海两崔嵬。晓凉生、荷香扑面，洒天边、风露逼襟怀。谁同赏，通宵无寐，斜月低回。

八声甘州　　(宋词)

程　垓

　　问东君既解遣花开，不合放花飞。念春风枝上，一分花减，一半春归。忍见千红万翠，容易涨桃溪。花自随流水，无计追随。　　不忍凭高南望，记旧时行处，芳意菲菲。叹年来春减，花与故人非。总使□、梁园赋在，奈长卿、老去亦何为。空搔首，乱云堆里，立尽斜晖。

八声甘州　（宋词）

汤 恢

摘青梅荐酒甚残寒，犹怯苎萝衣。正柳腴花瘦，绿云冉冉，红雪霏霏。隔屋秦筝依约，谁品春词。回首繁华梦，流水斜晖。　　寄隐孤山山下，但一瓢饮水，深掩苔扉。羡青山有思，白鹤忘机。怅年华、不禁骚首，又天涯、弹泪送春归。销魂远，千山啼鴂，十里荼蘼。

八声甘州　（宋词）

黎廷瑞

金陵怀古

恨巨灵多事凿长江，消沉几英雄。恨乌江亭长，天机轻泄，说与重瞳。更恨南阳耕叟，撺掇紫髯翁。一弹金陵土，战虎争龙。　　杯酒凤凰台上，对石城流水，钟阜诸峰。问六朝陵阙，何处是遗踪。后庭花、更无留响，渺春潮、残照笛声中。悲欢梦，芜城杨柳，几度春风。

八声甘州（宋词）

张　炎

寄李筠房

望涓涓一水隐芙蓉，几被暮云遮。正凭高送目，西风断雁，残月平沙。未觉丹枫尽老，摇落已堪嗟。无避秋声处，愁满天涯。　　一自盟鸥别后，甚酒瓢诗锦，轻误年华。料荷衣初暖，不忍负烟霞。记前度剪灯一笑，再相逢、知在那人家。空山远，白云休赠，只赠梅花。

八声甘州　　（宋词）

郑梦协

大江流日夜，客心愁、不禁晚来风。把英雄□气，兴衰馀事，吹散无踪。但有山围故国，依旧夕阳中。直北神州路，几点飞鸿。　　欲问周郎赤壁，叹沙沉断戟，烟锁艨艟。听波声如语，空乱荻花丛。甚云间、平安信少，到黄昏、偏映落霞红。莼鲈美，扁舟归去，相伴渔翁。

八声甘州　（宋词）

陆　叡

送翁时可如宛陵

　　问缠腰跨鹤事如何，人生最风流。怕江边潮汐，世间歧路，只是离愁。白马青衫往事，赢得鬓先秋。目送红桥晚，几番行舟。　　兰珮空馀依黯，便南风吹水，人也难留。但从今别后，我亦似浮沤。敬亭上、半床琴月，记弹将、寒影落南州。秋声里，塞鸿来后，为尔登楼。

5. 拜星月慢　　(二体)

正体　　一名拜新月，双调一百零二字，上阕十句四仄韵，下阕八句六仄韵

周邦彦

高平　　秋思

夜色催更，清尘收露，小曲幽坊月暗。
●●○○；⊙○○●；⊙●○○▲

竹槛灯窗，识秋娘庭院。
●●○○；●○○○▲

笑相遇，似觉琼枝玉树，暖日明霞光烂。
●○●；●○○○●；●●○○⊙▲

水眄兰情，总平生稀见。画图中、旧识春风面。
⊙●○○；⊙○○●▲　●○○、○●○○▲

谁知道、自到瑶台畔。眷恋雨润云温，苦惊风吹散。
⊙○●、●●○○▲　⊙●●●○○，●○○○▲

念荒寒、寄宿无人馆。重门闭、败壁秋虫叹。
●○○、●●○○▲　○○●、⊙●○○▲

争奈向、一缕相思，隔溪山不断。
⊙●●、　⊙○○○；●○○●▲

（上阕第五句、下阕第四句及两结例用一字领。）

变体 一名拜新月，双调一百零四字，上阕十句四仄韵，下阕八句六仄韵

吴文英

林钟羽　姜石帚以盆莲数十置中庭，宴客其中

绛雪生凉，碧霞笼夜，小立中庭芜地。
●●○○；⊙○○●；⊙○○●▲

昨梦西湖，老扁舟身世。
●●○○；●○○●▲

叹游荡，暂赏吟花酌露，尊俎冷玉，红香曡洗。
●○●；⊙●○○●；○○●●；⊙○⊙▲

眼眩魂迷，古陶洲十里。
⊙●○○；●○○●▲

翠参差、澹月平芳砌。砖花滉、小浪鱼鳞起。
●○○、●●○○▲　⊙○○、●●○○▲

雾盎浅障青罗，洗湘娥春腻。
⊙●⊙○○；●○○○▲

荡兰烟、麝馥浓侵醉。吹不散、绣屋重门闭。
●○○、●●○○▲　○⊙●、●●○○▲

又怕便、绿减西风，泣秋檠烛外。
⊙⊙●、⊙○○○；●○○●▲

（上阕第八句添两字分为四字两句，余同正体。）

拜星月慢 （宋词）

陈允平

漏阁闲签，琴窗倦谱，露湿宵萤欲暗。雁咽凉声，寂寞芙蓉院。画檐外，树色惊霜渐改，淡碧云疏星烂。旧约桐阴，问何时重见。　　倚银屏、更忆秋娘面。想凌波、共立河桥畔。重念酒污罗襦，渐金篝香散。剪孤灯、倦宿西风馆。黄花梦、对发凄凉叹。但怅望、一水家山，被红尘隔断。

拜星月慢 （宋词）

周　密

癸亥春，沿檄荆溪，朱墨日宾送，忽忽不知正芳事落鹃声草色间。郡僚间载酒相慰荐，长歌清醑，正尔供愁，客梦栩栩，已飞度四桥烟水外矣。醉馀短弄，归日将大书之垂虹。　　腻叶阴清，孤花香冷，迤逦芳洲春换。薄酒孤吟，怅相知游倦。想人在、絮幕香帘凝望，误认几许，烟樯风幔。芳草天涯，负华堂双燕。　　记箫声、淡月梨花院。砑笺红、谩写东风怨。一夜落月啼鹃，唤四桥吟缆。荡归心、已过江南岸。清宵梦、远逐飞花乱。几千万、丝缕垂杨，系春愁不断。

6. 宝鼎现 （六体）

正体 又名三段子、宝鼎儿，三段一百五十七字，前段十一句四仄韵，中
段九句六仄韵，后段八句五仄韵

康与之

夕阳西下，暮霭红隘，香风罗绮。

乘夜景、华灯争放，浓焰烧空连锦砌。

睹皓月，浸严城如画，花影寒笼绛蕊。

渐掩映芙蕖，万顷逶迤，齐开秋水。

太守无限行歌意。拥麾幢、光动金翠。

倾万井、歌台舞榭，瞻望朱轮骈鼓吹。

控宝马，耀貔貅千骑。银烛交光数里。

似烂簇寒星万点，引入蓬壶影里。

来伴宴阁多才，环艳粉、瑶簪珠履。
⊙●●●○○；○●●、⊙○⊙▲

恐看看丹诏，归春宸游燕侍。
●○○⊙●；○⊙○○⊙▲

便趁早、占通宵醉。募放笙歌起。
⊙⊙●、⊙○○⊙▲　●●○○▲

任画角吹老寒梅，月落西楼十二。
●●○⊙○○；⊙●○○⊙▲

（前段末三句亦有并作七字、六字两句者。中段起两句有作：
●⊙⊙●，○○●●，○○○⊙●○▲。后段倒数第二句亦有作：
●●○⊙⊙○⊙●。其三字句、五字句、破读之七字句，及中段、后段之倒
数第二句，例用一字领。）

变体一 又名三段子、宝鼎儿，三段一百五十八字，前段十一句四仄韵，
中段九句六仄韵，后段八句五仄韵

张元幹

筠翁李似之作此词见招，因赋其事，
使歌之者想像风味，如到山中也

山庄图画，锦囊吟咏，胸中丘壑。
⊙○⊙●；●⊙○●；○○○▲

年少日、如虹豪气，吐凤词华浑忘却。
○●●、⊙●○○；⊙○○○●○▲

便袖手，向岩前溪畔，种满烟梢雾箨。
⊙⊙●；●⊙○○●；⊙○⊙●○▲

想别墅平泉，当时草木，风流如昨。
●⊙⊙●；⊙●⊙○；⊙○○▲

瘦藤闲倚看锄药。双芒鞋、雨后常著。
⊙○○●○▲　○○●、⊙●○▲

目送处、飞鸿灭没，谁问蓬蒿争燕雀。
⊙●●、⊙●○○；○●○○○●▲

乍霁月，望松云南渡，短艇欹沙夜泊。
●⊙●；●○○○▲　⊙⊙●○○▲

正万里青冥千林，虚籁从渠缯缴。
●⊙⊙○○⊙●；⊙●○○⊙▲

携幼尚有筠丁，谁会得、人生行乐。
⊙●●●○○；○●●、○○⊙▲

岸帻纶巾归去，深户香迷翠幕。
●⊙○○⊙⊙；○⊙○○⊙▲

恐未免、上凌烟阁。好在秋天鹗。
⊙○●、⊙⊙⊙▲　●●○○▲

念小山丛桂今宵，狂客不胜杯勺。
●●⊙⊙○○；⊙⊙○○⊙▲

（中段第二句平仄异，后段第三句添一字，余同正体。）

变体二　又名三段子、宝鼎儿，三段一百五十六字，前段十一句四仄韵，中段九句六仄韵，后段八句五仄韵

赵长卿

上元

嚣尘尽扫，碧落辉腾，元宵三五。
⊙○⊙●；●⊙○●；○○○▲

更漏永、迟迟停鼓。天上人间当此遇。
○●●、⊙○○●；○●○○○●▲

正年少，尽香车宝马，次第追随士女。
⊙○●；●⊙○●；⊙●○○●▲

看往来巷陌，连甍簇起，星球无数。
●●⊙○●；⊙○●●；○○○▲

政简物阜清闲处。听笙歌、鼎沸频举。
●●⊙●○○▲　⊙○○、⊙●○▲

灯焰暖、庭帏高下，红影相交知几户。
⊙●●、⊙○○●；●●○○○●▲

恣欢笑，道今宵景色，胜前时几度。
●○●；●○○●；○○○▲

细算来、皇都此夕，消得喧传今古。
●⊙○、⊙○⊙●；⊙●○○⊙▲

排备绮席成行，炉喷爇、沉檀轻缕。
⊙ ● ● ● ○ ○ ；○ ● ● 、⊙ ○ ⊙ ▲

睹遨游彩仗，疑是神仙伴侣。
● ○ ○ ⊙ ● ；○ ⊙ ○ ○ ⊙ ▲

欲飞去、恨难留住。渐到蓬瀛步。
⊙ ○ ● 、⊙ ○ ○ ▲　　● ● ○ ○ ▲

愿永逢恁时恁节，且与风光为主。
● ● ○ ⊙ ○ ● ；⊙ ● ○ ○ ⊙ ▲

（中段第七句减一字：● ○ ○ ● ▲，余同正体。）

变体三 又名三段子、宝鼎儿，三段一百五十九字，前段十一句四仄韵，中段九句六仄韵，后段八句五仄韵

石孝友

上元上江西刘枢密

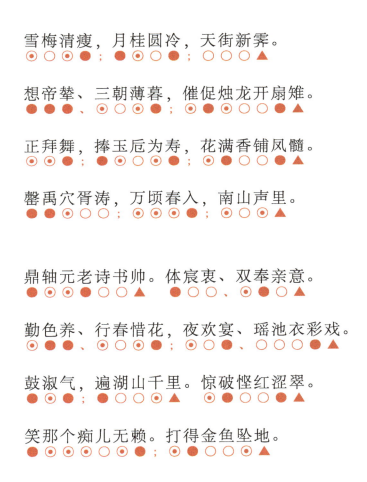

雪梅清瘦，月桂圆冷，天街新霁。

想帝辇、三朝薄暮，催促烛龙开扇雉。

正拜舞，捧玉卮为寿，花满香铺凤髓。

磬禹穴胥涛，万顷春入，南山声里。

鼎轴元老诗书帅。体宸衷、双奉亲意。

勤色养、行春惜花，夜欢宴、瑶池衣彩戏。

鼓淑气，遍湖山千里。惊破悭红涩翠。

笑那个痴儿无赖。打得金鱼坠地。

休念太守当年，曾手把、青藜照字。
⊙●●●●○○；○●●、⊙○⊙▲

对珠帘云栋，收拾太平歌舞辍。
●○○○⊙●；○●⊙●○○●▲

庆母爱、小宽王事。余沥□肠□。
⊙⊙●、⊙○⊙▲　　●●⊙○▲

看不日归步沙堤，又赞重华孝治。
●●⊙⊙●○○；⊙●⊙○○▲

（中、后段第四句俱添一字，余同正体。）

变体四 又名三段子、宝鼎儿，三段一百五十五字，前段十句四仄韵，中段九句四仄韵，后段八句四仄韵

陈　合

寿贾师宪

神鳌谁断，几千年再，乾坤初造。
⊙○○● ; ●●○● ; ○○○▲

算当日、枰棋如许，争一著、吾其衽左。
●○● 、⊙○○● ，○○● 、○○●▲

谈笑顷，又十年生聚，处处豳风葵枣。
⊙●● ; ●○○● ; ⊙●○○○▲

江如镜、楚气馀几，猛听甘泉捷报。
○○● 、●○○● ，⊙○○○⊙▲

天衣细意从头补，烂山龙华虫黼藻。
○○⊙●○○● ; ●○○○○●▲

宫漏永、千门鱼钥，载断红尘飞不到。
⊙●● 、○○○● ，●●○○○●▲

街九轨，看千貂避路，庭院五侯深锁。
○⊙● ; ●○○● ; ○●●○○▲

好一部太平六典，一一周公手做。
●⊙●⊙⊙○● ; ⊙●○○⊙▲

赤舄绣裳消得，道斑斓衣好。
⊙●●○○●；●○○○▲

尽庞眉鹤髪，天上千秋难老。
●○○⊙●；○⊙●○⊙▲

甲子平头才一过，未说汾阳考。
●●○○○●⊙●；●●○○▲

看金盘露滴瑶池，龙尾放班回早。
●○⊙⊙●○○；⊙●⊙○⊙▲

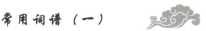

变体五 又名三段子、宝鼎儿，三段一百五十三字，前段十句四仄韵，中
段九句四仄韵，后段九句四仄韵

陈 郁

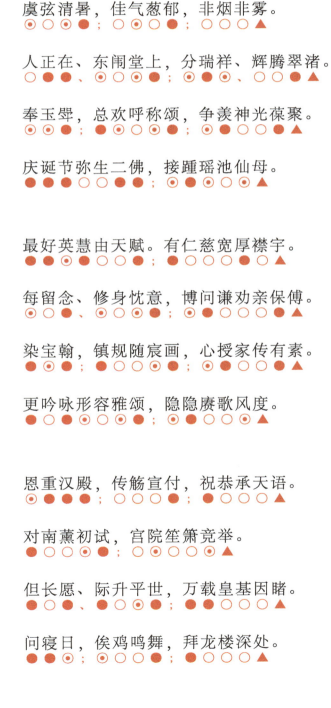

虞弦清暑，佳气葱郁，非烟非雾。

人正在、东闱堂上，分瑞祥、辉腾翠渚。

奉玉斝，总欢呼称颂，争羡神光葆聚。

庆诞节弥生二佛，接踵瑶池仙母。

最好英慧由天赋。有仁慈宽厚襟宇。

每留念、修身忱意，博问谦劝亲保傅。

染宝翰，镇规随宸画，心授家传有素。

更吟咏形容雅颂，隐隐赓歌风度。

恩重汉殿，传觞宣付，祝恭承天语。

对南薰初试，宫院笙箫竞举。

但长愿、际升平世，万载皇基因睹。

问寝日，俟鸡鸣舞，拜龙楼深处。

宝鼎现 （宋词）

刘辰翁

春月

　　红妆春骑，踏月影、竿旗穿市。望不尽、楼台歌舞，习习香尘莲步底。箫声断，约彩鸾归去，未怕金吾呵醉。甚辇路、喧阗且止，听得念奴歌起。　　父老犹记宣和事，抱铜仙、清泪如水。还转盼、沙河多丽。滉漾明光连邸第，帘影动、散红光成绮。月浸葡萄十里。看往来神仙才子，肯把菱花扑碎。　　肠断竹马儿童，空见说、三千乐指。等多时、春不归来，到春时欲睡。又说向、灯前拥髻，暗滴鲛珠坠。便当日、亲见霓裳，天上人间梦里。

7. 碧牡丹 （三体）

正体 双调七十五字，上阕九句五仄韵，下阕九句六仄韵

程 垓

睡起情无著。晓雨尽，春寒弱。
●●○○▲　⊙●●；○○▲

酒盏飘零，几日顿疏行乐。
●●○○；●●●○⊙▲

试数花枝，问此情何若。为谁开，为谁落。
●●○○；⊙●●○○▲　⊙○○；●○▲

正愁却。不是花情薄。
●○▲　⊙●●○▲

花元笑人萧索。旧观千红，至今冷梦难托。
○○●●○▲　●⊙○○；●○●●○▲

燕麦春风，更几人惊觉。对花羞，为花恶。
●●○○；●●●○○▲　⊙○○；●○▲

（上、下阕第七句例用一字领。下阕第五句平仄亦可换为：
●●○○○▲。）

变体一　双调七十三字，上阕九句五仄韵，下阕九句六仄韵

晁补之

焦成马上口占

渐老闲情减。春山事，撩心眼。
●●○○▲　⊙⊙●；○○▲

似血桃花，似雪梨花相间。
●●○○；●○○⊙▲

望极雅川，阳焰迷归雁。征鞍方长坂。
●●○○；⊙●○○▲　○○○○▲

正魂乱。旧事如云散。
●○▲　⊙●●○○▲

良游盛年俱换。罢说功名，但觉青山归晚。
○○●●○▲　●●○○；●●⊙○○▲

记插宫花，扶醉蓬莱殿。如今霜尘满。
●●●○○；●●○○▲　○○○○▲

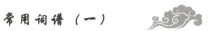

变体二　双调七十四字，上阕九句五仄韵，下阕九句六仄韵

晏几道

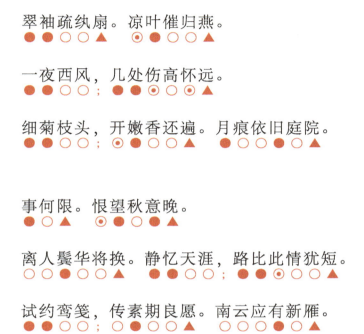

翠袖疏纨扇。凉叶催归燕。
●●○○▲　　◉●○○▲

一夜西风，几处伤高怀远。
●●○○；●●◉○◉▲

细菊枝头，开嫩香还遍。月痕依旧庭院。
●●○○；◉●○○▲　　○○○●○▲

事何限。恨望秋意晚。
●○▲　◉●○●▲

离人鬓华将换。静忆天涯，路比此情犹短。
○○●●○○▲　●●○○；●●◉○○▲

试约鸾笺，传素期良愿。南云应有新雁。
●●○○；●●○○▲　○○○●○▲

碧牡丹 （宋词）

张　先

晏同叔出姬

　　步帐摇红绮。晓月堕，沈烟砌。缓板香檀，唱彻伊家新制。怨入眉头，敛黛峰横翠。芭蕉寒，雨声碎。　　镜华翳。闲照孤鸾戏。思量去时容易。钿盒瑶钗，至今冷落轻弃。望极蓝桥，但暮云千里。几重山，几重水。

8. 薄 倖 （一体）

正体 又名薄幸，双调一百八字，上阕九句五仄韵，下阕十句五仄韵

贺　铸

淡妆多态。更的的、频回眄睐。
●○○▲　●⊙●、○○●▲

便认得、琴心先许，与绾合欢双带。
●⊙●、○○○●；⊙●●○○▲

记画堂、风月逢迎，轻颦浅笑娇无奈。
●○○、○○○●；○○●●○○▲

向睡鸭炉边，翔鸳屏里，羞把香罗暗解。
●●●○○；○○●●；○●○○●▲

自过了、收灯后，都不见、踏青挑菜。
⊙●●、○○●；⊙●●、⊙○●▲

几回凭双燕，丁宁深意，往来翻恨重帘碍。
⊙○⊙●●；○○○●；⊙○⊙●○○▲

约何时再。正春浓酒暖，人闲昼永无聊赖。
●○○▲　●○○●●；○○●●○○▲

恹恹睡起，犹有花梢日在。
○○●●；⊙●○○●▲

（下起可不作破读：⊙●●○○●。下阕七、八两句或重组为：
●○○、⊙●●○○，●●●○○▲。）

薄幸 （宋词）

韩元吉

送安伯弟

送君南浦。对烟柳、青青万缕。更满眼、残红吹尽，叶底黄鹂自语。甚动人、多少离情，楼头水阔山无数。记竹里题诗，花边载酒，魂断江干春暮。　　都莫问、功名事，白髪渐、星星如许。任鸡鸣起舞，乡关何在，凭高目尽孤鸿去。漫留君住。趁酴醿香暖，持杯且醉瑶台露。相思记取，愁绝西窗夜雨。

薄幸 （宋词）

仇　远

眼波横秀。乍睡起、茸窗倦绣。甚脉脉、阑干凭晓，一握乱丝如柳。最恼人、微雨悭晴，飞红满地春风骤。记帕折香绡，簪敲凉玉，小约清明前后。　　昨梦行云何处，应只在、春城迷酒。对溪桃羞语，海棠贪困，莺声唤醒愁仍旧。劝花休瘦。看钗盟再合，秋千小院同携手。回文锦字，寄与知他信否。

薄幸　（宋词）

吕谓老

青楼春晚。昼寂寂、梳匀又懒。乍听得、鸦啼莺弄，惹起新愁无限。记年时、偷掷春心，花间隔雾遥相见。便角枕题诗，宝钗贳酒，共醉青苔深院。　　怎忘得、回廊下，携手处、花明月满。如今但暮雨，蜂愁蝶恨，小窗闲对芭蕉展。却谁拘管。尽无言、闲品秦筝，泪满参差雁。腰支渐小，心与杨花共远。

9. 卜算子 （四体）

正体 又名百尺楼、楚天谣、眉峰碧、缺月挂疏桐，双调四十四字，上下
阕各四句，两仄韵

苏　轼

缺月挂疏桐，漏断人初静。
◉●●○○；◉●●○○▲

时见幽人独往来，缥缈孤鸿影。
◉●○○○◉○○；◉●●○○▲

惊起却回头，有恨无人省。
◉●●○○；◉●●○○▲

拣尽寒枝不肯栖，寂寞沙洲冷。
◉●○○●●○；◉●●○○▲

（上下阕句式似同。上下阕起句极少数可俱用韵或一句用韵。起之平仄
格式亦有：◉○○○●○；或：◉●●○○●。上下阕两句皆是或仅为一句。）

变体一　又名百尺楼、楚天谣、眉峰碧、缺月挂疏桐，双调四十五字，上
　　　　　下阕各四句，两仄韵

张元幹

凉气入熏笼，暗影敧花砌。
⊙●●○○；⊙●○○▲

紫玉谁人三弄寒，细吹断、江梅意。
⊙●○○○●○；⊙○●、○○▲

花底湿春衣，隔坐风轻递。
⊙●●○○；⊙●○○▲

却笑笙箫缑岭人，明月偷垂泪。
⊙●○○⊙●●；⊙●○○▲

（上结添一字，余同正体。）

变体二 又名百尺楼、楚天谣、眉峰碧、缺月挂疏桐，双调四十五字，上
下阕各四句，两仄韵

福建士子

月上小楼西，鸡唱霜天晓。
◉●●○○；◉●●○○▲

泪眼相看话别时，把定纤纤手。
◉●○○○●○；◉●●○○▲

伊道不忘人，伊却都忘了。
◉●●○○；◉●●○○▲

我若无情似你时，瞒不得、桥头柳。
◉●●○○●○；○●●●、○○▲

（下结添一字，余同正体。）

变体三 又名百尺楼、楚天谣、眉峰碧、缺月挂疏桐，双调四十六字，上下阕各四句，两仄韵

李太古

梦中作

尽道是伤春，不似悲秋怨。
⊙●●○○；⊙●○○▲

门外分明见远山，人不见、空肠断。
⊙●○○⊙●○；⊙○●、○○▲

朝来一霎晴，薄暮西风远。
⊙○○●○；⊙●○○▲

却忆黄花小雨声，误落下、三四点。
⊙●○○○●○；●●●、○⊙▲

（两结皆添一字，余同正体。）

卜算子 （宋词）

王 观

送鲍浩然之浙东

水是眼波横，山是眉峰聚。欲问行人去那边，眉眼盈盈处。
才始送春归，又送君归去。若到江东赶上春，千万和春住。

卜算子 （宋词）

陆 游

咏梅

驿外断桥边，寂寞开无主。已是黄昏独自愁，更著风和雨。
无意苦争春，一任群芳妒。零落成泥碾作尘，只有香如故。

卜算子 （宋词）

游次公

风雨送人来，风雨留人住。草草杯槃话别离，风雨催人去。
泪眼不曾晴，眉黛愁还聚。明日相思莫上楼，楼上多风雨。

卜算子 （宋词）

葛长庚

景泰山次韵东坡三首之三

渔火海边明，烟锁千山静。独坐僧窗夜未央，寂寞孤灯影。

感慨辄兴怀，往事无人省。江汉飘浮二十年，一枕西风冷。

卜算子 （宋词）

陈师道

摇风影似凝，带雪香如抱。开尽南枝到北枝，不道春将老。

飘飘姑射仙，谁识冰肌好。会有青绫梦觉人，可爱池塘草。

卜算子 （宋词）

康与之

潮生浦口云，潮落津头树。潮本无心落又生，人自来还去。

今古短长亭，送往迎来处。老尽东西南北人，亭下潮如故。

卜算子 （宋词）

严 蕊

不是爱风尘,似被前身误。花落花开自有时,总是东君主。
去也终须去。住也如何住。若得山花插满头,莫问奴归处。

卜算子 （宋词）

曹 组

兰

松竹翠萝寒,迟日江山暮。幽径无人独自芳,此恨凭谁诉。
似共梅花语。尚有寻芳侣。著意闻时不肯香,香在无心处。

卜算子 （宋词）

赵长卿

春景

春水满江南三月多芳草。幽鸟衔将远恨来,一一都啼了。
不学鸳鸯老。回首临平道。人道长眉似远山,山不似、
长眉好。

卜算子 （宋词）

李之仪

我住长江头，君住长江尾。日日思君不见君，共饮长江水。

此水几时休，此恨何时已。只愿君心似我心，定不负、相思意。

卜算子 （宋词）

黄公度

别士季弟之官

公之从弟童，士季其字也。以绍兴戊午同榜乙科及第。有和章云：

不忍更回头，别泪多于雨。肺腑相看四十秋，奚止朝朝暮暮。　　何事值花时，又是匆匆去。过了阳关更向西，总是思兄处。　　薄宦各东西，往事随风雨。先自离歌不忍闻，又何况、春将暮。　　愁共落花多，人逐征鸿去。君向潇湘我向秦，后会知何处。

卜算子 （宋词）

无名氏

蹙破眉峰碧。纤手还重执。镇日相看未足时，忍便使、鸳鸯只。　　薄暮投孤驿。风雨愁通夕。窗外芭蕉窗里人，分明叶上心头滴。

10. 步蟾宫 （三体）

正体 又名钓台词、折丹桂，双调五十九字，上阕四句三仄韵，下阕六句三仄韵

黄庭坚

虫儿真个恶灵利。恼乱得、道人眠起。
⊙○⊙●⊙○▲　　●⊙○、⊙○⊙▲

醉归来、恰似出桃源，但目断、落花流水。
⊙○○、⊙●●○○；●⊙●、⊙○⊙▲

不如随我归云际。共作个、住山活计。
⊙○⊙●⊙○▲　　●⊙●、⊙○⊙▲

照清溪，匀粉面，插山花，算终胜、风尘滋味。
●○○；○●●；○○○；●⊙●、⊙○⊙▲

变体一　又名钓台词、折丹桂，双调五十八字，上下各阕四句，三仄韵

晁端礼

昨宵争个甚闲事。又不道、被谁调戏。
⊙○⊙●⊙○▲　　●⊙●、⊙○⊙▲

任孜孜、求告不回头，诮满眼、汪汪地泪。
⊙○⊙、⊙●●○○；●⊙●、⊙○⊙▲

奴歌一向不赌是。算谁敢、共他争气。
⊙○⊙●⊙○▲　　●⊙●、⊙○⊙▲

且偎随、须有喜欢时，待款款、说些道理。
⊙○⊙、○●●○○；●⊙●、⊙○⊙▲

（上下阕句式似同。）

变体二　又名钓台词、折丹桂，双调五十六字，上下阕各四句，三仄韵

蒋　捷

玉窗挈锁香云涨。唤绿袖、低敲方响。
⊙○⊙●○○▲　●⊙●、⊙○⊙▲

流苏拂处字微讹，但斜倚、红梅一饷。
⊙○⊙●●○○；⊙⊙●、⊙○⊙▲

濛濛月在帘衣上。做池馆、春阴模样。
⊙○⊙●●○▲　●⊙●、⊙○⊙▲

春阴模样不如晴，这催雪、曲儿休唱。
⊙○⊙●●○○；⊙⊙●、⊙○⊙▲

（上下阕句式似同。）

步蟾宫　（宋词）

韩　淲

钓台词

三年重到严滩路。叹须鬓、衣冠尘土。倚孤篷、闲自濯
清风，见一片、飞鸿归去。　　人间何用论今古。漫赢得、
个般情绪。雨吹来，云乱处，水东流，但只有、青山如故。

步蟾宫 （宋词）

汪 存

玉京此去春犹浅。正雪絮、马头零乱。姮娥剪就绿云裳，待来步、蟾宫与换。　　明年二月桃花岸。棹双桨、浪平烟暖。扬州十里小红楼，尽卷上、珠帘一半。

步蟾宫 （宋词）

蒋 捷

中秋

去年云掩冰轮皎。喜今岁、微阴俱扫。乾坤一片玉琉璃，怎算得、清光多少。　　无歌无酒痴顽老。对愁影、翻嫌分晓。天公元不负中秋，我自把、中秋误了。

步蟾宫 （宋词）

钟 过

东风又送酴醾信。早吹得、愁成潘鬓。花开犹似十年前，人不似、十年前俊。　　水边珠翠香成阵。也消得、燕窥莺认。归来沉醉月朦胧，觉花气、满襟犹润。

11. 采桑子 （二体）

正体　又名添字采桑子、丑奴儿、丑奴儿令、罗敷媚、罗敷媚歌，双调四十四字，上下阕各四句，三平韵

冯延巳

中庭雨过春将尽，片片花飞。
⊙○○⊙●○○●；⊙●○△

独折残枝。无语凭阑只自知。
⊙●○△　⊙●○○⊙●△

玉堂香暖珠帘卷，双燕来归。
⊙○○●○○●；⊙●○△

后约难期。肯信韶华得几时。
⊙●○△　⊙●○○⊙●△

（上下阕句式似同。）

变体 又名添字采桑子、丑奴儿、丑奴儿令、罗敷媚、罗敷媚歌，双调四十八字，上下阕各四句，两平韵、一叠韵

李清照

窗前谁种芭蕉树，阴满中庭。
⊙○○●●○○●；⊙●○△

阴满中庭。叶叶心心、舒卷有馀情。
⊙●○△　⊙●○○、○○●●○△

伤心枕上三更雨，点滴霖霪。
⊙○⊙●●○○；⊙○●○△

点滴霖霪。愁损北人、不惯起来听。
⊙●○△　⊙●○○、⊙●●○△

采桑子　（宋词）

晏　殊

时光只解催人老，不信多情。长恨离亭。泪滴春衫酒易醒。　　梧桐昨夜西风急，淡月胧明。好梦频惊。何处高楼雁一声。

采桑子　（宋词）

欧阳修

轻舟短棹西湖好，绿水逶迤。芳草长堤。隐隐笙歌处处随。
无风水面琉璃滑，不觉船移。微动涟漪。惊起沙禽掠岸飞。

采桑子　（宋词）

欧阳修

群芳过后西湖好，狼籍残红。飞絮濛濛。垂柳阑干尽日风。
笙歌散尽游人去，始觉春空。垂下帘栊。双燕归来细雨中。

采桑子　（宋词）

晏几道

白莲池上当时月，今夜重圆。曲水兰船。忆伴飞琼看月眠。
黄花绿酒分携后，泪湿吟笺。旧事年年。时节南湖又采莲。

采桑子　（宋词）

晏几道

夜来酒醒清无梦，愁倚阑干。露滴轻寒。雨打芙蓉泪不干。
佳人别后音尘悄，消瘦难拚。明月无端。已过红楼十二间。

采桑子　（宋词）

谢　逸

楚山削玉云中碧，影落沙汀。秋水澄凝。一抹江天雁字横。
金钱满地西风急，红蓼烟轻。帘外砧声。惊起青楼梦不成。

采桑子　（宋词）

吕本中

恨君不似江楼月，南北东西。南北东西。只有相随无别离。
恨君却似江楼月，暂满还亏。暂满还亏。待得团团是几时。

采桑子　（宋词）

曾　觌

清明

清明池馆晴还雨，绿涨溶溶。花里游蜂。宿粉栖香锦绣中。
玉箫声断人何处，依旧春风。万点愁红。乱逐烟波总向东。

采桑子　（宋词）

辛弃疾

书博山道中壁

少年不识愁滋味，爱上层楼。爱上层楼。为赋新词强说愁。
而今识尽愁滋味，欲说还休。欲说还休。却道天凉好个秋。

采桑子　（宋词）

周紫芝

将离武林

云踪老去浑无定，飘泊寒空。又被东风。吹过江南第几峰。
长安市上看花眼，不到衰翁。好趁归鸿。家在西岩碧桂丛。

采桑子　（宋词）

黄　机

绮窗拨断琵琶索，一一相思。一一相思。无限柔情说似谁。
银钩欲写回文曲，泪满乌丝。泪满乌丝。薄幸知他知不知。

采桑子　（宋词）

无名氏

群芳尽老园林烬，独有寒梅。探得春回。昨夜前村一朵开。
轻盈雪里孤根秀，素脸香腮。羌管休催。留取琼葩佐酒杯。

采桑子　（宋词）

王之望

寄齐尧佐

蒙泉秋色登临处，愁送将归。一梦经时。肠断佳人、犹
唱渭城词。　　春来重醉分携地，人在天涯。别后应知。
两鬓萧萧、多半已成丝。

采桑子　（宋词）

王之望

寄李德志

去年池馆同君醉，正是花时。隔院韶辉。桃李欣欣、如
与故人期。　　相望两地今千里，还对芳菲。春色分谁。
雨惨风愁、依旧可怜枝。

12. 摊破丑奴儿 （一体）

正体 又名促拍丑奴儿、转调丑奴儿，双调六十二字，上下阕各六句三平韵

赵长卿

冬日有感

又是两分携。憔悴损、看怎医治。
⊙●●○△　⊙⊙●、⊙●○△

烟村一带寒红绕，悲风红叶，残阳暮草，还似年时。
⊙○⊙●○○●；⊙○⊙●；⊙○⊙●；⊙●○△

愁绪暗犹夷。谩屈指、数遍归期。
⊙●●○△　⊙●●、●○○△

短檠灯烬无人问，此时只有，窗前素月，刚伴相思。
⊙○⊙●○○●；⊙○⊙●；○○⊙●；⊙●○△

（曾乾曜、向滈各有添字一首，不予校订。上阕第三句亦有：
●●●○○●●。）

摊破丑奴儿　（宋词）

赵长卿

最苦是离愁。行坐里、只在心头。待要作个巫山梦，孤衾展转，无眠到晓，和梦都休。　　梦里也无由。谁敢望、真个绸缪。暂时不见浑闲事，只愁柳絮，杨花自来，摆荡难留。

摊破丑奴儿　（宋词）

黄庭坚

得意许多时。长醉赏、月影花枝。暴风狂雨年年有，金笼锁定，莺雏燕友，不被鸡欺。　　红斾转逶迤。悔无计、千里追随。再来应缩泸南印，而念目下，恓惶怎向，日永春迟。

摊破丑奴儿　（金元词）

元好问

乡邻会饮，有请予增损旧曲者，因为赋此

无物慰蹉跎。占一丘、一壑婆娑。闲来点检平生事，天南地北，几多尘土，何限风波。　　花坞与松坡。尽先生、少小经过。老来诗酒犹堪任，家山在眼，亲朋满坐，不醉如何。

13. 采桑子慢　　　（三体）

正体　又名丑奴儿慢、愁春未醒、丑奴儿近、叠青钱，双调九十字，上阕九句一叶韵、三平韵，下阕十句四平韵

潘元质

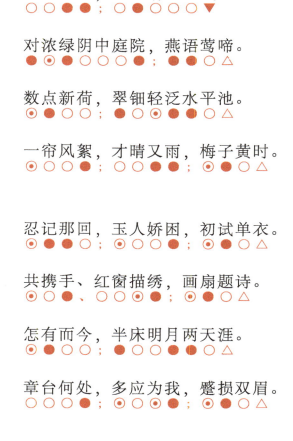

愁春未醒，还是清和天气。
○○●●；○●●○▼

对浓绿阴中庭院，燕语莺啼。
●◉●○○●；●●○△

数点新荷，翠钿轻泛水平池。
◉●○○；●○○●●○△

一帘风絮，才晴又雨，梅子黄时。
◉○○●；○●●○，◉●○○△

忍记那回，玉人娇困，初试单衣。
◉●○○；◉○○●，○●○△

共携手、红窗描绣，画扇题诗。
◉○●、○○○●；●●○△

怎有而今，半床明月两天涯。
◉●○○；●○○●●○△

章台何处，多应为我，蹙损双眉。
○○○●；◉○●◉●；◉●●○△

（上阕第三句例用一字领。上阕第八句、下阕第九句，有作：◉●●○，或：●●●●。上阕第二句有用平韵者，即皆用平韵。下阕起三句亦有重组为六字两句者。）

变体一 又名丑奴儿慢、愁春未醒、丑奴儿近、叠青钱，双调九十字，上阕九句三叶韵、一平韵，下阕十句一叶韵、四平韵

蔡 伸

明眸秀色，别是天真潇洒。
○○●●；●●○○○▼

更鬓发堆云，玉脸淡拂轻霞。
●●●○○；●●●○△

醉里精神，众中标格谁能画。
●●○○；●○○●○▼

当时携手，花笼淡月，重门深亚。
○○○●；○○●●；○○○▼

巫峡梦回，已成陈事，岂堪重话。
○●●○；●○○●；●○○▼

漫赢得、罗襟清泪，鬓边霜华。
●○●、○○○●；●○○△

怀念伤嗟。凭阑烟水渺无涯。
○●○△　○○○●○△

秦源目断，碧云暮合，难认仙家。
○○●●；●○●●；○●○△

变体二　又名丑奴儿慢、愁春未醒、丑奴儿近、叠青钱，双调九十字，上阕八句三仄韵、一叶韵，下阕十句四仄韵

辛弃疾

千峰云起，骤雨一霎时价。
○○○● ；●●●○▲

更远树斜阳，风景怎生图画。
●●●○○ ；○●●○○▲

青旗卖酒，山那畔、别有人家。
○○●● ，○○● 、●●○▽

只消山水光中，无事过这一夏。
●○○●○○ ；○●●●●▲

午睡醒时，松窗竹户，万千潇洒。
●●○○ ；○○●● ；●○○▲

看野鸟飞来，又是一般闲暇。
○●●○○ ；●●●○○▲

却怪白鸥，觑著人、欲下未下。
●●●○ ；●●○ 、●●●▲

旧盟都在，新来莫是，别有说话。
●○○● ；○○●● ；●●●▲

采桑子慢　（宋词）

吴文英

九日

桐敲露井，残照西窗人起。怅玉手、曾携乌纱，笑整风敧。水叶沈红，翠微云冷雁慵飞。楼高莫上，魂消正在，摇落江蓠。　　走马断桥，玉台妆榭，罗帕香遗。欢人老、长安灯外，愁换秋衣。醉把茱萸，细看清泪湿芳枝。重阳重处，寒花怨蝶，新月东篱。

采桑子慢　（宋词）

吴文英

双清楼在钱塘门外

空濛乍敛，波影帘花晴乱。正西子、梳妆楼上，镜舞青鸾。润逼风襟，满湖山色入阑干。天虚鸣籁，云多易雨，长带秋寒。　　遥望翠凹，隔江时见，越女低鬟。算堪羡、烟沙白鹭，暮往朝还。歌管重城，醉花春梦半香残。乘风邀月，持杯对影，云海人闲。

采桑子慢 （宋词）

卢祖皋

湘筠展梦，还是带恨奇支枕。对千顷、风荷凉艳，水竹清阴。半掩龟纱，几回小语月华侵。娉婷何处，回首画桥，朱户沉沉。　　闻道近时，题红传素，长是沾襟。想当日、冰弦弹断，总废清音。准拟归来，扇鸾钗凤巧相寻。如今无奈，七十二峰，划地云深。

14. 苍梧谣　（一体）

正体　又名归字谣、十六字令，单调十六字，四句三平韵

张孝祥

归。猎猎薰风卷绣旗。
△　　⊙●○○⊙●△

拦教住，重举送行杯。
○○●；⊙●●○△

苍梧谣　（宋词）

蔡　伸

天。休使圆蟾照客眠。人何在，桂影自婵娟。

15. 长亭怨　　（二体）

正体　又名长亭怨慢，双调九十七字，上下阕各九句，五仄韵

姜　夔

渐吹尽、枝头香絮。是处人家，绿深门户。
●⊙●、⊙○○⊙▲　⊙●○○；●●○▲

远浦萦回，暮帆零乱向何许。
●●○○；⊙○○●●○▲

阅人多矣，谁得似、长亭树。
●○○●；○●●、○○▲

树若有情时，不会得、青青如此。
⊙●●○○；⊙○●、○○○▲

日暮。望高城不见，只见乱山无数。
⊙●▲　●○○●●；⊙●●○○▲

韦郎去也，怎忘得、玉环分付。
⊙○●●；●●●、⊙○○▲

第一是、早早归来，怕红萼、无人为主。
⊙●⊙、⊙●○○、⊙●●、⊙○○▲

算空有并刀，难翦离愁千缕。
●●⊙○○；⊙●●○○▲

变体　又名长亭怨慢，双调九十七字，上下阕各九句，五仄韵

张　炎

岁庚寅，会吴菊泉于燕蓟。越八年，再会于甬东。未几别去，将复之北，遂作此曲

记横笛、玉关高处。万里沙寒，雪深无路。

破却貂裘，远游归后与谁谱。

故人何许。浑忘了、江南旧雨。

不拟重逢，应笑我、飘零如羽。

同去。钓珊瑚海树。底事又成行旅。

烟篷断浦。更几点、恋人飞絮。

如今又、京洛寻春，定应被、蔷花留住。

且莫把孤愁，说与当时歌舞。

（上阕第七、八两句重组为七字一句，四字一句，余同正体。）

长亭怨　（宋词）

张　炎

为任次山赋驯鹭

　　笑海上、白鸥盟冷。飞过前滩，又顾秋影。似我知鱼，乱蒲流水动清饮。岁华空老，犹一缕、柔丝恋顶。慵忆鸳行，想应是、朝回花径。　　人静。怅离群日暮，都把野情消尽。山中旧隐。料独树、尚悬苍暝。引残梦、直上青天，又何处、溪风吹醒。定莫负、归舟同载，烟波千顷。

长亭怨　（宋词）

张　炎

别陈行之

　　跨匹马、东瀛烟树。转首十年，旅愁无数。此日重逢，故人犹记旧游否。雨今云古。更秉烛、浑疑梦语。衮衮登台，叹野老、白头如许。　　归去。问当初鸥鹭。几度西湖霜露。漂流最苦。便一似、断蓬飞絮。情可恨、独棹扁舟，浩歌向、清风来处。有多少相思，都在一声南浦。

16. 长相思 　（一体）

正体　又名长相思令、相思令、吴山青、山渐青、青山相送迎、长思仙，
　　　双调三十六字，上下阕各四句三平韵、一叠韵

白居易

汴水流。泗水流。流到瓜州古渡头。

吴山点点愁。

思悠悠。恨悠悠。恨到归时方始休。

月明人倚楼。

（上下阕句式似同。上阕或下阕第二句可用叠韵，亦有全词用叠韵。）

长相思　（五代词）

李　煜

一重山。两重山。山远天高烟水寒。相思枫叶丹。
菊花开。菊花残。塞雁高飞人未还。一帘风月闲。

长相思　（五代词）

李　煜

云一緺。玉一梭。淡淡衫儿薄薄罗。轻颦双黛螺。
秋风多。雨相和。帘外芭蕉三两窠。夜长人奈何。

（吕远刻本《南唐二主词》）

长相思　（宋词）

欧阳修

蘋满溪。柳绕堤。相送行人溪水西。回时陇月低。
烟霏霏。风凄凄。重倚朱门听马嘶。寒鸥相对飞。

长相思　（宋词）

欧阳修

花似伊。柳似伊。花柳青春人别离。低头双泪垂。
长江东。长江西。两岸鸳鸯两处飞。相逢知几时。

长相思　（宋词）

晏几道

长相思。长相思。若问相思甚了期。除非相见时。
长相思。长相思。欲把相思说似谁。浅情人不知。

长相思　（宋词）

万俟咏

雨

一声声。一更更。窗外芭蕉窗里灯。此时无限情。
梦难成。恨难平。不道愁人不喜听。空阶滴到明。

长相思　（宋词）

蔡　伸

我心坚。你心坚。各自心坚石也穿。谁言相见难。
小窗前。月婵娟。玉困花柔并枕眠。今宵人月圆。

长相思　(宋词)

刘克庄

寄远

朝有时。暮有时。潮水犹知日两回。人生长别离。
来有时。去有时。燕子犹知社后归。君行无定期。

长相思　(宋词)

林　逋

吴山青。越山青。两岸青山相对迎。争忍有离情。
君泪盈。妾泪盈。罗带同心结未成。江边潮已平。

长相思　(金元词)

许有壬

梦扬州。到扬州。明月长街十二楼。珠帘不上钩。
为谁忧。为谁愁。愁得春风人白头。见花应自羞。

17. 朝中措　（三体）

正体　又名照江梅、芙蓉曲、梅月圆，双调四十八字，上阕四句三平韵，下阕五句两平韵

欧阳修

平山阑槛倚情空。山色有无中。
⊙○○●●○△　⊙●●○△

手种堂前垂柳，别来几度春风。
⊙○●○○●；⊙○○●●○△

文章太守，挥毫万字，一饮千钟。
⊙○⊙●；⊙○⊙●；⊙●○△

行乐直须年少，尊前看取衰翁。
⊙●○○●；⊙○○●○△

（此调以此词为正体，宋人填者甚多。）

变体一 又名照江梅、芙蓉曲、梅月圆，双调四十八字，上阕四句三平韵，下阕四句两平韵

赵长卿

梅

别来无事不思量。霜日最凄凉。
⊙○⊙●●○△　⊙●●○△

凝想倚栏干处，攒眉应为萧郎。
⊙○⊙○⊙●；⊙○○●○△

梅花岂管人消瘦，只恁自芬芳。
⊙○⊙●○○●；⊙●●○△

寄语行人知否，梅花得似人香。
⊙●⊙○⊙●；⊙○⊙●○△

（正体之上阕重复一遍，下起不用韵。）

变体二 又名照江梅、芙蓉曲、梅月圆，双调五十字，上下阕各四句，两
平韵一叶韵

无名氏

冷氏小楼春望

花下春光正好，柳边春色才多。
◉●○○●●；◉○○●○△

雨声日夜长沧波。暗地芳心滴破。
◉○◉○●●○△　◉○○●○●▼

拍拍浪飞白雪，冥冥山点青螺。
◉●◉○●●；◉○○●○△

汀兰岸芷有情么。还惜江城春过。
◉○◉●●○△　◉●○○◉●▼

朝中措 (宋词)

朱敦儒

先生筇杖是生涯。挑月更担花。把住都无憎爱，放行总是烟霞。　飘然携去,旗亭问酒,萧寺寻茶。恰似黄鹂无定,不知飞到谁家。

朝中措 (宋词)

朱敦儒

当年弹铗五陵间。行处万人看。雪猎星飞羽箭，春游花簇雕鞍。　飘零到此,天涯倦客,海上苍颜。多谢江南苏小,尊前怪我青衫。

朝中措 (宋词)

周紫芝

黄昏楼阁乱栖鸦。天末淡微霞。风里一池杨柳，月边满树梨花。　阳台路远,鱼沉尺素,人在天涯。想得小窗遥夜,哀弦拨断琵琶。

朝中措　　(宋词)

张　抡

渔父十首之三

　　碧波深处锦鳞游。波面小渔舟。不为来贪香饵，如何赚得吞钩。　　绿蓑青箬，吾生自断，终老汀洲。买断一江风月，胜如千户封侯。

朝中措　　(宋词)

赵彦端

乘风亭初成

　　长松擎月与天通。霜叶乱惊鸿。露炯乍疑杯滟，云生似觉衣重。　　江南胜处，青环楚嶂，红半溪枫。倦客会应归去，一亭长枕寒空。

朝中措　　(宋词)

向　滈

　　平生此地几经过。家近奈情何。长记月斜风劲，小舟犹渡烟波。　　而今老大，欢消意减，只有愁多。不似旧时心性，夜长听彻渔歌。

朝中措 （宋词）

范成大

系船沽酒碧帘坊。酒满胜鹅黄。醉后西园入梦，东风柳色花香。　水浮天处，夕阳如锦，恰似鲈乡。中有忆人双泪，几时流到横塘。

朝中措 （宋词）

李处全

初夏

薰风庭院燕双飞。园柳啭黄鹂。是处蜂狂蝶乱，元来绿暗红稀。　衫笼白苎，琴推绿绮，满眼新诗。好个江南风景，杜鹃犹自催归。

朝中措 （宋词）

王 炎

杜鹃声断日曈昽。过雨湿残红。老色菱花影里，客愁蕉叶香中。　柳梢飞絮，桃梢结子，断送春风。莫恨春无觅处，明年还在芳丛。

朝中措　（宋词）

赵善括

惜春

东君著意在枝头。红紫自风流。贪引游蜂舞蝶，几多春事都休。　　三分好处，不随流水，即是闲愁。惟我惜花心在，更看红叶沈浮。

朝中措　（宋词）

陈允平

欲晴又雨雨还晴。时节又清明。红杏墙头燕语，碧桃枝上莺声。　　轻衫短帽，扁舟小棹，几度旗亭。鬬草踏青天气，买花载酒心情。

朝中措　（宋词）

无名氏

宦游只欲赋归休。花为解离愁。看取星星潘鬓，花应羞上人头。　　武陵流水，桃源路远，空误渔舟。把住春光一醉，从教风叶悲秋。

朝中措　(宋词)

无名氏（元明小说话本中依托宋人词）

凤凰归去碧云空。衰草乱茸茸。三国六朝一梦，茫茫二水倾东。　　龙蟠虎踞,亭台望里,鸳瓦重重。玉女吹箫何在,断肠泪洒西风。

朝中措　(宋词)

韩　淲

次韵

池塘春草燕飞飞。人醉牡丹时。多少姚黄魏紫,搦成腻粉燕支。　　谪仙醉把平章看,晴影度帘迟。花外一声鹍鸠,柳边几个黄鹂。

朝中措　(宋词)

韩　淲

述旧曲

霓裳霞佩淡丰容。云冷露华浓。唤起石丁归去,冥冥仙仗崆峒。　　人间秋老花饶笑,清映小帘栊。记取五城深处,凤箫吹下天风。

朝中措　　(宋词)

洪咨夔

送同官满归

荷花香里藕丝风。人在水晶宫。天上桥成喜鹊，云边帆认归鸿。　　去天尺五城南杜，趣对柘袍红。若问安边长策，莫须浪说和戎。

朝中措　　(宋词)

无名氏

风雨馀寒过了，池塘春水生时。迁莺飞上拂云枝。春遍柳村花市。　　酒面清空似水，玉杯温莹如脂。莫教花谢浣尘泥。把住东君索醉。

朝中措　　(金元词)

元好问

春闺寂寂掩苍苔。风雨卷春回。拟写碧云心事，笔头无句安排。　　灯昏酒冷，愁牵梦引，直似秋怀。料得酴醾知我，枕边时有香来。

18. 侧　犯　（一体）

正体　双调七十七字，上阕九句六仄韵，下阕九句五仄韵

周邦彦

暮霞霁雨，小莲出水红妆靓。风定。
●○⊙●；●○⊙●○● ▲　　○ ▲

看步袜江妃、照明镜。飞萤度暗草，秉烛游花径。
●●●○● 、 ⊙○ ▲　　○○●○⊙；⊙●●○○ ▲

人静。携艳质，追凉就槐影。
○ ▲　⊙●●；○○○ ▲

金环皓腕，雪藕清泉莹。
○○○●；⊙●○● ▲

谁念省。满身香，犹是旧荀令。
○●▲　●○⊙；●○○ ▲

见说胡姬，酒垆深迴。烟锁漠漠，藻池苔井。
●●○○；●○⊙ ▲　○●●●；●●○ ▲

（此调始于此词。起句亦可用韵。上阕第四句例用一字领。上结亦有末两句合并为八字句用一字领者。下阕起句有作：○●○●。第八句亦有作：●●○○。）

侧犯 　(宋词)

袁去华

篆销馀馥，烛堆残蜡房栊晓。寒峭。看杏脸羞红尚娇小。游蜂静院落，绿水摇池沼。闲绕。翠树底，搘颐听啼鸟。　　愁风怕雨，弹指春光了。音信杳。最堪恨、归雁过多少。困倚孤眠，昼长人悄。睡起依然，半窗残照。

侧犯 　(宋词)

姜　夔

咏芍药

恨春易去。甚春却向扬州住。微雨。正茧栗梢头弄诗句。红桥二十四，总是行云处。无语。渐半脱宫衣笑相顾。　　金壶细叶，千朵围歌舞。谁念我、鬓成丝，来此共尊俎。后日西园，绿阴无数。寂寞刘郎，自修花谱。

侧犯 　(宋词)

赵　文

夜饮海棠下

恨花开尽，夜深自敛胭脂颗。雨过。绕曲曲花蓬锦围裹。浮空烧蜜炬，香雾霏霏堕。无那。倚滴滴娇红笑相觯。　　歌俦饮伴，花底围春坐。念满眼、少年人，谁更老于我。岁岁花时，洞门无锁。莫负东君，酒盟诗课。

19. 传言玉女 （一体）

正体 双调七十四字，上下阕各八句，四仄韵

晁冲之

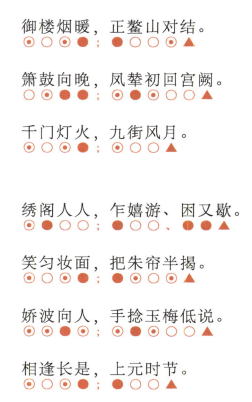

一夜东风，吹散柳梢残雪。
⊙●○○；⊙●●○○▲

御楼烟暖，正鳌山对结。
⊙○○●；●○○●▲

箫鼓向晚，凤辇初回宫阙。
○●○●；○○○○○▲

千门灯火，九街风月。
⊙○○●；⊙○○▲

绣阁人人，乍嬉游、困又歇。
⊙●○○；●○○、●●○▲

笑匀妆面，把朱帘半揭。
⊙○○●；●○○●▲

娇波向人，手捻玉梅低说。
⊙●○⊙；●○●○○▲

相逢长是，上元时节。
⊙○○●；●○○▲

（上阕第三句亦有：●●○○。下阕第二句可不折腰：⊙●●○○▲。上下阕第四句例用一字领。下阕第六句独有添一字者：⊙○●、⊙○○▲。）

传言玉女 （宋词）

杨无咎

王显之席上

料峭寒生，知是那番花信。算来都为，惜花人做恨。看犹未足，早觉枝头吹尽。曲栏幽榭，乱红成阵。　酾酒花前，试停杯、与细问。褪香销粉，问东君怎忍。韶华过半，谩赢得、几场春困。厌厌空自，为花愁损。

传言玉女 （宋词）

赵善扛

上元

璧月珠星，辉映小桃秾李。化工容易，与人间富贵。东风巷陌，春在暖红温翠。人来人去，笑歌声里。　油壁青骢，第一番、共燕喜。举头天上，有如人意。歌传乐府，犹是升平风味。明朝须判，醉眠花底。

传言玉女　（宋词）

汪元量

钱塘元夕

一片风流，今夕与谁同乐。月台花馆，慨尘埃漠漠。豪华荡尽，只有青山如洛。钱塘依旧，潮生潮落。　　万点灯光，羞照舞钿歌箔。玉梅消瘦，恨东皇命薄。昭君泪流，手捻琵琶弦索。离愁聊寄，画楼哀角。

20. 垂丝钓 （二体）

正体 双调六十六字，上阕八句七仄韵，下阕七句六仄韵

周邦彦

镂金翠羽。妆成才见眉妩。
⊙○⊙▲　⊙○○●○▲

倦倚绣帘，看舞风絮。
●●⊙○；⊙○●○▲

愁几许。寄凤丝雁柱。
○⊙▲　●●⊙○▲

春将暮。向层城苑路。
⊙○▲　●⊙○●▲

钿车似水，时时花径相遇。
⊙○⊙●；○○●⊙○▲

旧游伴侣。还到曾来处。
⊙○●▲　⊙●●○▲

门掩风和雨。
⊙●○○▲

梁燕语。问那人在否。
○●▲　●●○⊙▲

（起句及下阕第六句个别不用韵。上阕第六句及两结例用一字领。）

变体 双调六十六字，上阕七句六仄韵，下阕八句八仄韵

杨无咎

邓端友席上赠吕倩倩

玉纤半露。香檀低应鼍鼓。
⊙○⊙▲　⊙○○●▲

逸调响穿，空云不度。情几许。
●●⊙○；⊙○●▲　○⊙▲

看两眉碧聚。为谁诉。
●●○⊙▲　⊙○▲

听敲冰戛玉。恨云怨雨。
●⊙○⊙▲　⊙○○▲

声声总在愁处。放杯未举。
○○⊙●○▲　⊙○●▲

倾坐惊相顾。应也肠千缕。
⊙○○▲　⊙●○○▲

人欲去。更画檐细雨。
○○▲　●●○⊙▲

（正体之上结移作下起，得此，余同正体。下阕第一、二句个别不用韵。）

垂丝钓　（宋词）

袁去华

　　江枫秋老。晓来红叶如扫。暮雨生寒，北风低草。宾鸿早。乱半川残照。伤怀抱。　　记西园饮处，微云弄月，梅花人面争好。路长信杳。度日房栊悄。还是黄昏到。归梦少。纵梦归易觉。

垂丝钓　（宋词）

丘　崈

戊戌迓客。自入淮南，多所感怆作

　　夕烽戍鼓。悲凉江岸淮浦。雾隐孤城，水荒沙聚。人共语。尽向来胜处。谩怀古。　　问柳津花渡。露桥夜月，吹箫人在何许。缭墙禁籞。粉黛成黄土。惟有江东注。都无虏。似旧时得否。

垂丝钓　（宋词）

杨冠卿

　　翠帘昼卷。庭花日影初转。酒力未醒，眉黛还敛。停歌扇。背画阑倚遍。情无限。怅韶华又晚。　　锦鞯去后，愁宽珠袖金钏。碧云信远。难托西楼雁。空写银筝怨。肠欲断。更落红万点。

21. 春从天上来　（三体）

正体　双调一百四字，上阕十一句六平韵，下阕十一句五平韵

吴　激

会宁府遇老姬，善鼓瑟。自言梨园旧籍，因感而赋此。

海角飘零。叹汉苑秦宫，坠露飞萤。
◉●○△　●◉●○○；◐●○○△

梦里天上，金屋银屏。歌吹竞举青冥。
◉●○○；○●○△　◉●◉●○△

问当时遗谱，有绝艺、鼓瑟湘灵。
●◉○○●；◉●●、●●○△

促哀弹，似林莺呖呖，山溜泠泠。
◉○○；◉○○●●，○●○△

梨园太平乐府，醉几度春风，鬓发星星。
○◉●○●●，●◉●○○，◉●◉○△

舞彻中原，尘飞沧海，风雪万里龙庭。
◉●○○；○○◉●；○●◉●○△

写胡笳幽怨，人憔悴、不似丹青。
●◉○○●；○○●、◉●○△

酒微醒。对一轩凉月，灯火青荧。
◉○△　●◉○○●；◉●○△

（除起句外，上下阕句式似同。上下阕第二、第七、第十句例用一字领。上阕第四句有作：◉○○●。上阕第九句可押韵。下阕第二句有作：●●●○○●。）

变体一　双调一百六字，上阕十一句六平韵，下阕十二句六平韵

张　炎

己亥春，复回西湖，饮静传董高士楼，作此解以写我忧。

海上回槎。认旧时鸥鹭，犹恋蒹葭。
⊙●○△　●●○○●；⊙●○△

影散香消，水流云在，疏树十里寒沙。
⊙●○○　⊙○○●；⊙●●●○△

难问钱塘苏小，都不见、擘竹分茶。
○●○○○●；⊙●●、⊙●○△

更堪嗟。似荻花江上，谁弄琵琶。
●○○；●○○○●；⊙●○△

烟霞。自延晚照，尽换了西林，窈窕纹纱。
○△。●●○⊙；●●●○○；⊙●○○△

蝴蝶飞来，不知是梦，犹疑春在邻家。
⊙●○○；●○●●；⊙○○○△

一掬幽怀难写，春何处、春已天涯。
●●○○○●；⊙○●、⊙●○△

减繁华。是山中杜宇，不是杨花。
●○△　●○○●；⊙●○△

（上阕第五句不押韵，上下阕第七句俱添一字：⊙●○○○●，下起拆为两句用短韵：○△　●○⊙●，余同正体。）

变体二　双调一百二字，上阕十一句六平韵，下阕十一句四平韵

周伯阳

武昌秋夜

浩荡青冥。正凉露如洗，万里虚明。
◉●○△　●○●○●；◉●○○△

鼓角悲健，秋入重城。仿佛石上三生。
◉●○●　◉●○○；◉◉●●○○△

指蓬莱路，渺何许、月冷风清。
●○○●　◉◉●、●●○○△

倚南楼，一声长笛，几点残星。
◉○○；●●○●；◉●○○△

西风旧年有约，听候蛩语夜，客里心惊。
○○●○●○；●●○●●；◉●●○△

红树山深，翠苔门掩，想见露草疏萤。
◉●○○；◉●○○；◉●●●○○△

便乘风归去，阑干外、河汉西倾。
●○○○●；○◉●、◉●○○△

笑淹留，划然孤啸，云白天青。
●○△　●○○●；◉●○○△

（下阕第九句不押韵，上下阕第十句俱减一字：●○○●，余同正体。）

春从天上来 （金元词）

张 翥

广陵冬夜，与松云子论五音二变十二调，且品箫以定之。清浊高下，还相为宫，犁然律吕之均，雅俗之应也。不觉漏下，月满霜空，神情爽发。松云子吹春从天上来曲，音韵凄远。予亦飘然作霞外飞仙想，因倚歌和之，用纪客次胜趣。是夕丙子孟冬十又三夕也

袅袅秋风。听响彻云间，彩凤啼雄。嬴女飞下，玉佩玲珑。肠断十二台空。渺霜天如海，写不尽、楚客情浓。烛销红。更锵金振羽，变徵移宫。　　扬州旧时月色，叹水调如今，离唱谁工。露叶残蛾，蟾花遗粉，寂寞琼树香中。问坡仙何处，沧江上、鹤梦无踪。思难穷。把一襟幽怨，吹与鱼龙。

22. 春风袅娜 （一体）

正体　双调一百二十五字，上阕十二句五平韵，下阕十五句五平韵

冯艾子

春恨　　黄锺羽

被梁间双燕，话尽春愁。朝粉谢，午花柔。
●○○○●；●●○△　○●●；●○△

倚红阑、故与蝶围蜂绕，柳绵无数，飞上搔头。
●○○、●●●○○●；●○○●；○●○△

凤管声圆，蚕房香暖，笑揽罗衫须少留。
●●○○；○○○●；●●○○○●△

隔院兰馨趁风远，邻墙桃影伴烟收。
●●○○●○●；○○○●●○△

些子风情未减，眉头眼尾，万千事、欲说还休。
○●○○●●；○○●●；●○●、●●○△

蔷薇露，牡丹毬。殷勤记省，前度绸缪。
○○●；●○△；○○●●；○●○△

梦里飞红，觉来无觅，望中新绿，别后空稠。
●●○○；●○○●；●○○●；●●○△

相思难偶，叹无情明月，今年已是，三度如钩。
●○○●；●○○○●；○○●●；○●○△

（此调唯见此作，填者应遵之。）

23. 春光好 （四体）

正体 又名倚阑令、愁倚阑、愁倚阑令，双调四十二字，上阕五句三平韵，
下阕四句三平韵

晏几道

花阴月，柳梢莺。近清明。
⊙⊙● ；●○△ ●○△

长恨去年今夜雨，洒离亭。
⊙●●⊙○○● ；●○△

枕上怀远诗成。红笺纸、小研吴绫。
⊙⊙⊙●○△ ⊙⊙●、⊙●○△

寄与征人教念远，莫无情。
⊙●○○○●● ；●○△

（宋词多遵此。上起有用韵者：●○△。）

变体一　又名倚阑令、愁倚阑、愁倚阑令，双调四十一字，上阕五句三平韵，下阕四句两平韵

欧阳炯

天初暖，日初长。好春光。
○⊙●；●○△　●○△

万汇此时皆得意，竞芬芳。
⊙●⊙○○●●；⊙○△

笋迸苔钱嫩绿，花偎雪坞浓香。
⊙●⊙○○●；⊙○○●○△

谁把金丝裁剪却，挂斜阳。
⊙●⊙○○●●；●○△

（下起有用韵者：⊙●⊙●○△。）

变体二　又名倚阑令、愁倚阑、愁倚阑令，双调四十八字，上下阕各四句三平韵

《梅苑》无名氏

看看腊尽春回。消息到、江南早梅。
⊙○⊙●○△　⊙●●、○○●△

昨夜前村深雪里，一朵先开。
⊙●○○○●●；⊙●●○△

盈盈玉蕊如裁。更风细、清香暗来。
○○⊙●○△　●⊙●、○○●△

空使行人肠欲断，驻马徘徊。
⊙●○○○●●；●●○△

（上下阕句式似同。）

变体三　又名倚阑令、愁倚阑、愁倚阑令，双调四十三字，上阕四句三平韵，
下阕四句三平韵

无名氏

冰肌玉骨精神。不风尘。
○◉●●○△　●○△

昨夜窗前都折尽，忽疑君。
◉●◉○○●●；●○△

清泪拂拂沾由巾。谁相念、折赠芳春。
◉●◉●●○△　○◉●、◉●◉△

羌管休吹别塞曲，有人听。
◉●○○○●●；●○△

春光好 （宋词）

无名氏

东风恶，宿云凝。忒无情。合造梨花深院雨，断肠声。

枕上春梦初醒。红窗外、何处啼莺。已办春游双画舫，几时晴。

春光好 （宋词）

曾　觌

感旧

心下事，不思量。自难忘。花底梦回春漠漠，恨偏长。

闲日多少韶光。雕阑静、芳草池塘。风急落红留不住，又斜阳。

春光好 （宋词）

程　垓

春犹浅，柳初芽。杏初花。杨柳杏花交影处，有人家。

玉窗明暖烘霞。小屏上、水远山斜。昨夜酒多春睡重，莫惊他。

春光好　（宋词）

石孝友

淮水阔，楚山长。恨难量。不道愁离人独夜，更天凉。

佳节虚过重阳。更篱下、拆尽疏黄。看取清溪三百曲，是回肠。

春光好　（宋词）

张抡

烟澹澹，雨濛濛。水溶溶。帖水落花飞不起，小桥东。

翩翩怨蝶愁蜂。绕芳丛。恋馀红。不恨无情桥下水，恨东风。

24. 春草碧 （一体）

正体 双调七十五字，上阕六句四仄韵，下阕八句四仄韵

邵亨贞

更筹图子宣和谱。流落到如今，空怀古。
⊙○⊙●○●▲　⊙●●○○；○○▲

江南荒草寒烟，前代风流共谁语。
⊙○○●○○；⊙●○○○○▲

犹有赋骚人，迷湘浦。
⊙●●○○；○○▲

乌衣巷口斜阳，愔愔院宇。玉树后庭花，谁能举。
⊙○⊙●○○；○○●▲　⊙●●○○；○○▲

五陵残梦依稀，回首天涯叹行旅。
⊙○○●○○；○●●○○○▲

马上杜鹃啼，愁如雨。
⊙●●○○；○○▲

附：

双调七十五字，上阕六句四仄韵，下阕八句四仄韵

李献能

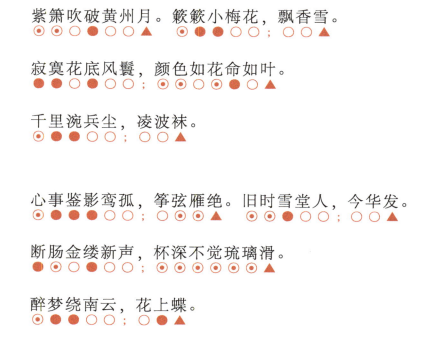

紫箫吹破黄州月。籁籁小梅花，飘香雪。
⊙●○○●●○▲　⊙●●○○；○○▲

寂寞花底风鬓，颜色如花命如叶。
●●○○●●○；⊙⊙○○●●○▲

千里浣兵尘，凌波袜。
⊙●●○○；○○▲

心事鉴影鸾孤，筝弦雁绝。旧时雪堂人，今华发。
⊙●●●○○；○⊙●▲　⊙⊙●○○；○○▲

断肠金缕新声，杯深不觉琉璃滑。
●●○○●○；○●●○○●▲

醉梦绕南云，花上蝶。
⊙●●○○；○●▲

（李献能、韩玉、完颜璹所作，平仄有异。尤以下阕第六句最为诡异，
分别为：●○○○●●○▲，○○○●●○○▲，●●○○○●○▲。不宜遵循。）

春草碧　（宋词）

韩　玉

　　莫把团扇双鸾隔。要看玉溪头，春风客。妙处风骨潇闲，翠罗金缕瘦宜窄。转面两眉攒，青山色。　　到此月想精神，花似秀质。待与不清狂，如何得。奈何难驻朝云，易成春梦恨又积。送上七香车，春草碧。

春草碧　（金元词）

钱　霖

　　客窗闲理清商谱。弹到断肠声，伤今古。自怜素发无多，犹记纹疏夜深语。空剩旧时踪，迷南浦。　　梨花燕子清明，谁家院宇。没个好情怀，杯慵举。天涯行李萧萧，还是新愁老羁旅。那更落花深，红如雨。

春草碧　（金元词）

邵亨贞

次韵素庵遣怀

更筹图子宣和谱。流落到如今，空怀古。江南荒草寒烟，前代风流共谁语。犹有赋骚人，迷湘浦。　　乌衣巷口斜阳，憎憎院宇。玉树后庭花，谁能举。五陵残梦依稀，回首天涯叹行旅。马上杜鹃啼，愁如雨。

春草碧　（金元词）

完颜璹

几番风雨西城陌。不见海棠红，梨花白。底事胜赏匆匆，正自天付酒肠窄。更笑老东君，人间客。　　赖有玉管新翻，罗襟醉墨。望中倚阑人，如曾识。旧梦回首何堪，故苑春光又陈迹。落尽后庭花，春草碧。

25.翠楼吟 （一体）

正体 双调一百一字，上阕十一句六仄韵，下阕十二句七仄韵

姜 夔

淳熙丙午冬，武昌安远楼成，与刘去非诸友落之，度曲见志。予去武昌十年，故人有泊舟鹦鹉洲者，闻小姬歌此词，问之，颇能道其事，还吴为余言之；兴怀昔游，且伤今之离索也。

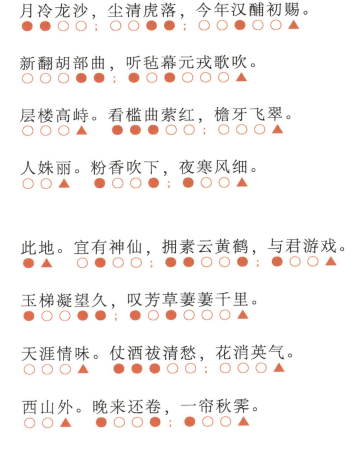

月冷龙沙，尘清虎落，今年汉酺初赐。
●○○○；○○●○；○○●○▲

新翻胡部曲，听毡幕元戎歌吹。
○○○●●；○○●○○▲

层楼高峙。看槛曲萦红，檐牙飞翠。
○○○▲　●●○○；○○○▲

人姝丽。粉香吹下，夜寒风细。
○○▲　●○○●；●○○▲

此地。宜有神仙，拥素云黄鹤，与君游戏。
●▲　○○○●；○●○○●；●○○▲

玉梯凝望久，叹芳草萋萋千里。
●○○●●；●○○○○▲

天涯情味。仗酒祓清愁，花消英气。
○○○▲　●●●○○；○○○▲

西山外。晚来还卷，一帘秋霁。
○○▲　●○○●；●○○▲

（上下阕后八句句式似同。宋词仅此作，填者需遵之。）

26. 大 酺 （一体）

正体 双调一百三十三字，上阕十五句五仄韵，下阕十一句七仄韵

周邦彦

对宿烟收，春禽静，飞雨时鸣高屋。
●⊙○○；○○●；⊙●○○○▲

墙头青玉旆，洗铅霜都尽，嫩梢相触。
○○○●●，●○○○●；⊙●○○▲

润逼琴丝，寒侵枕障，虫网吹粘帘竹。
⊙●○○，○○●●，○●○○○▲

邮亭无人处，听檐声不断，困眠初熟。
○○○○●，●○○●●；●○○▲

奈愁极频惊，梦轻难记，自怜幽独。
●⊙●○○，●○○●，⊙○○▲

行人归意速。最先念、流潦妨车毂。
⊙○○●▲　●○●、○○○●▲

怎奈向、兰成憔悴，卫玠清赢，等闲时、易伤心目。
●●●、○○○●；●●○○，⊙○○、●○○▲

未怪平阳客，双泪落、笛中哀曲。
●●○○●；⊙●●、⊙○○▲

况萧索、青芜国。
●○●、○○▲

红糁铺地，门外荆桃如菽。夜游共谁秉烛。
⊙⊙○●；⊙●○○○▲　●●●○●▲

（下阕第五句亦可不破读。上阕起句，第五、十一、十三句，例用一字领。）

大酺　（宋词）

赵以夫

牡丹

　　正绿阴浓，莺声懒，庭院寒轻烟薄。天然花富贵，逞夭红殷紫，叠葩重萼。醉艳酣春，妍姿浥露，翠羽轻明如削。檀心鸦黄嫩，似离情愁绪，万丝交错。更银烛相辉，玉瓶微浸，宛然京洛。　　朝来风雨恶。怕僝僽、低张青油幕。便好倩、佳人插帽，贵客传笺，趁良辰、赏心行乐。四美难并也，须拼醉、莫辞杯勺。被花恼、情无著。长笛何处，一笑江头高阁。极目水云漠漠。

大酺　（宋词）

陈允平

　　雾幕西山，珠帘卷，浓霭凄迷华屋。蒲萄新绿涨，正桃花烟浪，乱红翻触。绣阁留寒，罗衣怯润，慵理凤楼丝竹。东风垂杨恨，锁朱门深静，粉香初熟。念缓酌灯前，醉吟孤枕，顿成清独。　　伤心春去速。叹美景虚掷如飞毂。漫孤负、秋千台榭，拾翠心期，误芳菲、怨眉愁目。冷透金篝湿，空展转、画屏山曲。梦不到、华胥国。闲倚雕槛，试采青青梅菽。海棠尚堪对烛。

大酺　（宋词）

周　密

春阴怀旧

又子规啼，荼蘼谢，寂寂春阴池阁。罗窗人病酒，奈牡丹初放，晚风还恶。燕燕归迟，莺莺声懒，闲胃秋千红索。三分春过二，尚剩寒犹凝，翠衣香薄。傍鸳径鹦笼，一池萍碎，半檐花落。　最怜春梦弱。楚台远、空负朝云约。谩念想、清歌锦瑟，翠管瑶尊，几回沈醉东园酌。燕麦兔葵恨，倩谁访、画阑红药。况多病、腰如削。相如老去，赋笔吟笺闲却。此情怕人问著。

27. 大圣乐 （四体）

正体 双调一百十字，上阕十一句一叶韵三平韵，下阕十一句四平韵

康与之

千朵奇峰，半轩微雨，晓来初过。
○●○○；⊙●○○；●○⊙▼

渐燕子、引教雏飞，菡萏暗薰，芳草池面凉多。
●●⊙、⊙●○○；●○○●；○○○●○△

浅斟琼卮浮绿蚁，展湘簟、双纹生细波。
●●○○○●●；●○●、○○○●△

轻纨举，动团圞素月，仙桂婆娑。
○○●；●○○●●；○○○△

临风对月恣乐，便好把、千金邀艳娥。
○○●●⊙●；⊙●●、○○○●△

幸太平无事，击壤鼓腹，携酒高歌。
●●○○●；●⊙●●；○●○△

富贵安居，功名天赋，争奈皆由时命呵。
●●○○；○○○●；⊙●○○○●△

休眉锁。问朱颜去了，还更来么。
○○▼　●⊙●●；○●○△

（上下阕第十句，及下阕第三句，例用一字领。下阕第三、四句亦有合
并作：●●○○、○●●⊙●●。下阕第七句可叶韵，第九句则不用韵。）

变体一　双调一百一十字，上阕十一句五仄韵，下阕十一句七仄韵

张　炎

华春堂分韵同赵学舟赋

隐市山林，傍家池馆，顿成佳趣。
⊙●○○；●○⊙●；○●○▲

是几番临水看云，就树揽香，诗满阑干横处。
●●○⊙●○○；⊙○●○；○●⊙○○▲

翠径小车行花影，听一片春声人笑语。
●●⊙○○●●，●●●○○●▲

深庭宇。对清昼渐长，闲教鹦鹉。
○○▲　●○⊙●⊙；○○●▲

芳情缓寻细数。爱碧草平烟红自雨。
○●⊙○●▲　●●●○○●▲

任燕来莺去。香凝翠暖，歌酒清时钟鼓。
●●○○▲　○○⊙●；●●○○○▲

二十四帘冰壶里，有谁在箫台犹醉舞。
●●●⊙○○●；●○●○○○●▲

吹笙侣。倚高寒、半天风露。
○○▲　●○○、●○○▲

（皆用仄韵，部分字平仄调整，下阕句读有异，余同正体。下阕第二、第七句用一字领。）

变体二　双调一百零八字，上阕十一句四仄韵，下阕九句五仄韵

周　密

虹雨霓风，翠萦苹浦，锦翻葵径。
◎●○○；◎●○●；●○○▲

正小亭曲沼幽深，冰簟沁肌，催觉绿窗人静。
●●○◎○○；○●○○；◎●●○○▲

暗忆兰汤初洗罢，衬碧雾笼绡垂蕙领。
◎●◎○○●●；◎●●○○▲

轻妆了，袅花侵绛缕，香满鸾镜。
○○●；●○○◎●；○●○○▲

人间午迟漏永。看双燕将雏穿藻井。
○○◎●●▲　●◎○○○●▲

喜玉壶无暑，凉涵荷气，波摇帘影。
●●○○●；○○◎●；○○○▲

画舫西湖浑如旧，又孤冷蒲香惊梦醒。
●●◎○○●●；○●○○○●▲

归舟晚，听谁家、紫箫声近。
○○●；●○○、●○○▲

（较变体一，下阕第五句减两字，上阕少用一韵，下阕少用两韵，余同。上阕第四句，下阕第二、第七句用一字领。）

变体三　双调一百一十三字，上阕十三句四平韵，下阕十二句五平韵

陆　游

电转雷惊，自叹浮生，四十二年。

试思量、往事虚无似梦，悲欢万状，合散如烟。

苦海无边，爱河无底，流浪看成百漏船。

何人解，问无常火里，铁打身坚。

须臾便是华颠。好收拾形体归自然。

又何须着意，求田问舍，生须宦达，死要名传。

寿夭穷通，是非荣辱，此事由来都在天。

从今去，任东西南北，作个飞仙。

（上下阕后十句句式似同。下阕第二句用一字领。平韵词唯此一首，宜遵之。刘辰翁词自称"未必尽合本调"，不予校订。）

大圣乐 （宋词）

刘辰翁

伤春，有序余尝爱古词云："休眉锁，问朱颜去也，还更来么。"音韵低黯，辞情跌宕，庶几哀而不怨，有益于幽忧憔悴者。然二语外率鄙俚，因依声仿佛反之和之。此曲少有作者，流为善歌，则或数十叠，其声皆不可考。今特以意高下，未必尽合本调，聊以纾思志感云尔。

　　芳草如云，飞红似雨，卖花声过。况回首、洗马膝荒，更寒食、宫人斜闭，烟雨铜驼。提壶卢何所得酒，泥滑滑、行不得也哥哥。伤心处，斜阳巷陌，人唱西河。　天下事，不如意、十常八九，无奈何。论兵忍事，对客称好，面皱如靴。广武噫嘻，东陵反覆，欢乐少兮哀怨多。休眉锁。问朱颜去也，还更来么。

28.淡黄柳 （一体）

正体 双调六十五字，上阕五句五仄韵，下阕七句五仄韵

姜　夔

空城画角。吹入垂杨陌。
⊙○●▲　○●○▲

马上单衣寒恻恻。
●●⊙○○●▲

看尽鹅黄嫩绿。都是江南旧相识。
●●⊙○○▲　○○○●○▲

正岑寂。明朝又寒食。
●○▲　○○●●▲

强携酒、小桥宅。怕梨花、落尽成秋色。
⊙⊙●、●○▲　○○●、●○○●▲

燕燕飞来，问春何在，唯有池塘自碧。
●●○○；●○○●；○●○○●▲

（此调宜用入声韵。）

淡黄柳 （宋词）

王沂孙

甲戌冬，别周公谨丈於孤山中。次冬，公谨游会稽，相会一月又次冬，公谨自剡还，执手聚别，且复别去。怅然於怀，敬赋此解

花边短笛。初结孤山约。雨悄风轻寒漠漠。翠镜秦鬟钗别。同折幽芳怨摇落。　　素裳薄。重拈旧红萼。叹携手、转离索。料青禽、一梦春无几，后夜相思，素蟾低照，谁扫花阴共酌。

淡黄柳 （宋词）

张　炎

赠苏氏柳儿

楚腰一捻。羞剪青丝结。力未胜春娇怯怯。暗托莺声细说。愁蹙眉心鬪双叶。　　正情切。柔枝未堪折。应不解、管离别。奈如今、已入东风睫。望断章台，马蹄何处，闲了黄昏淡月。

29. 捣练子　　（二体）

正体　又名捣练子令、深院月、古捣练子，单调二十七字，五句三平韵

李　煜

深院静，小庭空。断续寒砧断续风。
◎●●；●○△　◎●○○◎●△

无奈夜长人不寐，数声和月到帘栊。
◎●◎○○●●；◎○◎●●○△

（第三句平仄亦有：◎○○●●○△。）

变体 又名捣练子令、深院月、古捣练子，双调三十八字，上下阕各五句
三平韵

李　石

心自小，玉钗头。月娥飞下白苹洲。
○●●；●○△；⊙○⊙●●○△

水中仙，月下游。
●⊙○；⊙●△

江汉佩，洞庭舟。香名薄幸寄青楼。
⊙○●；●○△；⊙○●●●○△

问何如，打拍浮。
●○⊙；⊙⊙○△

（道家"词"若干，未予校订。）

捣练子　（宋词）

贺　铸

杵声齐

　　砧面莹，杵声齐。捣就征衣泪墨题。寄到玉关应万里，戍人犹在玉关西。

捣练子　（宋词）

无名氏

　　捣练子，赋梅音。云底江南树树深。怅望故人千里远，故将春色寄芳心。

捣练子　（宋词）

无名氏

　　林下路，水边亭。凉吹水面散馀醒。小藤床，随意横。暗记得、旧时经。翠荷闹雨做秋听。恁时节，不怕听。

30. 滴滴金 　（三体）

正体　又名白苹香、步虚词、江月令，又名白苹香、步虚词、江月令，双调五十字，上下阕各四句四仄韵

晏　殊

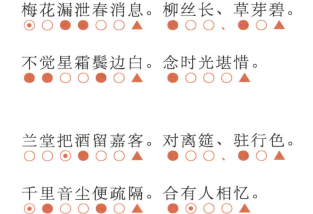

梅花漏泄春消息。柳丝长、草芽碧。

不觉星霜鬓边白。念时光堪惜。

兰堂把酒留嘉客。对离筵、驻行色。

千里音尘便疏隔。合有人相忆。

（上下阕句式似同。两结例用一字领。上阕第三句或上下阕第三句可不用韵，改作平声字。王质、晁端礼、无名氏词各一首，未予校订。）

变体一 又名白苹香、步虚词、江月令，双调五十一字，上下阕各四句，三仄韵

孙道绚

梅

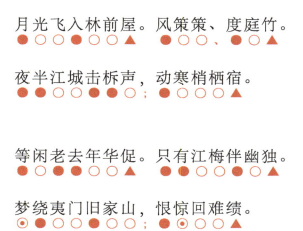

月光飞入林前屋。风策策、度庭竹。
●○○●○○▲　　●○○、●○▲

夜半江城击柝声，动寒梢栖宿。
●●○○●○○；●○○○▲

等闲老去年华促。只有江梅伴幽独。
●●○●○○▲　　●●○○●○▲

梦绕夷门旧家山，恨惊回难续。
◉●○○●○○；●◉○○▲

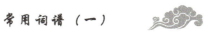

变体二　又名白苹香、步虚词、江月令，双调四十六字，上阕四句三仄韵，下阕四句四仄韵

欧阳修

尊前一把横波溜。彼此心儿有。
⊙○●●○○▲　●●●○▲

曲屏深幌解香罗，花灯微透。
●○○●●○○；○○○▲

偎人欲语眉先皱。红玉困春酒。
○○⊙●●○▲　○●●○▲

为问鸳衾这回后。几时重又。
⊙●●○●○▲　●●○▲

129

滴滴金　（宋词）

陈　亮

断桥雪霁闻啼鸟。对林花、弄晴晓。画角吹香客愁醒，见梢头红小。　　团酥剪蜡知多少。向风前、压春倒。江嶂人烟画图中，有短篷香绕。

31. 氐州第一 （一体）

正体 又名熙州摘遍，双调一百二字，上阕十一句四仄韵，下阕九句五仄韵

周邦彦

波落寒汀，村渡向晚，遥看数点帆小。
○●○◎；○○●●；◎○◎○●▲

乱叶翻鸦，惊风破雁，天角孤云缥缈。
●●○○；○○●●；○◎○○●▲

官柳萧疏，甚尚挂、微微残照。
◎●○○；●◎●、○○○●▲

景物关情，川途换目，顿来催老。
◎●○○；◎○◎●；●○○▲

渐解狂朋欢意少。奈犹被、思牵情绕。
●●○◎○○▲　◎○●、○○○●▲

座上琴心，机中锦字，觉最萦怀抱。
●●○○；◎○●●；●●○○▲

也知人、悬望久，蔷薇谢、归来一笑。
◎○○、◎●●；○○●、○○●●▲

欲梦高唐，未成眠、霜空已晓。
◎●○○；●○○、◎○○●▲

（上阕第十句、下阕第四句或为：○○●●，或为：●○○●。）

氏州第一　（宋词）

陈允平

　　闲倚江楼，凉生半臂，天高过雁来小。紫茨波寒，青芜烟澹，南浦云帆缥缈。潮带离愁，去冉冉、夕阳空照。寂寞东篱，白衣人远，渐黄花老。　　见说西湖鸥鹭少。孤山路、醉魂飞绕。荻蟹初肥，莼鲈更美，尽酒怀诗抱。待南枝、春信早。巡檐对梅花索笑。月落乌啼，渐霜天、钟残梦晓。

氏州第一　（宋词）

郑熏初

　　问遍来禽，春事过也，江南倦客心苦。料理花愁，销磨酒病，还是年时意绪。寒浅香轻，早一霎、朝来微雨。柳曲闻莺，河桥信马，旋题新句。　　漫道而今无贺铸。尽肠断、满帘飞絮。说似风流，除非小杜，妙绝夸能赋。黯相逢，俱有恨，空流落、江山好处。猛拍阑干，诉天知、声声杜宇。

32. 点绛唇　（一体）

正体　又名点樱桃、十八香、南浦月、沙头雨、寻瑶草，双调四十一字，
上阕四句三仄韵，下阕五句四仄韵

冯延巳

荫绿围红，飞琼家在桃源住。
◎●○○；◎○○●○○▲

画桥当路。临水双朱户。
◎○○▲　◎●○○▲

柳径春深，行到关情处。
◎●○○；◎○●○○▲

颦不语。意凭风絮。吹向郎边去。
○◎▲　◎○○▲　◎●○○▲

点绛唇 （宋词）

王禹偁

感兴

雨恨云愁，江南依旧称佳丽。水村渔市。一缕孤烟细。
天际征鸿，遥认行如缀。平生事。此时凝睇。谁会凭阑意。

点绛唇 （宋词）

晏几道

花信来时，恨无人似花依旧。又成春瘦。折断门前柳。
天与多情，不与长相守。分飞后。泪痕和酒。占了双罗袖。

点绛唇 （宋词）

苏 轼

醉漾轻舟，信流引到花深处。尘缘相误。无计花间住。
烟水茫茫，千里斜阳暮。山无数。乱红如雨。不记来时路。

点绛唇　　（宋词）

林　逋

草

金谷年年，乱生春色谁为主。馀花落处。满地和烟雨。
又是离愁，一阕长亭暮。王孙去。萋萋无数。南北东西路。

点绛唇　　（宋词）

苏　过

新月娟娟，夜寒江静山衔斗。起来搔首。梅影横窗瘦。
好个霜天，闲却传杯手。君知否。乱鸦啼后。归兴浓如酒。

点绛唇　　（宋词）

晁端礼

洞户深沈，起来闲绕回廊转。凤箫声远。小院杨花满。
旧曲重寻，移遍秦筝雁。芳心乱。栏干凭暖。目向天涯断。

点绛唇　　（宋词）

贺　铸

见面无多，坐来百媚生馀态。后庭春在。折取残红戴。
小小兰舟，荡桨东风快。和愁载。缠绵难解。不似罗裙带。

点绛唇 　（宋词）

汪　藻

高柳蝉嘶，采菱歌断秋风起。晚云如髻。湖上山横翠。
帘卷西楼，过雨凉生袂。天如水。画楼十二。有个人同倚。

点绛唇 　（宋词）

李　祁

楼下清歌，水流歌断春风暮。梦云烟树。依约江南路。
碧水黄沙，梦到寻梅处。花无数。问花无语。明月随人去。

点绛唇 　（宋词）

李清照

闺思

寂寞深闺，柔肠一寸愁千缕。惜春春去。几点催花雨。
倚遍阑干，只是无情绪。人何处。连天衰草，望断归来路。

点绛唇　（宋词）

向子諲

重九戏用东坡先生韵

无热池南，岁寒亭上开新宴。青山芳甸。尽入真如观。
举酒高歌，人在秋天半。晴空远。寒江影乱。何处飞来雁。

点绛唇　（宋词）

蔡　伸

登历阳连云观

水绕孤城，乱山深锁横江路。帆归别浦。苒苒兰皋暮。
人在天涯，雁背南云去。空凝伫。凤楼何处。烟霭迷津渡。

点绛唇　（宋词）

张元幹

呈洛滨、筠溪二老

清夜沉沉，暗蛩啼处檐花落。乍凉帘幕。香绕屏山角。
堪恨归鸿，情似秋云薄。书难托。尽交寂寞。忘了前时约。

点绛唇　（宋词）

赵彦端

途中逢管倅

憔悴天涯，故人相遇情如故。别离何遽。忍唱阳关句。
我是行人，更送行人去。愁无据。寒蝉鸣处。回首斜阳暮。

点绛唇　（宋词）

王　炎

崇阳野次

雨湿东风，谁家燕子穿庭户。孤村薄暮。花落春归去。
浪走天涯，归思萦心绪。家何处。乱山无数。不记来时路。

点绛唇　（宋词）

周　晋

访牟存叟南漪钓隐

午梦初回，卷帘尽放春愁去。昼长无侣。自对黄鹂语。
絮影蘋香，春在无人处。移舟去。未成新句。一砚梨花雨。

点绛唇　（宋词）

曾允元

一夜东风，枕边吹散愁多少。数声啼鸟。梦转纱窗晓。
来是春初，去是春将老。长亭道。一般芳草。只有归时好。

点绛唇　（宋词）

无名氏

莺踏花翻，乱红堆径无人扫。杜鹃来了。梅子枝头小。
拨尽琵琶，总是相思调。知音少。暗伤怀抱。门掩青春老。

点绛唇　（金元词）

刘秉忠

寂寂珠帘，凤楼人去箫声住。断肠诗句。彩笔无题处。
花褪残红，绿满西城树。蘅皋暮。客愁何许。梅子黄时雨。

点绛唇　（金元词）

邵亨贞

荒草寒烟，几年不到新安路。旧时行处。流水迷官渡。
万里风埃，掇送流年度。伤迟暮。东驰西骛。俯仰成今古。

点绛唇　（金元词）

元好问

把酒留春，醉扶红袖花前倒。落花风扫。红雨深芳草。
又恨春迟，又恨春归早。花应笑。惜春人老。枉被春风恼。

点绛唇　（金元词）

张弘范

星斗文章，词源落落倾胸臆。十年南北。几度空相忆。
把酒留君，后会知何夕。愁如织。一鞭行色。春雪梅花驿。

33. 蝶恋花　　（一体）

正体　又名鹊踏枝、黄金缕、卷珠帘、凤栖梧、一箩金、鱼水同欢、转调蝶恋花，双调六十字，上下阕各五句，四仄韵

冯延巳

六曲阑干偎碧树。杨柳风轻，展尽黄金缕。

谁把钿筝移玉柱。穿帘海燕双飞去。

满眼游丝兼落絮。红杏开时，一霎清明雨。

浓睡觉来莺乱语。惊残好梦无寻处。

（上下阕句式似同。上阕起句、第四句亦有叶平韵者。上下阕第四句，极少作品平仄为：◉●◉○○○▲；个别作品此句作下三仄。皆不必遵。）

蝶恋花　(宋词)

柳　永

　　伫倚危楼风细细。望极春愁，黯黯生天际。草色烟光残照里。无言谁会凭阑意。　　拟把疏狂图一醉。对酒当歌，强乐还无味。衣带渐宽终不悔。为伊消得人憔悴。

蝶恋花　(宋词)

张　先

　　槛菊愁烟兰泣露。罗幕轻寒，燕子双来去。明月不谙离恨苦。斜光到晓穿朱户。　　昨夜西风雕碧树。独上高楼，望尽天涯路。欲寄彩笺兼尺素。山长水阔知何处。

蝶恋花　(宋词)

欧阳修

　　庭院深深深几许。杨柳堆烟，帘幕无重数。玉勒雕鞍游冶处。楼高不见章台路。　　雨横风狂三月暮。门掩黄昏，无计留春住。泪眼问花花不语。乱红飞过秋千去。

蝶恋花　（宋词）

晏几道

梦入江南烟水路。行尽江南，不与离人遇。睡里消魂无说处。觉来惆怅消魂误。　　欲尽此情书尺素。浮雁沉鱼，终了无凭据。却倚缓弦歌别绪。断肠移破秦筝柱。

蝶恋花　（宋词）

苏　轼

春景

花褪残红青杏小。燕子飞时，绿水人家绕。枝上柳绵吹又少。天涯何处无芳草。　　墙里秋千墙外道。墙外行人，墙里佳人笑。笑渐不闻声渐悄。多情却被无情恼。

蝶恋花　（宋词）

谢　逸

豆蔻梢头春色浅。新试纱衣，拂袖东风软。红日三竿帘幕卷。画楼影里双飞燕。　　拢鬓步摇青玉碾。缺样花枝，叶叶蜂儿颤。独倚阑干凝望远。一川烟草平如剪。

蝶恋花 （宋词）

朱淑真

送春

楼外垂杨千万缕。欲系青春，少住春还去。犹自风前飘柳絮。随春且看归何处。　　绿满山川闻杜宇。便做无情，莫也愁人苦。把酒送春春不语。黄昏却下潇潇雨。

蝶恋花 （宋词）

陆　游

禹庙兰亭今古路。一夜清霜，染尽湖边树。鹦鹉杯深君莫诉。他时相遇知何处。　　冉冉年华留不住。镜里朱颜，毕竟消磨去。一句丁宁君记取。神仙须是闲人做。

蝶恋花 （金元词）

刘敏中

又次前韵（答魏鹏举）

帘底青灯帘外雨。酒醒更阑，寂寞情何许。肠断南园回首处。月明花影闲朱户。　　听彻楼头三叠鼓。题遍云笺，总是伤心句。咫尺巫山无路去。浪凭青鸟丁宁语。

蝶恋花　（金元词）

汪　斌

送春

蝶懒莺慵芳草歇。绿暗红稀，柳絮飘晴雪。有意送春还惜别。杜鹃争奈催归切。　　绣阁无人帘半揭。暗忆边城，十载音书绝。惟有东风无异说。年年来趁梅花月。

蝶恋花　（金元词）

叶　森

西湖感旧

小院闲春愁几许。目断行云，醉忆曾游处。寂寞而今芳草路。年年绿遍清明雨。　　花影重帘斜日暮。酒冷香温，幽恨无人顾。一阵东风吹柳絮。又随燕子西泠去。

蝶恋花　（金元词）

张　翥

柳絮

陌上垂杨吹絮罢。愁杀行人，又是春归也。点点飞来和泪洒。多情解逐章台马。　　瘦尽柔丝无一把。细叶青蘬，闲却当时画。惆怅此情何处写。黄昏淡月疏帘下。

145

34. 定风波　　（二体）

正体　又名定风流、定风波令，双调六十二字，上阕五句三平韵、两仄韵，下阕六句四仄韵、两平韵

欧阳修

志在烟霞慕隐沦。功成归看五湖春。
⊙●○○○●△　⊙○⊙●●○△

一叶舟中吟复醉。云水。此时方认自由身。
⊙●○○○●▲　⊙▲　⊙○⊙●●○△

花岛为邻鸥作侣。深处。经年不见市朝人。
⊙●○○○●◆　⊙▲　⊙○⊙●●○△

已得希夷微妙旨。潜喜。荷衣蕙带绝纤尘。
⊙●○○○●◆　⊙▲　⊙○⊙●●○△

（下起阕选作：⊙○○●●○○◆，欧阳炯作：⊙○○⊙○○●◆。各一首，不足为训。）

变体 又名定风流、定风波令，双调六十字，上下阕各五句三平韵、两仄
韵

周邦彦

莫倚能歌敛黛眉。此歌能有几人知。
⊙●○○●●△　⊙○○●●○△

他日相逢花月底。重理。好声须记得来时。
⊙●●○○○▲　⊙▲　⊙○○●●○△

苦恨城头更漏永，无情岂解惜分飞。
⊙●○○●●●；⊙○●●●○△

休诉金尊推玉臂。从醉。明朝有酒遣谁持。
⊙●●○○○▲　⊙▲　○○●●○△

（上下阕句式似同。较正体，唯下起不用韵且下阕减一两字句耳。）

定风波　（五代词）

李　珣

雁过秋空夜未央。隔窗烟月锁莲塘。往事岂堪容易想。惆怅。故人迢递在潇湘。　　纵有回文重叠意。谁寄。解鬟临镜泣残妆。沉水香消金鸭冷。愁永。候虫声接杵声长。

定风波　（宋词）

欧阳修

把酒花前欲问伊。问伊还记那回时。黯淡梨花笼月影。人静。画堂东畔药阑西。　　及至如今都不认。难问。有情谁道不相思。何事碧窗春睡觉。偷照。粉痕匀却湿胭脂。

定风波　（宋词）

苏　轼

三月七日，沙湖道中遇雨。雨具先去，同行皆狼狈，余独不觉。已而遂晴，故作此词

莫听穿林打叶声。何妨吟啸且徐行。竹杖芒鞋轻胜马。谁怕。一蓑烟雨任平生。　　料峭春风吹酒醒。微冷。山头斜照却相迎。回首向来潇洒处。归去。也无风雨也无晴。

定风波　（宋词）

辛弃疾

杜鹃花

百紫千红过了春。杜鹃声苦不堪闻。却解啼教春小住。风雨。空山招得海棠魂。　　一似蜀宫当日女。无数。猩猩血染赭罗巾。毕竟花开谁作主。记取。大都花属惜花人。

定风波　（宋词）

无名氏

又是春归烟雨村。一枝香雪度黄昏。竹外云低疏影亚。潇洒。水清沙浅见天真。　　瘦玉欺寒香不暖。堪羡。冰姿照夜月无痕。楼上笛声休听取。说与。江南人远易销魂。

定风波　（宋词）

吴文英

密约偷香□蹋青。小车随马过南屏。回首东风销鬓影。重省。十年心事夜船灯。　　离骨渐尘桥下水，到头难灭景中情。两岸落花残酒醒。烟冷。人家垂柳未清明。

定风波　（金元词）

元好问

　　小□香来醉梦中。梦回幽赏惜匆匆。只道南枝开未半。谁唤。等闲都逐晚云空。　　潇洒小溪新雪后。唯有。萧萧霜叶卧残红。几欲问花应有恨。休问。争教不肯嫁春风。

35. 定西番　　（二体）

正体　双调三十五字，上阕四句一仄韵、两平韵，下阕四句两仄韵、两平韵

温庭筠

汉使昔年离别。

⊙●⊙○○▲

攀弱柳，折寒梅。上高台。

○●● ；●○△　　●○△

千里玉关春雪。雁来人不来。

⊙●⊙○○▲　⊙○○●△

羌笛一声愁绝。月徘徊。

⊙●⊙○○▲　●○△

（起句或下阕第一、第三句可不用韵。）

151

变体　双调四十一字，上阕五句两平韵，下阕四句两平韵一叶韵

温庭筠

捍拨紫檀金衬，双秀蕚，两回鸾。
⊙●⊙○○●；○●●；●○△

齐学汉宫眉样，竞婵娟。
⊙●⊙○○●；●○△

三十六弦蝉闹，小弦蜂作团。
⊙●⊙○○●；⊙○○●△

听尽昭君幽怨。莫重弹。
⊙●○○○▼　●○△

（上阕第三句下加入六字句：⊙●⊙○○●，下阕仄韵异，余同正体。）

定西番 （唐词）

温庭筠

细雨晓莺春晚。人似玉，柳如眉。正相思。
罗幕翠帘初卷。镜中花一枝。肠断塞门消息。雁来稀。

定西番 （唐词）

韦　庄

挑尽金灯红烬，人灼灼，漏迟迟。未眠时。
斜倚银屏无语。闲愁上翠眉。闷煞梧桐残雨。滴相思。

定西番 （五代词）

孙光宪

帝子枕前秋夜，霜幄冷，月华明。正三更。
何处戍楼寒笛，梦残闻一声。遥想漠关万里，泪纵横。

定西番 （宋词）

张　先

年少登瀛词客，飘逸气，拂晴霓。尽带江南春色，过长淮。
一曲艳歌留别，翠蝉摇玉钗。此后吴姬难见，且徘徊。

36. 东风第一枝　　（一体）

正体　双调一百字，上阕九句四仄韵，下阕八句五仄韵

　　　　　　　　　　　　　　　　　　　　　　　　史达祖

草脚愁苏，花心梦醒，鞭香拂散牛土。
⊙●○○；⊙○○●；⊙○⊙●○○▲

旧歌空忆珠帘，彩笔倦题绣户。
⊙○⊙●○○；⊙●⊙○○●▲

黏鸡贴燕，想立断、东风来处。
○○⊙●；⊙●○、○○○▲

暗惹起、一掬相思，乱若翠盘红缕。
●⊙●、⊙●○○；⊙○⊙●○○▲

今夜觅、梦池秀句。明日动、探花芳绪。
⊙●⊙、⊙○⊙●▲　⊙●●、⊙○○▲

寄声沽酒人家，预约俊游伴侣。
⊙○⊙●○○；⊙●●○○●▲

怜它梅柳，乍忍后、天街酥雨。
⊙○⊙●；⊙●●、○○○▲

待过了、一月灯期，日日醉扶归去。
●⊙●、⊙●○○；⊙●●○○○▲

　　（上下阕后六句句式似同。上阕第二句、第六句及下阕第五句有俱押韵者，下起可不用韵。上阕末两句亦可作：●●⊙●●○○；⊙●⊙○○▲，用一字领两六字对仗句。上阕末两句亦偶有作：●●⊙○○，○○⊙●，●○○▲，不足训。）

东风第一枝 　（宋词）

周　密

早春赋

草梦初回，柳眠未起，新阴才试花讯。雏鸳迎晓偎香，小蝶舞晴弄影。飞梭庭院，早已觉、日迟人静。画帘轻、不隔春寒，旋减酒红香晕。　　吟欲就、远烟催暝。人欲醉、晚风吹醒。瘦肌羞怯金宽，笑靥暖融粉沁。珠歌缓引。更巧试、杏妆梅鬓。怕等闲、虚度芳期，老却翠娇红嫩。

东风第一枝 　（宋词）

无名氏

腊雪犹凝，东风递暖，江南梅早先拆。一枝经晓芬芳，几处漏春信息。孤根寒艳，料化工、别施恩力。迥不与、桃李争妍，自称寿阳妆饰。　　雪烂熳、怨蝶未知，嗟燕孤、画楼绮陌。暗香空写银笺，素艳谩传妙笔。王孙轻顾，便好与、移栽京国。更免逐、羌管凋零，冷落暮山寒驿。

东风第一枝　(宋词)

无名氏

溪侧风回，前村雾散，寒梅一枝初绽。雪艳凝酥，冰肌莹玉，嫩条细软。歌台舞榭，似万斛、珠玑飘散。异众芳，独占东风，第一点装琼苑。　　青萼点、绛唇疏影，潇洒喷、紫檀龙麝。也知青女娇羞，寿阳懒匀粉面。江梅腊尽，武陵人、应知春晚。最苦是，皎月临风，画楼一声羌管。

东风第一枝　(金元词)

张　萧

忆梅

老树浑苔，横枝未叶，青春肯误芳约。背阴未返冰魂，阳梢已含红萼。佳人寒怯，谁惊起、晓来梳掠。是月斜、花外幺禽，霜冷竹间幽鹤。　　云淡淡，粉痕渐薄。风细细，冻香又落。叩门喜伴金尊，倚阑怕听画角。依稀梦里，记半面、浅窥朱箔。甚时得、重写鸾笺，去访旧游东阁。

37. 东坡引 （一体）

正体 双调四十八字，上阕四句四仄韵，下阕五句四仄韵

曹　冠

凉飚生玉宇。黄花晓凝露。
⊙○○●▲　○⊙⊙○▲

汀苹岸蓼秋将暮。登高开宴俎。
○○●●○○▲　⊙○○●▲

传杯兴逸，分咏得句。思戏马、常怀古。
○○●●；⊙⊙⊙●▲　⊙●●、○○▲

东篱候酒人何处。芳尊须送与。
⊙○○●○○▲　○○○●▲

（下阕结句可叠用一句，也可上下阕结句皆各叠用一句。个别下起或下阕第二句字有增减，不予校订。）

东坡引　　(宋词)

袁去华

陇头梅半吐。江南岁将暮。闲窗尽日将愁度。黄昏愁更苦。　　归期望断，双鱼尺素。念嘶骑、今到何处。残灯背壁三更鼓。斜风吹细雨。

东坡引　　(宋词)

赵师侠

癸巳豫章

飞花红不聚。都因夜来雨。枝头冷落情如许。东风谁是主。　　看看满地，堆却香絮。但目断、章台路。残英剩蕊留春住。春归何处去。春归何处去。

东坡引　　(宋词)

辛弃疾

君如梁上燕。妾如手中扇。团团青影双双伴。秋来肠欲断。秋来肠欲断。　　黄昏泪眼。青山隔岸。但咫尺、如天远。病来只谢傍人劝。龙华三会愿。龙华三会愿。

38. 洞仙歌　（四体）

正体　又名洞仙歌令、洞仙词、羽仙歌、洞中仙，双调八十三字，上阕五句三仄韵，下阕八句三仄韵

苏　轼

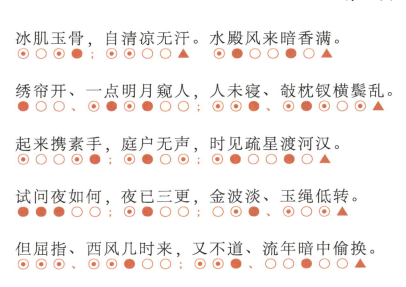

冰肌玉骨，自清凉无汗。水殿风来暗香满。

绣帘开、一点明月窥人，人未寝、敧枕钗横鬓乱。

起来携素手，庭户无声，时见疏星渡河汉。

试问夜如何，夜已三更，金波淡、玉绳低转。

但屈指、西风几时来，又不道、流年暗中偷换。

变体一

又名洞仙歌令、洞仙词、羽仙歌、洞中仙，双调八十四字，上阕五句三仄韵，下阕九句三仄韵

晏几道

春残雨过，绿暗东池道。玉艳藏羞媚赪笑。
⊙○○● ；⊙○○○▲　⊙○○○●○▲

记当时、已恨飞镜欢疏，那至此、仍苦题花信少。
●○○、⊙○●○○○ ；⊙⊙○●、⊙○○●⊙▲

连环情未已，物是人非，月下疏梅似伊好。
⊙○○○● ；⊙●○○ ；⊙○○○○▲

澹秀色，暗寒香，粲若春容，何心愿、闲花凡草。
●⊙● ；⊙○○ ；●○○○ ；○○●、⊙○○⊙▲

但莫使、情随岁华迁，便杳隔秦源、也须能到。
⊙⊙●、⊙⊙○○○ ；⊙○○●○、●○○▲

（正体下阕第四句，添一字拆为两三字句而已。）

变体二 又名洞仙歌令、洞仙词、羽仙歌、洞中仙，双调八十五字，上阕五句三仄韵，下阕九句三仄韵

李弥逊

登临漳城咏梅

断桥斜路，又是春来也。仙掌挼云半开谢。
⊙○◉●；⊙●⊙○▲　⊙●○○◉●▲

尽凝酥砌粉，不似真香，分明对、冰雪肌肤姑射。
●○○◉●；⊙●○○；⊙○●、⊙●○○○▲

天涯伤老大，万斛新愁，一笑端须问花借。
⊙○○◉●；⊙●○○；⊙●○○●▲

纵广平冷淡，铁石心肠，未拚得、花里风前月下。
⊙○○◉●；⊙●○○；⊙●●、○●○○◉▲

为传语游蜂缓经营，且留与山翁、醉吟清夜。
⊙○●○○◉○；⊙○●●○、●○○▲

（正体下阕第六句添两字。下阕第七句用一字领。）

变体三 又名洞仙歌令、洞仙词、羽仙歌、洞中仙，双调八十六字，上阕五句三仄韵，下阕九句三仄韵

赵长卿

木犀

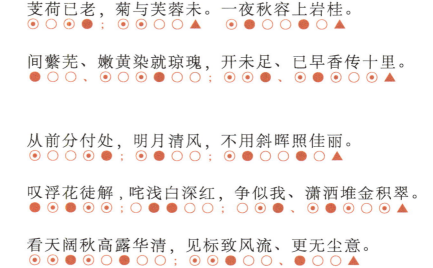

芰荷已老，菊与芙蓉未。一夜秋容上岩桂。
⊙○⊙● ; ⊙●○○ ▲　⊙●○○●○ ▲

间繁芜、嫩黄染就琼瑰，开未足、已早香传十里。
⊙○○ 、⊙○⊙●○○ ; ⊙●● 、⊙●○○●○ ▲

从前分付处，明月清风，不用斜晖照佳丽。
⊙○○⊙● ; ⊙●○○ ; ⊙●○○●○ ▲

叹浮花徒解，咤浅白深红，争似我、潇洒堆金积翠。
●○○⊙● ; ⊙●●○○ 、⊙○● 、⊙●○○⊙● ▲

看天阔秋高露华清，见标致风流、更无尘意。
⊙⊙●○○⊙○ ; ⊙●○●○○ 、●○○ ▲

（下阕第四、第五、第八句用一字领。其余添字或减字，多为孤篇，不予校订。柳永词三首，晁补之词二首，字数、句式迥异，亦不予校订。）

洞仙歌 （五代词）

孟 昶

（宜春潘明叔云：蜀王与花蕊夫人避暑摩诃池上，赋《洞仙歌》，其辞不见于世。东坡得老尼口诵两句，遂足之。蜀帅谢元明因开摩诃池，得古石刻，遂见全篇。）

冰肌玉骨，自清凉无汗。贝阙琳宫恨初远。玉阑干倚遍，怯尽朝寒，回首处、何必留连穆满。　　芙蓉开过也，楼阁香融，千片红英泛波面。洞房深深锁，莫放轻舟，瑶台去，甘与尘寰路断。更莫遣流红到人间，怕一似当时、误他刘阮。

洞仙歌 （宋词）

晁端礼

眼来眼去，未肯分明道。有意于人甚不早。谩教我、心下终日悬悬，星□事、知他何时是了。　　几回猜伊意，也是难为，拟待偷怜又胆小。奈何我已狂迷，怎肯干休，情深后、不免求告。但只教、时时得些儿，便拚了一生，为伊烦恼。

洞仙歌 （宋词）

刘一止

细风轻雾，锁山城清晓。冷蕊疏枝为谁好。对斜桥孤驿，流水溅溅，无限意、清影徘徊自照。　　何郎空立马，恼乱馀香，绮思凭花更娟妙。肠断处，天涯路远音稀，行人怨、角声吹老。叹客里经春又三年，向月地云阶，负伊多少。

洞仙歌 （宋词）

谢懋

春雨

愁边雨细。漠漠天如醉。摇飏游丝晚风外。酿轻寒、和暝色，花柳难胜，春自老、谁管啼红敛翠。　　关情潜入夜，斜湿帘栊，几处挑灯耿无寐。念阳台，当日事，好伴云来，因个甚、不入襄王梦里。便添起、寒潮卷长江，又恐是离人，断肠清泪。

洞仙歌 （宋词）

杨炎正

寿稼轩

带湖佳处，仿佛真蓬岛。曾对金樽伴芳草。见桃花流水，别是春风，笙歌里、谁信东君会老。　　功名都莫问，总是神仙，买断风光镇长好。但如今，经国手，袖里偷闲，天不管、怎得关河事了。待貌取、精神上凌烟，却旋买扁舟，归来闻早。

洞仙歌　（宋词）

葛　郯

十三夜再赏月用前韵

藐姑仙子，天外谁为侣。八极浮游气为驭。看朝餐沆瀣，暮饮醒醐，瑶台冷、吹落九天风露。　　翠空云幕净，宝鉴无尘，碧树秋来暗消暑。残夜水明楼，影落寒溪，行人起、沙头唤渡。任角声、吹落小梅花，梦不到渔翁、一蓑烟雨。

洞仙歌　（宋词）

无名氏

断云疏雨，冷落空山道。匹马骎骎又重到。望孤村，两三间、茅屋疏篱，溪水畔、一簇芦花晚照。　　寻思行乐地，事去无痕。回首湘波与天杳。叹人生几度，能醉金钗，青镜里、赢得朱颜未老。又枝头、一点破黄昏，问客路春风，为谁开早。

洞仙歌 （金元词）

洪希文

早梅

野亭驿路，尽是寻幽客。水曲山隈浩无极。见松荒菊老，岁晏江空，摇落尽、几点南枝消息。　　天寒云淡，月弄黄昏色。绰约真仙貌姑射。占得百花头上，积雪层冰，搓不去、只恁地皑皑白。问广平、心事竟何如，纵铁石肝肠，也难赋得。

39.鬥百花　　（一体）

正体　又名夏州，双调八十一字，上阕八句四仄韵，下阕七句三仄韵

柳　永

煦色韶光明媚，轻霭低笼芳树。
⊙●○○○●；⊙●○○⊙▲

池塘浅蘸烟芜，帘幕闲垂风絮。
○○⊙●○○，⊙●○○⊙▲

春困厌厌，抛掷斗草工夫，冷落踏春心绪。
⊙●○○；⊙●⊙○○●，⊙●⊙○○▲

终日扃朱户。
⊙●⊙○▲

远恨绵绵，淑景迟迟难度。
⊙●○⊙；●●○○○▲

年少傅粉，依前醉眠何处。
○●●●；⊙○⊙●○▲

深院无人，黄昏乍拆秋千，空锁满庭花雨。
⊙●○○；○○●●○○，⊙●⊙○○▲

（上阕第三句有作：⊙●⊙○○●。下阕第三、四句，亦可分作：
○●●●⊙●⊙，●○○▲。起句多用韵。上阕第二句偶有不用韵。）

鬥百花 　(宋词)

王　琪

江行

一叶扁舟前去。经过乱峰无数。渔村返照斜阳，鸟道高悬疏雨。危坐中流，堆起雪浪如山，尽被橛头冲破，胸次廓千古。　　雁阵惊寒，乱落平沙深处。投至十里芦花，暂时修羽。低问篙师，萧萧江上何声，风触两边红树。

40. 渡江云　（一体）

正体　又名三犯渡江云，双调一百字，上阕十句四平韵，下阕九句一叶韵四平韵

周邦彦

晴岚低楚甸，暖回雁翼，阵势起平沙。
⊙○○●● ；⊙○●● ；⊙●●○△

骤惊春在眼，借问何时，委曲到山家。
●●○●● ；●●○○ ；⊙●●○△

涂香晕色，盛粉饰、争作妍华。
○○●● ；●●● 、○●○△

千万丝、陌头杨柳，渐渐可藏鸦。
⊙●● 、⊙○○● ；●●●○△

堪嗟。清江东注，画舸西流，指长安日下。
○△。 ⊙○○● ；●●○○ ；⊙○○○▼

愁宴阑、风翻旗尾，潮溅乌纱。
⊙●○ 、○○○● ；○●○△

今宵正对初弦月，傍水驿、深舣蒹葭。
⊙○●●○○● ；⊙●● 、⊙●○△

沉恨处、时时自剔灯花。
○●● 、⊙○⊙●●○△

　　（下阕第四句用一字领。偶有叶韵改平韵者。偶有下起不用短韵者。陈允平别首，皆用入声韵。不予校订。）

渡江云 （宋词）

陈允平

青青江上草，片帆浪暖，初泊渡头沙。翠筇便瘦倚，问酒垂杨，影里那人家。东风未许，漫媚妩、轻试铅华。飘佩环、玉波秋莹，双髻绿堆鸦。　　空嗟。赤阑桥畔，暗约琴心，傍秋千影下。夜渐分、西窗愁对，烟月笼纱。离情暗逐春潮去，南浦恨、风苇烟葭。肠断处，门前一树桃花。

渡江云 （宋词）

张　炎

山阴久客，一再逢春，回忆西杭，渺然愁思

山空天入海，倚楼望极，风急暮潮初。一帘鸠外雨，几处闲田，隔水动春锄。新烟禁柳，想如今、绿到西湖。犹记得、当年深隐，门掩两三株。　　愁余。荒洲古溆，断梗疏萍，更漂流何处。空自觉、围羞带减，影怯灯孤。常疑即见桃花面，甚近来、翻笑无书。书纵远，如何梦也都无。

渡江云　（金元词）

邵亨贞

庚戌腊月九日，与邾仲義同往江阴。是夕泊舟无锡之高桥，乱后荒寒，茅苇弥望，朔吹乍静，山气乍昏复明，起与仲義登桥纵目，霜月遍野，情怀恍然，口占纪行，求仲義印可

朔风吹破帽，江空岁晚，客路正冰霜。暮鸦归未了，指点旗亭，弭棹宿河梁。荒烟乱草，试小立、目送斜阳。寻旧游、恍然如梦，展转意难忘。　　堪伤。山阳夜笛，水面琵琶，记当年曾赏。嗟老来、风埃憔悴，身世微茫。今宵到此知何处，对冷月、清兴犹狂。愁未了，一声渔笛沧浪。

41.多 丽 （一体）

正体 又名绿头鸭、陇头泉，双调一百三十九字，上阕十四句六平韵，下阕十二句五平韵

晁端礼

晚云收，淡天一片琉璃。
●○○；⊙○●○●○△

烂银盘、来从海底，皓色千里澄辉。
●○○、○○●●，⊙●○○○△

莹无尘、素娥淡伫，静可数、丹桂参差。
○⊙○、●○●●，⊙●●、○●○△

玉露初零，金风未凛，一年无似此佳时。
⊙●○○；⊙○●●；⊙○○●●○△

向坐久、疏星时度，乌鹊正南飞。
●⊙●、○○⊙●，○●●○△

瑶台冷，阑干凭暖，欲下迟迟。
○○●；⊙○○●，●●○△

念佳人、音尘隔后，对此应解相思。
●⊙○、○○●●；●●○○○△

最关情、漏声正永，暗断肠、花阴潜移。
●○○、●○●●，●●○、○○○△

料得来宵，清光未减，阴晴天气又争知。
⊙●○○；○○●●；○○○●●○△

共凝恋、如今别后，还是隔年期。
⊙○●、⊙○●●；⊙●●○△

人总健，清尊素月，长愿相随。
○●●；○○●●；○●○△

　　（上阕较下阕多起始两句共九字，其余句式似同。起句可用韵。极少用仄韵者，下阕第三、四句罕有不作破读者，均不予校订。）

多丽 （宋词）

柳 永

凤凰箫。新声远度兰桡。漾东风、湖光十里，参差绿盖红桥。暖云蘸、郁金衫色，晴烟抹、翡翠裙腰。罨画名园，闹红芳榭，蒲葵亭畔彩绳摇。满鸳甃、落英堪藉，犹作瘗人娇。渍罗袂，莫揉痕退，生怕香销。　　忆当年、尊前扇底，多情冶叶倡条。浴兰女、隔花偷盼，修禊客、临水相招。旧约寻欢，新声换谱，三生梦里可怜宵。纵留得、楝花寒在，啼鴂已无聊。江南恨，越王台上，几度回潮。

多丽 （宋词）

李清照

咏白菊

小楼寒，夜长帘幕低垂。恨萧萧、无情风雨，夜来揉损琼肌。也不似、贵妃醉脸，也不似、孙寿愁眉。韩令偷香，徐娘傅粉，莫将比拟未新奇。细看取、屈平陶令，风韵正相宜。微风起，清芬酝藉，不减酴醾。　　渐秋阑、雪清玉瘦，向人无限依依。似愁凝、汉皋解佩，似泪洒、纨扇题诗。朗月清风，浓烟暗雨，天教憔悴度芳姿。纵爱惜、不知从此，留得几多时。人情好，何须更忆，泽畔东篱。

多丽　（宋词）

葛立方

赏梅

冷云收，小园一段瑶芳。乍春来、未回穷腊，几枝开犯严霜。傍黄昏、暗香浮动，照清浅、疏影低昂。却月幽姿，含章媚态，姮娥姑射下仙乡。倚阑看、殷勤持酒，索笑也何妨。堪怜处，东君不管，独自凄凉。　　算何人、为伊销断，古今才子篇章。有西湖、赋诗处士，□东阁、年少台郎。驿使来时，吴王醉处，几番牵动广平肠。剩宴赏、微酸如豆，又是隔年长。高楼外，莫教羌管，吹堕寒香。

多丽　（宋词）

张孝祥

景萧疏，楚江那更高秋。远连天、茫茫都是，败芦枯蓼汀洲。认炊烟、几家蜗舍，映夕照、一簇渔舟。去国虽遥，宁亲渐近，数峰青处是吾州。便乘取、波平风静，荃棹且夷犹。关情有，冥冥去雁，拍拍轻鸥。　　忽追思、当年往事，惹起无限羁愁。挂笏朝来多爽气，秉烛夜永足清游。翠袖香寒，朱弦韵悄，无情江水只东流。柂楼晚、清商哀怨，还听隔船讴。无言久，馀霞散绮，烟际帆收。

多丽　（宋词）

石孝友

　　晚山青。一川云树冥冥，正参差、烟凝紫翠，斜阳画出南屏。馆娃归、吴台游鹿，铜仙去、汉苑飞萤。怀古情多，凭高望极，且将尊酒慰飘零。自湖上、爱梅仙远，鹤梦几时醒。空留得、六桥疏柳，孤屿危亭。　　待苏堤、歌声散尽，更须携妓西泠。藕花深、雨凉翡翠，菰蒲软，风送蜻蜓。澄碧生秋，闹红驻景，采菱新唱最堪听。□一片、水天无际，渔火两三星。多情月，为人留照，未过前汀。

多丽　（宋词）

严　仁

记恨

　　最无端，官楼画角轻吹。一声来、深闺深处，把人好梦惊回。许多愁、尽教奴受，些个事、未必君知。泪滴兰衾，寒生珠幌，翠云撩乱枕频敧。窗儿上、几条残月，斜玉界罗帏。更堪听，霜摧败叶，静扣朱扉。　　念别离、千里万里，问何日是归期。关情处、鱼来雁往，断肠是、兔走鸟飞。美景良辰，赏心乐事，风流孤负缕金衣。谩赢得、花颜玉骨，瘦损为相思。归须早，刘郎双鬓，莫遣成丝。

多丽 （宋词）

李子申

　　好人人。去来欲见无因。记当时、窃香倚暖，岂期蝶散鹣分。到而今、漫劳梦想，嗟后会、惨□啼痕。绣阁银屏，知他可处，一重山尽一重云。暮天杳、梗踪萍迹，还是寄孤村。寂寥月，今宵为谁，虚照黄昏。　　细追思、深诚密意，黯然一饷消魂。仗游鱼、漫传尺素，望塞雁、空噎回纹。帐冷衾寒、香消尘满，博山沉水更谁薰。断肠也、无聊情味，惟有殢芳尊。沉吟久，移灯向壁，掩上重门。

多丽 （金元词）

张 翥

为友生书所见

　　小庭阶。帘栊婀娜蓬莱。恨匆匆、归鸿度影，东风摇荡情怀。不多时、见他行过，霎儿后、依旧回来。银铤双鬟，玉丝头导，一尖生色合欢鞋。麝香粉、绣茸衫子，窄窄可身裁。偶回头，笑涡透脸，蝉影笼钗。　　忆疏狂、随车信马，那知沦落天涯。豆蔻初、可怜春早，菖蒲晚、难见花开。红叶波深，彩楼天远，浪凭青鸟信音乖。等闲是、这番迷眼，无处可安排。行云断，梦魂不到，空赋阳台。

多丽　（金元词）

张　翥

清明上巳，同日会饮西湖寿乐园

凤凰箫。新声远度兰桡。漾东风、湖光十里，参差绿港红桥。暖云醵、郁金衫色，晴烟抹、翡翠裙腰。罨画名园，闹红芳榭，蒲葵亭畔彩绳摇。满鸳鸯、落英堪藉，犹作殢人娇。渍罗袂、莫揉痕退，生怕香销。　　忆当年、尊前扇底，多情冶叶倡条。浴兰女、隔花偷盼，修禊客、临水相招。旧约寻欢，新声换谱，三生梦里可怜宵。从留得、楝花寒在，啼鴂已无聊。江南恨、越王台下，几度回潮。

多丽　（金元词）

张　翥

西湖泛舟，夕归施成大席上，以晚山青为起句，各赋一词

晚山青。一川云树冥冥。正参差、烟凝紫翠，斜阳画出南屏。馆娃归、吴台游鹿，铜仙去、汉苑飞萤。怀古情多，凭高望极，且将尊酒慰飘零。自湖上、爱梅仙远，鹤梦几时醒。空留在、六桥疏柳，孤屿危亭。　　待苏堤、歌声散尽，更须携妓西泠。藕花深、雨凉翡翠，菰蒲软、风弄蜻蜓。澄碧生秋，闹红驻景，采菱新唱最堪听。见一片、水天无际，渔火两三星。多情月、为人留照，未过前汀。

42. 夺锦标　　（一体）

正体　又名锦标归、清溪怨，双调一百八字，上阕十句四仄韵，下阕十句五仄韵

张　埜

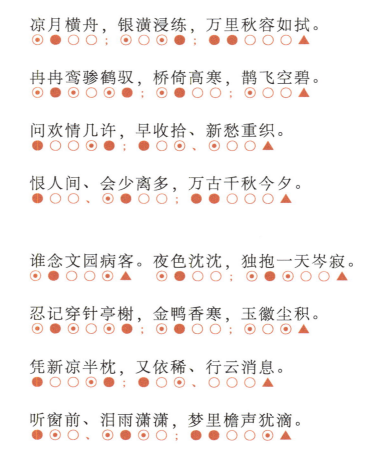

凉月横舟，银潢浸练，万里秋容如拭。
⊙●○○；⊙●○○；●○○○▲

冉冉鸾骖鹤驭，桥倚高寒，鹊飞空碧。
⊙●○○●●；○●○○；●○○▲

问欢情几许，早收拾、新愁重织。
●○○⊙●；●○●、○○○▲

恨人间、会少离多，万古千秋今夕。
●○○、⊙●○○；●●○○○▲

谁念文园病客。夜色沈沈，独抱一天岑寂。
⊙●○○●▲；●⊙○○；●●●○○▲

忍记穿针亭榭，金鸭香寒，玉徽尘积。
⊙●○○●●；○●○○；⊙○○▲

凭新凉半枕，又依稀、行云消息。
●○○●●；●○○、○○○▲

听窗前、泪雨潇潇，梦里檐声犹滴。
●○○、⊙●○○；●○○○⊙▲

（下起可不用韵。上下阕第七句例用一字领。下阕第三句偶有减两字者：⊙○○▲。曹勋词个别句读、平仄有异，不予校订。）

夺锦标　（金元词）

白　朴

夺锦标曲，不知始自何时，世所传者，惟僧仲殊一篇而已。予每浩歌，寻绎音节，因欲效颦，恨未得佳趣耳。庚辰卜居建康，暇日访古，采陈后主张贵妃事，以成素志。按后主既脱景阳井之厄，隋元帅府长史高颎竟就戮丽华于青溪，后人哀之，其地立小祠，祠中塑二女郎，次则孔贵妃也。今遗搆荒凉，庙貌亦不存矣。感叹之余，作乐府青溪怨。

　　霜水明秋，霞天送晚，画出江南江北。满目山围故国，三阁余香，六朝陈迹。有庭花遗谱，弄哀音、令人嗟惜。想当时、天子无愁，自古佳人难得。　　惆怅龙沉宫井，石上啼痕，犹点胭脂红湿。去去天荒地老，流水无情，落花狼籍。恨青溪留在，渺重城、烟波空碧。对西风、谁兴招魂，梦里行云消息。

夺锦标　（金元词）

白　朴

得友人王仲常李文蔚书

　　孤影长嗟，凭高眺远，落日新亭西北。幸有山河在眼，风景留人，楚囚何泣。尽纷争蜗角，算都输、林泉闲适。淡悠悠、流水行云，任我平生踪迹。　　谁念江州司马，沦落天涯，青衫未免沾湿。梦里封龙旧隐，经卷琴囊，酒樽诗笔。对中天凉月，且高歌、徘徊今夕。陇头人、应也相思，万里梅花消息。

夺锦标 （金元词）

滕 宾

送李景山西使

老气盘空，才名照世，万里秋风行色。人物中朝第一，司马题桥，班生投笔。记承流宣化，早威声、先驰殊域。看吟鞭、笑指关河，历历当年曾识。　　自古人心忠义，白水朝宗，众星拱极。铜柱无端隔断，两戒平分，天南地北。念瞻依丹阙，捧红云、金泥调屑。到明年、归对西山，细说安边妙策。

43. 二郎神　　（二体）

正体　又名十二郎、转调二郎神，双调一百五字，上阕十句四仄韵，下阕
十一句五仄韵

徐　伸

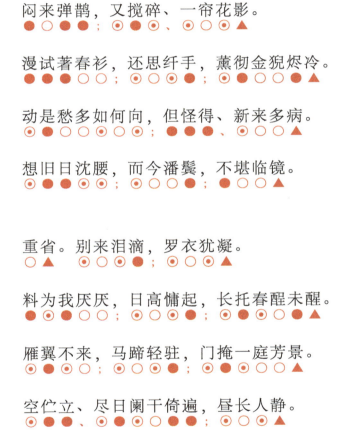

闷来弹鹊，又搅碎、一帘花影。

漫试著春衫，还思纤手，薰彻金猊烬冷。

动是愁多如何向，但怪得、新来多病。

想旧日沈腰，而今潘鬓，不堪临镜。

重省。别来泪滴，罗衣犹凝。

料为我厌厌，日高慵起，长托春酲未醒。

雁翼不来，马蹄轻驻，门掩一庭芳景。

空伫立、尽日阑干倚遍，昼长人静。

（宋多依此。唯吕渭老词减五字，不予校订。上阕第三、第八句，下阕
第四句，例用一字领。）

变体　双调一百四字，上阕八句五仄韵，下阕十句五仄韵

柳　永

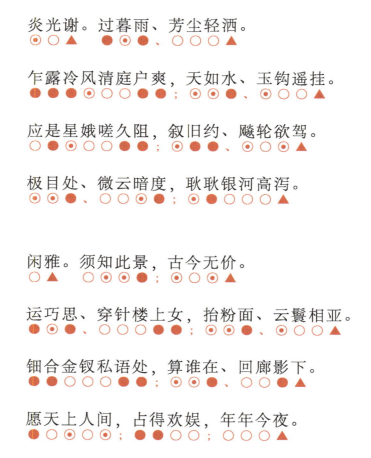

炎光谢。过暮雨、芳尘轻洒。
⊙○▲　●⊙●、○○○▲

乍露冷风清庭户爽，天如水、玉钩遥挂。
●●⊙○○⊙●●；⊙●●、⊙○○▲

应是星娥嗟久阻，叙旧约、飚轮欲驾。
○●○○○●●；●●●、○○●▲

极目处、微云暗度，耿耿银河高泻。
⊙●●、○○●⊙●；⊙●○○○▲

闲雅。须知此景，古今无价。
○▲　○○●●；●○○▲

运巧思、穿针楼上女，抬粉面、云鬟相亚。
●⊙●、○○○●●；○●●、○○○▲

钿合金钗私语处，算谁在、回廊影下。
●●○○○●●；⊙●●、○○●▲

愿天上人间，占得欢娱，年年今夜。
●○●○○；●●○○、○○○▲

（上阕起句三字者，名《二郎神》；上阕起句四字者，名《转调二郎神》。两者相较，正体起句多一字，部分句读有异。上阕第三句、下阕第八句例用一字领。下阕第六句有添一字者，不予校订。）

二郎神　（宋词）

王十朋

深深院。夜雨过，帘栊高卷。正满槛、海棠开欲半。仍朵朵、红深红浅。遥认三千宫女面。匀点点、胭脂未遍。更微带、春醪宿醉，袅娜香肌娇艳。　　日暖。芳心暗吐，含羞轻颤。笑繁杏夭桃争烂漫。爱容易、出墙临岸。子美当年游蜀苑。又岂是、无心眷恋。都只为、天然体态，难把诗工裁剪。

二郎神　（宋词）

楼　采

露床转玉，唤睡醒、绿云梳晓。正倦立银屏，新宽衣带，生怯轻寒料峭。闷绝相思无人问，但怨入、墙阴啼鸟。嗟露屋锁春，晴风暄昼，柳轻梅小。　　人悄。日长谩忆，秋千嬉笑。怅烬冷炉薰，花深莺静，帘箔微红醉袅。带结留诗，粉痕销帕，情远窃香年少。凝恨极，尽日凭高目断，淡烟芳草。

二郎神 （宋词）

吴 潜

小楼向晚，正柳锁、一城烟雨。记十里吴山，绣帘朱户，曾学宫词内舞。浪逐东风无人管，但脉脉、岁移年度。嗟往事未尘，新愁还织，怎堪重诉。　　凝伫。问春何事，飞红飘絮。纵杜曲秦川，旧家都在，谁寄音书说与。野草凄迷，暮云深黯，浑自替人无绪。珠泪滴，应把寸肠万结，夜帷深处。

二郎神 （宋词）

张孝祥

闷来无那，暗数尽、残更不寐。念楚馆香车，吴溪兰棹，多少愁云恨水。阵阵回风吹雪霰，更旅雁、一声沙际。想静拥孤衾，频挑寒炧，数行珠泪。　　凝睇。傍人笑我，终朝如醉。便锦织回鸾，素传双鲤，难写衷肠密意。绿鬓点霜，玉肌消雪，两处十分憔悴。争忍见，旧时娟娟素月，照人千里。

二郎神 （宋词）

吕渭老

西池旧约。燕语柳梢桃萼。向紫陌、秋千影下，同绾双双凤索。过了莺花休则问，风共月、一时闲却。知谁去、唤得秋阴，满眼败垣红叶。　　飘泊。江湖载酒，十年行乐。甚近日、伤高念远，不觉风前泪落。橘熟橙黄堪一醉，断未负、晚凉池阁。只愁被、撩拨春心，烦恼怎生安著。

44. 法驾导引 （一体）

正体 单调三十字，六句三平韵

陈与义

朝元路，朝元路，同驾玉华君。
○◉●；○○●；◉●●○△

千乘载花红一色，人间遥指是祥云。
◉●●○○●●；◉○○●●○△

回望海光新。
○●●○△

（亦可衍为双调。第二句罕有不用叠句者。取消叠句，即《忆江南》矣。）

法驾导引 （宋词）

陈与义

帘漠漠，帘漠漠，天澹一帘秋。自洗玉舟斟白醴，月华
微映是空舟。歌罢海西流。

45. 法曲献仙音 （二体）

正体　又名献仙音、越女镜心，双调九十二字，上阕九句五仄韵，下阕八句四仄韵

周邦彦

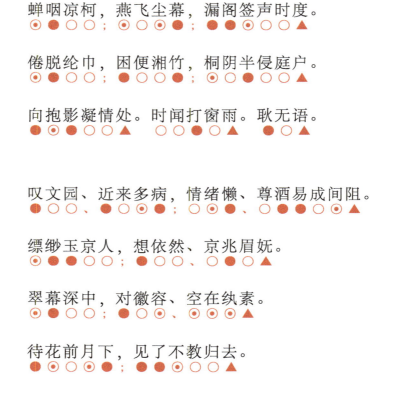

蝉咽凉柯，燕飞尘幕，漏阁签声时度。

倦脱纶巾，困便湘竹，桐阴半侵庭户。

向抱影凝情处。时闻打窗雨。耿无语。

叹文园、近来多病，情绪懒、尊酒易成间阻。

缥缈玉京人，想依然、京兆眉妩。

翠幕深中，对徽容、空在纨素。

待花前月下，见了不教归去。

（上、下阕第七句例用一字领。下阕第四句个别平仄有异，不予校订。）

变体 又名献仙音、越女镜心，双调九十一字，上阕八句四仄韵，下阕九
句四仄韵

柳　永

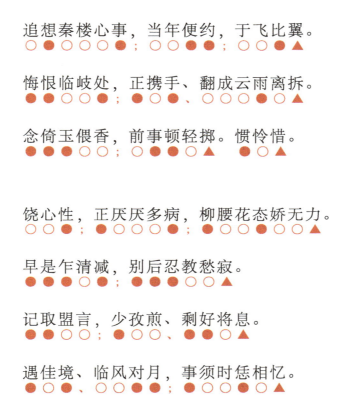

追想秦楼心事，当年便约，于飞比翼。
○●○○●；○○●；○○▲

悔恨临岐处，正携手、翻成云雨离拆。
●●○○●；●○●、○○○●○▲

念倚玉偎香，前事顿轻掷。惯怜惜。
●●●○○；○●●○▲　　○○▲

饶心性，正厌厌多病，柳腰花态娇无力。
○○●；●○○●●；●○○●○○▲

早是乍清减，别后忍教愁寂。
●●●○○；●●●○○▲

记取盟言，少孜煎、剩好将息。
●●○○；●○○、●●○▲

遇佳境、临风对月，事须时恁相忆。
●○●、○○●；○○○●○▲

（柳永别体，宋唯见此。较正体，上阕少一字。句读、平仄皆有异，上
阕第六句，下阕第二句，例用一字领。填者宜遵之。）

法曲献仙音 　(宋词)

方千里

庭叶飘寒，砧蛩催织，夜色迢迢难度。细剔灯花，再添香兽，凄凉洞房朱户。见凤枕羞孤另，相思洒红雨。　　有谁语。道年来，为郎憔悴，音问隔，回首后期尚阻。寂寞两愁山，锁闲情、无限鬈妩。嫩雪消肌，试罗衣、宽尽腰素。问何时梦里，趁得好风飞去。

法曲献仙音 　(宋词)

陈允平

油幕收尘，素纨招月，一枕剪香微度。枕玉牙床，浣冰金斛，薰风夜凉窗户。渐睡醒明河暗，芭蕉几声雨。　　对谁语。念徽容、已成憔悴，心期误。归计欲成又阻。寂寞燕楼空，想弓弯、眉黛慵妩。泪墨愁笺，纵回文、难写情素。便山遥水邈，几度梦魂飞去。

法曲献仙音　（宋词）

张　炎

席上听琵琶有感

云隐山晖，树分溪影，未放妆台帘卷。篝密笼香，镜圆窥粉，花深自然寒浅。正人在银屏底，琵琶半遮面。　　语声软。且休弹、玉关愁怨。怕唤起、西湖那时春感。杨柳古湾头，记小怜、隔水曾见。听到无声，谩赢得、情绪难剪。把一襟心事，散入落梅千点。

法曲献仙音　（宋词）

周　密

吊雪香亭梅

松雪飘寒，岭云吹冻，红破数椒春浅。衬舞台荒，浣妆池冷，凄凉市朝轻换。叹花与人凋谢，依依岁华晚。　　共凄黯。问东风、几番吹梦，应惯识、当年翠屏金辇。一片古今愁，但废绿、平烟空远。无语消魂，对斜阳、衰草泪满。又西泠残笛，低送数声春怨。

法曲献仙音 （金元词）

张玉娘

夏夜

天卷残云，漏传高阁，数点萤流花径。立尽屏山无语，新竹高槐，乱筛清影。看画扇罗衫上，光凝月华冷。　　夜初永。问萧娘、近来憔悴，思往事、对景顿成追省。低转玉绳飞，淡金波、银汉犹耿。簟展湘纹，向珊瑚、不觉清倦。任钗横鬓乱，慵自起来偷整。

46. 粉蝶儿 （二体）

正体　双调七十二字，上下阕各八句，四仄韵

毛　滂

雪遍梅花，素光都共奇绝。到窗前、认君时节。
⊙●○○；⊙⊙⊙●○▲　　⊙○○、●○○▲

下重帏，香篆冷，兰膏明灭。
●○○；⊙●●；⊙○○▲

梦悠扬，空绕断云残月。
●○○；○○●○○▲

沈郎带宽，同心放开重结。褪罗衣、楚腰一捻。
⊙○○⊙；⊙●○○○▲　　⊙○○、●○○▲

正春风，新著摸，花花叶叶。
●○○；○●●；⊙○⊙▲

粉蝶儿，这回共花同活。
●⊙○○；⊙●●●○▲

　　（上下阕句式似同。上下阕第二句平仄多为：○○●○○▲，亦有变化，但前四字不可皆为平或皆为仄。下起四字亦不可全作平声或仄声。）

变体 双调七十四字，上下阕各九句，四仄韵

史　浩

元宵

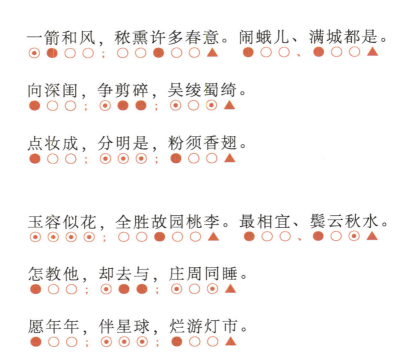

一箭和风，秾熏许多春意。闹蛾儿、满城都是。
⊙●○○；○○●●○○▲　●○○、●○○▲

向深闺，争剪碎，吴绫蜀绮。
●○○；⊙●●；⊙○⊙▲

点妆成，分明是，粉须香翅。
●○○；⊙○○；●○○▲

玉容似花，全胜故园桃李。最相宜、鬓云秋水。
⊙⊙⊙○；○○●○○▲　●○○、●⊙⊙▲

怎教他，却去与，庄周同睡。
●○○；⊙●●；⊙○○▲

愿年年，伴星球，烂游灯市。
●○○；⊙⊙●；●○○▲

（史浩三首粉蝶儿，下结皆各添一字，分作三字、四字各一句。）

粉蝶儿　（宋词）

曹　冠

绕舍清阴，还是暮春天气。遍苍苔、乱红堆砌。问留春不住，春怎知人意。最关情，云杪杜鹃声碎。　　休怨春归，四时有花堪醉。渐红莲、艳妆依水。次芙蓉岩桂，与菊英梅蕊。称开尊，日日瓣香偎翠。

粉蝶儿　（宋词）

辛弃疾

和晋臣赋落花

昨日春如，十三女儿学绣。一枝枝、不教花瘦。甚无情，便下得，雨僝风僽。向园林、铺作地衣红绉。　　而今春似，轻薄荡子难久。记前时、送春归后。把春波，都酿作，一江春酎。约清愁、杨柳岸边相候。

47. 风流子　（二体）

正体　双调一百十字，上阕十三句四平韵，下阕十句四平韵

周邦彦

枫林凋晚叶，关河迥、楚客惨将归。

望一川暝霭，雁声哀怨，半规凉月，人影参差。

酒醒后，泪花销凤蜡，风幕卷金泥。

砧杵韵高，唤回残梦，绮罗香减，牵起余悲。

亭皋分襟地，难堪处、偏是掩面牵衣。

何况怨怀长结，重见无期。

想寄恨书中，银钩空满，断肠声里，玉箸还垂。

多少暗愁密意，惟有天知。

（宋元词大多如此填。上阕第三句，下阕第五句例用一字领。个别词作减一领字。下阕第四、第五句及下结可重组为四字、六字各一句。）

变体　双调一百零九字，上阕十二句五平韵，下阕十句四平韵

方君遇

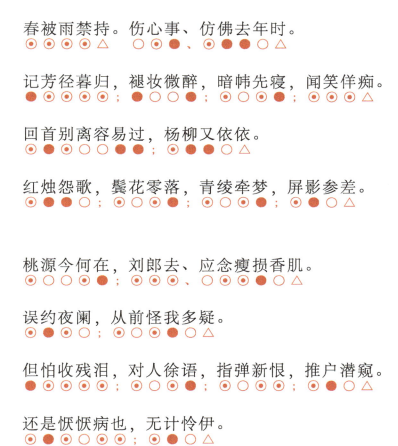

春被雨禁持。伤心事、仿佛去年时。
⊙⊙⊙⊙△　○○●、⊙●●○△

记芳径暮归，褪妆微醉，暗帏先寝，闻笑伴痴。
●⊙○⊙●；⊙○⊙●；⊙⊙○●；⊙●●△

回首别离容易过，杨柳又依依。
⊙●⊙○○●●；⊙●●○△

红烛怨歌，鬓花零落，青绫牵梦，屏影参差。
⊙●●○；⊙○⊙●；⊙○⊙●；⊙●●△

桃源今何在，刘郎去、应念瘦损香肌。
⊙○○⊙●；○○●、○⊙●○△

误约夜阑，从前怪我多疑。
⊙●⊙○；⊙○⊙●○△

但怕收残泪，对人徐语，指弹新恨，推户潜窥。
●⊙○⊙●；⊙○⊙●；⊙○⊙●；⊙●○△

还是恹恹病也，无计怜伊。
⊙●⊙○⊙●；⊙●●○△

（起句用韵。上阕第七、八、九句减一字重组为两句，下阕第三、四两句重组为四字、六字各一句。余同正体。吴文英词两首，下阕未改动，不予校订。）

风流子　（宋词）

秦　观

东风吹碧草，年华换，行客老沧洲。见梅吐旧英，柳摇新绿，恼人春色，还上枝头，寸心乱，北随云黯黯，东逐水悠悠。斜日半山，暝烟两岸，数声横笛，一叶扁舟。　青门同携手，前欢记、浑似梦里扬州。谁念断肠南陌，回首西楼。算天长地久，有时有尽，奈何绵绵，此恨难休。拟待倩人说与，生怕人愁。

风流子　（宋词）

张　耒

亭皋木叶下，重阳近、又是捣衣秋。奈愁入庾肠，老侵潘鬓，谩簪黄菊，花也应羞。楚天晚，白蘋烟尽处，红蓼水边头。芳草有情，夕阳无语，雁横南浦，人倚西楼。　玉容知安否，香笺共锦字，两处悠悠。空恨碧云离合，青鸟沉浮。向风前懊恼，芳心一点，寸眉两叶，禁甚闲愁。情到不堪言处，分付东流。

风流子 （宋词）

史达祖

飞琼神仙客，因游戏、误落古桃源。藉吟笺赋笔，试融春恨，舞裙歌扇，聊应尘缘。遣人怨，乱云天一角，弱水路三千。还因秀句，意流江外，便随轻梦，身堕愁边。　　风流休相误，寻芳纵来晚，尚有它年。只为赋情不浅，弹泪风前。想雾帐吹香，独怜奇俊，露杯分酒，谁伴婵娟。好在夜轩凉月，空自团圆。

风流子 （宋词）

王泳祖

东风长是客，帘栊静、燕子一双飞。看花坞日高，翠阴护晓，柳塘风细，绿涨浮漪。肠断处，渭城春树远，江国暮云低。芳径听莺，暗惊心事，画檐闻鹊，试卜归期。　　小楼凝伫地，疏窗下，几度对说相思。记得菱花交照，素手曾携。有新恨两眉，向谁说破，芳心一点，惟我偏知。休为多情瘦却，重有来时。

风流子　（宋词）

陈允平

　　残梦绕林塘。诗添瘦、瘦不似东阳。正流水荡红，暗通幽径，嫩篁翻翠，斜映回墙。对握宝筝低度曲，销蜡靓新簧。莺懒昼长，燕闲人倦，乍亲花簟，慵引壶觞。　　帘栊深深地，歌尘静、芳草自碧空厢。十二画桥，一堤烟树成行。向杜鹃声里，绿杨庭院，共寻红豆，同结丁香。春已无多，只愁风雨相妨。

风流子　（宋词）

谢枋得

骊山词

　　三郎年少客，风流梦，乡岭记瑶环。想娇汗生春，海棠睡暖，笑波凝媚，荔子浆寒。奈春好，曲江人不见，偃月事无端。羯鼓三声，打开蜀道，霓裳一曲，舞破潼关。　　马嵬西去路，恁牵愁不断，泪满青山。空有香囊遗恨，钿盒偷传。叹玉笛声沉，楼头月下，金钗信杳，天上人间。几度秋风渭水，落叶长安。

风流子　（宋词）

赵玭象

别赣上故人用美成韵

春光才一半，春未老、谁肯放春归。问买春价数，酒边商略，寻春巷陌，鞭影参差。春无尽，春莺调巧舌，春燕垒香泥。好趁春光，爱花惜柳，莫教春去，柳怨花悲。　春心犹未足，春帏暖，炉薰香透春衣。说与重欢后约，春以为期。记春雁回时，锦笺须寄，春山锁处，珠泪长垂。多少愁风恨雨，惟有春知。

风流子　（宋词）

袁去华

吴山新摇落，湖光净、鸥鹭点涟漪。望一簇画楼，记沽酒处，几多鸣橹，争趁潮归。瑞烟外，缭墙迷远近，飞观耸参差。残日衫霞，散成锦绮，怒涛推月，辗上玻璃。　西风吹残酒，重门闭，深院露下星稀。肠断凭肩私语，织锦新诗。想翠幄香消，都成闲梦，素弦声苦，浑是相思。还恁强自开解，重数归期。

风流子　（金元词）

白　朴

丁亥秋，复得仲常书，有楚星燕月，千里相望，何时会
合，以副旧游之语。就谱此曲以寄之。

花月少年场。嬉游伴，底事不能忘。杨柳送歌，暗分春色，
天桃凝笑，烂赏天香。绮筵上，酒杯金潋滟，诗卷墨淋浪。
间袅玉鞭，管弦珂里，醉携红袖，灯火夜行。　　回首事堪伤。
温柔竟处，流落江乡。惘怅鬓丝禅榻，眉黛吟窗。甚社燕秋鸿，
十年无定，楚星燕月，千里相望。何日故园行乐，重会风光。

风流子　（金元词）

张　野

离思满春江。当时事、争忍不思量。记芳径月斜，凭肩
私语，兰舟风软，携手寻芳。回首处，青山遮望眼，绿柳
系柔肠。云落雨零，燕愁莺恨，宝钗留股，鸾镜分光。　　天
涯飘零客，情缘向何处，最是难忘。犹剩满襟清泪，半臂余香。
□心似雨花，一枝寂寞，梦随风絮，万里悠扬。谁信觉来依旧，
烟水茫茫。

48. 风入松 （三体）

正体 又名风入松慢、远山横，双调七十四字，上下阕各六句，四平韵

晏几道

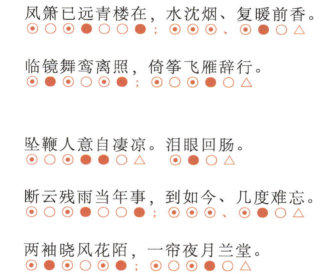

柳阴庭院杏梢墙。依旧巫阳。
⊙○⊙●●○△　⊙●○△

凤箫已远青楼在，水沈烟、复暖前香。
⊙○●●○○●；⊙⊙○、⊙●○△

临镜舞鸾离照，倚筝飞雁辞行。
⊙●●○○●；⊙○○●○△

坠鞭人意自凄凉。泪眼回肠。
⊙○⊙●●○△　⊙●○△

断云残雨当年事，到如今、几度难忘。
⊙○⊙●○○●；⊙○○、⊙●○△

两袖晓风花陌，一帘夜月兰堂。
⊙●●○○●；⊙○●●○△

（上下阕句式似同。上下阕第四句首三字，有作●○○；或○○●；或●●○；或●○●；鲜有三连平或三连仄。）

变体一　又名风入松慢、远山横，双调七十六字，上下阕各六句，四平韵

秦　观

西山

崇峦雨过碧瑶光。花木递幽香。
⊙○⊙●●○△　⊙○●○△

青冥杳霭无尘到，比龙宫、分外清凉。
⊙○⊙●○○●；⊙○⊙、⊙●○△

霁景一楼苍翠，薰风满壑笙簧。
⊙●⊙○○●；⊙○⊙●○△

不妨终日此徜徉。宇宙总俳场。
⊙○○●●○△　⊙●●○△

石边试剑人何在，但荒烟、蔓草迷茫。
⊙○⊙●○○●；⊙○⊙、⊙●○△

好斸杯中芳酒，少留树杪斜阳。
⊙●⊙○⊙●；⊙○⊙●○△

（上下阕第二句皆添一字，余同正体。）

变体二
又名风入松慢、远山横，双调七十二字，上下阕各六句，四平韵

康与之

闺思

碧苔满地衬残红。绿树阴浓。
◉○◉●●○△　◉●○△

晓莺啼破眉心事，旧愁新恨重重。
◉○○◉○●；◉○◉●○△

翠黛不忺重扫，佳时每恨难同。
◉●●○○●；◉○◉●○△

花开花谢任东风。此恨无穷。
◉○○◉●○△　●●○△

梦魂拟逐杨花去，殢人休下帘栊。
◉○◉●○●；◉○◉●○△

要见只凭清梦，几时真个相逢。
◉●●○◉●；○○◉●○△

（上下阕第四句皆减一字，余同正体。偶有下阕第四句七字者，另张孝祥词上下阕第二句皆五字，不予校订。）

风入松　（宋词）

周紫芝

禁烟过后落花天。无奈轻寒。东风不管春归去，共残红、飞上秋千。看尽天涯芳草，春愁堆在阑干。　　楚江横断夕阳边。无限青烟。旧时云去今何处，山无数、柳涨平川。与问风前回雁，甚时吹过江南。

风入松　（宋词）

康与之

画桥流水欲平阑。雨后青山。去年芳草今年恨，恨香车、不逐雕鞍。红杏墙头院落，绿杨楼外秋千。　　谢娘别后忆前欢。泪滴春衫。柔荑共折香红处，劝东风、且与流连。早是相思瘦损，梅花谢了春寒。

风入松　（宋词）

赵师侠

戊申沿檄衡永，舟泛潇湘

溪山佳处是湘中。今古言同。平林远岫浑如画，更渔村、返照斜红。两岸荻风策策，一江秋水溶溶。　　苍崖石壁景尤雄。人自西东。利名汩没黄尘里，又那知、清胜无穷。何日轻舠蓑笠，持竿独钓西风。

风入松　（宋词）

韩　淲

远山横

　　小楼春映远山横。绿遍高城。望中一片斜阳静，更萋萋、芳草还生。疏雨冷烟寒食，落花飞絮清明。　　数声弦管忍重听。犹带微醒。问春何事春将老，春不语、春恨难平。莫把风流时节，都归闲淡心情。

风入松　（宋词）

田中行

　　一宵风雨送春归。绿暗红稀。画楼尽日凭阑意，与谁同捻花枝。门外蔷薇开也，枝头梅子酸时。　　玉人应是数归期。翠敛愁眉。塞鸿不到双鱼远，恨楼前、流水难西。新恨欲题红叶，东风满院花飞。

风入松 （宋词）

侯寘

西湖戏作

少年心醉杜韦娘。曾格外疏狂。锦笺预约西湖上，共幽深、竹院松窗。愁夜黛眉颦翠，惜归罗帕分香。　　重来一梦觉黄粱。空烟水微茫。如今眼底无姚魏，记旧游、凝伫凄凉。入扇柳风残酒，点衣花雨斜阳。

风入松 （宋词）

俞国宝

春长费买花钱。日日醉花边。玉骢惯识西湖路，骄嘶过、沽酒垆前。红杏香中箫鼓，绿杨影里秋千。　　暖风十里丽人天。花压鬓云偏。画船载取春归去，馀情寄、湖水湖烟。明日重扶残醉，来寻陌上花钿。

风入松 （宋词）

吴文英

听风听雨过清明。愁草瘗花铭。楼前绿暗分携路，一丝柳、一寸柔情。料峭春寒中酒，交加晓梦啼莺。　　西园日日扫林亭。依旧赏新晴。黄蜂频扑秋千索，有当时、纤手香凝。惆怅双鸳不到，幽阶一夜苔生。

风入松　（宋词）

张　炎

赠蒋道录溪山堂

门前山可久长看。留住白云难。溪虚却与云相傍，对白云、何必深山。爽气潜生树石，晴光竟入阑干。　　旧家三径竹千竿。苍雪拂衣寒。绿蓑青笠玄真子，钓风波、不是真闲。得似壶中日月，依然只在人间。

风入松　（金元词）

凌云翰

和贝廷琚助教韵

谁教齿豁更头童。从唤作衰翁。惜花已自因花瘦，况飘零、万点随风。须信人生如梦，休言世事皆空。　　紫骝嘶过画桥东。犹记辇尘红。重来绿遍西湖路，消魂是、杜宇声中。经眼倚妆飞燕，伤心照影惊鸿。

风入松 （金元词）

张可久

三月三西郊即事

嗰喳娇燕语茅茨。红暗海棠枝。双丫小髻谁家女，踏青归、三月三时。淡淡郁金衫子，盈盈玉药钗儿。　　避人忙掩女仙祠。背后见腰支。金鞭过客争回首，拉山翁、怀古成诗。当日苎萝村里，误人曾有西施。

风入松 （金元词）

张 萧

清明日湖上即事

寻春春在凤城东。罗帕玉花骢。美人半觯垂鞭袖，游尘远、目断云空。浅碧湖波雪涨，淡黄官柳烟蒙。　　相如多病赋难工。宿酒更频中。归来自按新声谱，凭谁解、唱与东风。一夜小窗疏雨，杏花明日应红。

49. 凤凰阁　　(一体)

正体　又名数花风，双调六十八字，上下阕各六句，四仄韵

柳　永

匆匆相见，懊恼恩情太薄。霎时云雨人抛却。
⊙○○●；⊙●●○○▲　⊙○○●○○▲

教我行思坐想，肌肤如削。恨只恨、相违旧约。
⊙●○○⊙●；⊙○○▲　●●●、○○●▲

相思成病，那更潇潇雨落。断肠人在阑干角。
⊙○○●；⊙●○○●▲　⊙○○●○○▲

山远水远人远，音信难托。这滋味、黄昏更恶。
○●●⊙○●；⊙●●▲　⊙○●、○○●▲

　　（上下阕句式似同。赵师侠词起句多一字，无名氏词起句少一字，不予校订。）

凤凰阁　(宋词)

仇　远

晴绵欺雪，扑扑红楼锦幄。小蜻蜓载水花泊。犹记横波浅笑，香云深约。甚可怪、匆匆忘却。　　寻芳人老，那得心情问著。雁程不到怨无托。还又月笛幽院，风镫疏箔。谩傍竹、寒笼翠薄。

凤凰阁　(宋词)

张　炎

别义兴诸友

好游人老，秋鬓芦花共色。征衣犹恋去年客。古道依然黄叶。谁家萧瑟。自笑我、如何是得。　　酒楼仍在，流落天涯醉白。孤城寒树美人隔。烟水此程应远，须寻梅驿。又渐数、花风第一。

凤凰阁　(宋词)

无名氏

遍园林绿暗，浑如翠幄。下无一片是花萼。可恨狂风横雨，忒煞情薄。尽底把、韵华送却。　　杨花无奈，是处穿帘透幕。岂知人意正萧索。春去也，这般愁、没处安著。怎奈向、黄昏院落。

50. 凤凰台上忆吹箫　　（三体）

正体　又名忆吹箫，双调九十七字，上阕十句四平韵，下阕九句四平韵

晁补之

自金乡之济至羊山迎次膺

千里相思，况无百里，何妨暮往朝还。
⊙●○○；⊙○⊙●；⊙○⊙●○△。

又正是、梅初淡伫，莺未绵蛮。
⊙●●、○○⊙●；⊙●○○△。

陌上相逢缓辔，风细细、云日斑斑。
⊙●○○⊙●；○⊙●、○●○△。

新晴好，得意未妨，行尽青山。
⊙○●；⊙●⊙○，○●○△。

应携后房小妓，来为我，盈盈对舞花间。
○⊙●○⊙●；○⊙●；⊙○⊙●○△。

便拚了、松醪翠满，蜜炬红残。
⊙●●、○○⊙●；⊙●○△。

谁信轻鞍射虎，清世里、曾有人闲。
⊙●○○⊙●；○⊙●、○●○△。

都休说，帘外夜久春寒。
⊙○●；⊙●●○△。

（上下阕第三至第八句句式似同。下阕第二、三句亦可作：
○⊙●⊙○；⊙●○△。个别词作下起含短韵：○△　⊙○⊙●，不予校订。）

变体一 又名忆吹箫，双调九十五字，上下阕各十句四平韵

李清照

香冷金猊，被翻红浪，起来人未梳头。
⊙●○○；⊙●○●；⊙○○●○△

任宝奁闲掩，日上帘钩。
●●○○●；⊙●●○△

生怕闲愁暗恨，多少事、欲说还休。
⊙●○○●●；⊙●●、⊙●○△

今年瘦，非干病酒，不是悲秋。
○○●；○○●●；●●○△

明朝这回去也，千万遍阳关，也即难留。
○⊙●○●●；⊙○●●○；⊙●○△

念武陵春晚，云锁重楼。
●⊙○⊙●；⊙●●○△

记取楼前绿水，应念我、终日凝眸。
⊙●○○●●；⊙●●、⊙●○△

凝眸处，从今更数，几段新愁。
⊙○●；⊙○●●；●●○△

（较正体，上下阕第四句皆减两字，下结添两字拆为四字两句。上下阕第四句例用一字领。）

变体二　又名忆吹箫，双调九十三字，上下阕各十句四平韵　刘敏中

赠吹箫东原赵生

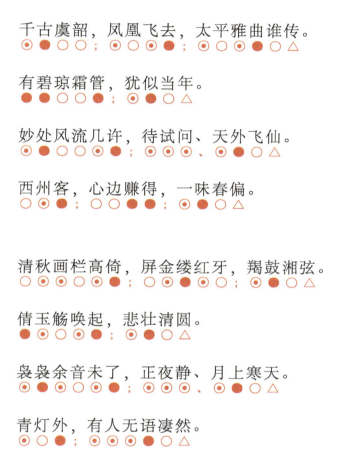

千古虞韶，凤凰飞去，太平雅曲谁传。

有碧琼霜管，犹似当年。

妙处风流几许，待试问、天外飞仙。

西州客，心边赚得，一味春偏。

清秋画栏高倚，屏金缕红牙，羯鼓湘弦。

倩玉觞唤起，悲壮清圆。

袅袅余音未了，正夜静、月上寒天。

青灯外，有人无语凄然。

（较变体一，下阕末两句减两字并为六字一句，同正体。）

凤凰台上忆吹箫　（宋词）

侯　寘

再用韵咏梅

浴雪精神，倚风情态，百端邀勒春还。记旧隐、溪桥日暮，驿路泥干。曾伴先生蕙帐，香细细、粉瘦琼闲。伤牢落，一夜梦回，肠断家山。　　空教映溪带月，供游客，无情折满雕鞍。便忘了、明窗静几，笔研同欢。莫向高楼喷笛，花似我、蓬鬓霜斑。都休说，今夜倍觉清寒。

凤凰台上忆吹箫　（宋词）

无名氏

红蓓珠圆，素蕤玉净，南荒已报春还。便迤逦，云开五岭，雪霁群蛮。喜见东君信息，应不管、潘鬓新班。凭谁寄，心萦秋水，目断春山。　　长记小桥斜渡，潇洒处，苇篱茅舍三间。肯伴我、风光赏遍，月影疑残。好为调羹结子，玉铉冷、金鼎空闲。北枝畔，谁念嶰律犹寒。

凤凰台上忆吹箫　（宋词）

权无染

　　水国云乡，冰魂雪魄，朝来新领春还。便未怕、天暄蜂蝶，笛转羌蛮。一树垂云似画，香暗暗、白浅红班。东风外，清新雪月，潇洒溪山。　　应是飞琼弄玉，天不管、年年谪向人间。占芳事，铅华一洗，红叶俱残。多少烟愁雨恨，空脉脉、意远情闲。无人见，翠袖倚竹天寒。

51. 感皇恩 （一体）

正体 双调六十七字，上下阕各七句，四仄韵

毛 滂

绿水小河亭，朱阑碧甃。江月娟娟上高柳。
⊙●⊙○；⊙○⊙●▲　⊙○⊙○●○▲

画楼缥缈，尽挂窗纱帘绣。月明知我意，来相就。
⊙○⊙●；⊙●⊙○○▲　⊙○⊙●●；○○▲

银字吹笙，金貂取酒。小小微风弄襟袖。
⊙●○○；⊙○⊙●▲　⊙●○○○○▲

宝熏浓炷，人共博山烟瘦。露凉钗燕冷，更深后。
●○○●；⊙●⊙○○▲　⊙○⊙●⊙；⊙○▲

（除上起多一字外，上下阕句式似同。偶有个别句添字、减字者，不予校订。）

感皇恩　（宋词）

贺　铸

兰芷满芳洲，游丝横路。罗袜尘生步。迎顾。整鬟颦黛，脉脉两情难语。细风吹柳絮。人南渡。　　回首旧游，山无重数。花底深朱户。何处。半黄梅子，向晚一帘疏雨。断魂分付与。春将去。

感皇恩　（宋词）

赵　企

骑马踏红尘，长安重到。人面依前似花好。旧欢才展，又被新愁分了。未成云雨梦，巫山晓。　　千里断肠，关山古道。回首高城似天杳。满怀离恨，付与落花啼鸟。故人何处也，青春老。

感皇恩　（宋词）

陆　蕴

旅思

残角两三声，催登古道。远水长山又重到。水声山色，看尽轮蹄昏晓。风头日脚下，人空老。　　匹马旧时，西征谈笑。绿鬓朱颜正年少。旗亭斗酒，任是十千倾倒。而今酒兴减，诗情少。

感皇恩 （宋词）

韩　玉

广东与康伯可

远柳绿含烟，土膏才透。云海微茫露晴岫。故乡何在，梦寐草堂溪友。旧时游赏处，谁携手。　　尘世利名，于身何有。老去生涯殢樽酒。小桥流水，一树雪□香瘦。故人今夜月，相思否。

感皇恩 （宋词）

汪　莘

年少好寻芳，早春时节。飞去飞来似胡蝶。如今老大，懒趁五陵豪侠。梦中时听得，秦箫咽。　　割断人间，柳枝桃叶。海上书来恨离别。旧游还在，空锁烟霞万叠。举杯相忆处，青天月。

感皇恩 （宋词）

张　镃

驾霄亭观月

诗眼看青天，几多虚旷。雨过凉生气萧爽。白云无定，吹散作、鳞鳞琼浪。尚馀星数点，浮空上。　　明月飞来，寒光磨荡。仿佛轮间桂枝长。倚风归去，纵长啸、一声悠飏。响摇山岳影，秋悲壮。

感皇恩 （宋词）

晁冲之

小阁倚晴空，数声钟定。斗柄寒垂暮天净。向来残酒，尽被晓风吹醒。眼前还认得，当时景。　　旧恨与新愁，不堪重省。自叹多情更多病。绮窗犹在，敲遍阑干谁应。断肠明月下，梅摇影。

感皇恩 （宋词）

晁冲之

蝴蝶满西园，啼莺无数。水阁桥南路。凝伫。两行烟柳，吹落一池飞絮。秋千斜挂起，人何处。　　把酒劝君，闲愁莫诉。留取笙歌住。休去。几多春色，禁得许多风雨。海棠花谢也，君知否。

感皇恩 （宋词）

李　纲

九日菊花迟，茱萸却早。嫩蕊浓香自妍好。一簪华髮，只恐西风吹帽。细看还遍插，人忘老。　　千古此时，清欢多少。铁马台空但荒草。旅愁如海，须把金尊销了。暮天秋影碧，云如扫。

感皇恩 （金元词）

党怀英

一叶下梧桐，新凉风露。喜鹊桥成渺云步。旧家机杼，巧织紫绡如雾。新愁还织就，无重数。　　天上何年，人间朝暮。回首星津又空渡。盈盈别泪，散作半空疏雨。离魂都付与，秋将去。

感皇恩 （金元词）

元好问

洛西为刘景玄赋秋莲曲

金粉拂霓裳，凌波微步。瘦玉亭亭倚秋渚。澹香高韵，费尽一天清露。恼人容易被、西风误。　　微雨岸花，斜阳汀树。自惜风流怨迟暮。珠帘青竹，应有阿溪新句。断魂谁解与，烟中语。

52. 高阳台 （二体）

正体　又名庆春泽、庆春泽慢、庆宫春、庆春宫，双调一百字，上下阕各十句，四平韵

刘　镇

灯火烘春，楼台浸月，良宵一刻千金。

锦步承莲，彩云簇仗难寻。

蓬壶影动星球转，映两行、宝珥瑶簪。

恣嬉游，玉漏声催，未歇芳心。

笙歌十里夸张地，记年时行乐，憔悴而今。

客里情怀，伴人闲笑闲吟。

小桃未尽刘郎老，把相思、细写瑶琴。

怕归来，红紫欺风，三径成阴。

　　（上下阕后七句句式似同。上下阕第八句可押韵。李彭老别首上下阕第五、六句平仄有异，不予参校。）

变体 又名庆春泽、庆春泽慢、庆宫春、庆春宫，双调九十九字，上阕十
句四平韵，下阕十句五平韵

吴文英

落梅

宫粉雕痕，仙云堕影，无人野水荒湾。

古石埋香，金沙锁骨连环。

南楼不恨吹横笛，恨晓风、千里关山。

半飘零，庭上黄昏，月冷阑干。

寿阳空理愁鸾。问谁调玉髓，暗补香瘢。

细雨归鸿，孤山无限春寒。

离魂难倩招清些，梦缟衣、解佩溪边。

最愁人，啼鸟清明，叶底青圆。

（下起减一字且用韵，余同正体。）

高阳台　（宋词）

王　观

红入桃腮，青回柳眼，韶华已破三分。人不归来，空教草怨王孙。平明几点催花雨，梦半阑、欹枕初闻。问东君，因甚将春，老了闲人。　　东郊十里香尘满，旋安排玉勒，整顿雕轮。趁取芳时，共寻岛上红云。朱衣引马黄金带，算到头、总是虚名。莫闲愁，一半悲秋，一半伤春。

高阳台　（宋词）

王亿之

双桨敲冰，低篷护冷，扁舟晓渡西泠。回首吴山，微茫遥带重城。堤边几树垂杨柳，早嫩黄、摇动春情。问孤鸿，何处飞来，共唤飘零。　　轻帆初落沙洲暝，渐潮痕雨渍，面色风皴。旅思羁愁，偏能老大行人。姮娥不管征途苦，甚夜深、尽照孤衾。想玉楼，犹凭阑干，为我销凝。

高阳台 （宋词）

王茂孙

春梦

迟日烘晴，轻烟缕昼，琐窗雕户慵开。人独春闲，金猊暖透兰煤。山屏缓倚珊瑚畔，任翠阴、移过瑶阶。悄无声，彩翅翩翩，何处飞来。　　片时千里江南路，被东风误引，还近阳台。腻雨娇云，多情恰喜徘徊。无端枝上啼鸠唤，便等闲、孤枕惊回。恶情怀，一院杨花、一径苍苔。

高阳台 （宋词）

周邦彦

越调

云接平冈，山围寒野，路回渐转孤城。衰柳啼鸦，惊风驱雁，动人一片秋声。倦途休驾，淡烟里、微茫见星。尘埃憔悴，生怕黄昏，离思牵萦。　　华堂旧日逢迎。花艳参差，香雾飘零。弦管当头，偏怜娇凤，夜深簧暖笙清。眼波传意，恨密约、匆匆未成。许多烦恼，只为当时，一饷留情。

高阳台　（宋词）

周　密

寄越中诸友

　　小雨分江，残寒迷浦，春容浅入蒹葭。雪霁空城，燕归何处人家。梦魂欲渡苍茫去，怕梦轻、还被愁遮。感流年，夜汐东还，冷照西斜。　　萋萋望极王孙草，认云中烟树，鸥外春沙。白髮青山，可怜相对苍华。归鸿自趁潮回去，笑倦游、犹是天涯。问东风，先到垂杨，后到梅花。

高阳台　（宋词）

王沂孙

和周草窗寄越中诸友韵

　　残雪庭阴，轻寒帘影，霏霏玉管春葭。小帖金泥，不知春在谁家。相思一夜窗前梦，奈个人、水隔天遮。但凄然，满树幽香，满地横斜。　　江南自是离愁苦，况游骢古道，归雁平沙。怎得银笺，殷勤与说年华。如今处处生芳草，纵凭高、不见天涯。更消他，几度东风，几度飞花。

高阳台　（宋词）

蒋　捷

送翠英

　　燕卷晴丝，蜂黏落絮，天教绾住闲愁。闲里清明，匆匆粉涩红羞。灯摇缥晕茸窗冷，语未阑、娥影分收。好伤情，春也难留，人也难留。　　芳尘满目悠悠。问萦云佩响，还绕谁楼。别酒才斟，从前心事都休。飞莺纵有风吹转，奈旧家、苑已成秋。莫思量，杨柳湾西，且棹吟舟。

高阳台　（宋词）

张　炎

西湖春感

　　接叶巢莺，平波卷絮，断桥斜日归船。能几番游，看花又是明年。东风且伴蔷薇住，到蔷薇、春已堪怜。更凄然。万绿西泠，一抹荒烟。　　当年燕子知何处，但苔深韦曲，草暗斜川。见说新愁，如今也到鸥边。无心再续笙歌梦，掩重门、浅醉闲眠。莫开帘，怕见飞花，怕听啼鹃。

53. 隔浦莲 （一体）

正体 又名隔浦莲近拍、隔浦莲近，双调七十三字，上下阕各八句、六仄韵

周邦彦

新篁摇动翠葆。曲径通深窈。
⊙○⊙●●▲　　⊙●⊙○▲

夏果收新脆，金丸落惊飞鸟。
●●⊙○●；○○⊙⊙○▲

浓霭迷岸草。蛙声闹。
⊙●⊙●▲　　○○▲

骤雨鸣池沼。水亭小。
⊙●○○▲　　○○▲

浮萍破处，檐花帘影颠倒。
○○●●；⊙○○●○▲

纶巾羽扇，困卧北窗清晓。
⊙○⊙●；⊙●⊙○○▲

屏里吴山梦自到。
⊙●⊙○●●▲

惊觉。依然身在江表。
⊙▲　　⊙○○●○▲

（上阕第六或第七句可不押韵，下阕第七句可不押韵。）

隔浦莲 　（宋词）

赵闻礼

愁红飞眩醉眼。日淡芭蕉卷。帐掩屏香润，杨花扑，春云暖。啼鸟惊梦远。芳心乱。照影收衾晚。　　画眉懒。微醒带困，离情中酒相半。裙腰粉瘦，怕按六么歌板。帘卷层楼探旧燕。肠断。花枝和闷重捻。

隔浦莲 　（宋词）

杨无咎

墙头低荫翠幄。格磔鸣乌鹊。好梦惊回处，馀醒推枕犹觉。新晴人意乐。云容薄。丽日明池阁。　　卷帘幕。披衣散策，闲庭吟绕红药。残英几许，尚可一供春酌。天气今宵怕又恶。凭托。东风且慢吹落。

隔浦莲 　（宋词）

陆　游

飞花如趁燕子。直度帘栊里。帐掩香云暖，金笼鹦鹉惊起。凝恨慵梳洗。妆台畔，蘸粉纤纤指。　　宝钗坠。才醒又困，厌厌中酒滋味。墙头柳暗，过尽一年春事。罨画高楼怕独倚。千里。孤舟何处烟水。

隔浦莲 （金元词）

邵亨贞

水槛晚晴

　　冰纨光映素手。竹簟醒残酒，满院梅风起，疏云薄、斜阳漏。兰棹归去后，诗人瘦。梦绕潇湘柳。　　屡回首。开帘傍晚，烟中微见青岫。沧浪远兴，为问白鸥知否。十里平湖纵望久。凉透。江莲香度疏牖。

54. 更漏子　（二体）

正体　双调四十六字，上阕六句两仄韵、两平韵，下阕六句三仄韵、两平韵

温庭筠

玉炉香，红烛泪。偏照画堂秋思。
⊙●○；⊙●▲　⊙●⊙○○▲

眉翠薄，鬓云残。夜长衾枕寒。
⊙●●；●○△　⊙○○●△

梧桐树。三更雨。不道离情正苦。
○⊙◆　⊙●▲　⊙●⊙○⊙▲

一叶叶，一声声。空阶滴到明。
⊙●●；●○◇　⊙○○●△

（下起可不用韵。偶有不换韵者。上下阕句式似同。）

变体　双调四十九字，上阕四句两平韵，下阕五句四平韵

欧阳炯

三十六宫秋夜永，露华点滴高桐，丁丁玉漏咽铜壶。
〇●●〇〇●●；●〇〇●〇〇；〇〇●●●〇△

明月上金铺。
〇●●〇△

红线毯，博山炉。香风暗触流苏。羊车一去长青芜。
〇●●；●〇△　〇〇●●〇△　〇〇●●〇〇△

镜尘鸾彩孤。
●〇〇●△

（平韵唯见此阕，填者宜遵之。起两句及上下阕第四、五句皆添一字改
作七字句，余同正体。）

更漏子 （唐词）

温庭筠

　　柳丝长，春雨细。花外漏声迢递。惊塞雁，起城乌。画屏金鹧鸪。　　香雾薄。透帘幕。惆怅谢家池阁。红烛背，绣帷垂。梦长君不知。

更漏子 （唐词）

温庭筠

　　金雀钗，红粉面。花里暂时相见。知我意，感君怜。此情须问天。　　香作穗。蜡成泪。还似两人心意。山枕腻，锦衾寒。觉来更漏残。

更漏子 （五代词）

毛文锡

　　春夜阑，春恨切。花外子规啼月。人不见，梦难凭。红纱一点灯。　　偏怨别。是芳节。庭下丁香千结。宵雾散，晓霞辉。梁间双燕飞。

更漏子　（五代词）

冯延巳

风带寒，秋正好。兰蕙无端先老。云杳杳，树依依。离人殊未归。　搴罗幕。凭朱阁。不独堪悲寥落。月东出，雁南飞。谁家夜捣衣。

更漏子　（宋词）

晏几道

槛花稀，池草遍。冷落吹笙庭院。人去日，燕西飞。燕归人未归。　数书期，寻梦意。弹指一年春事。新怅望，旧悲凉。不堪红日长。

更漏子　（宋词）

晏几道

柳丝长，桃叶小。深院断无人到。红日淡，绿烟晴。流莺三两声。　雪香浓，檀晕少。枕上卧枝花好。春思重，晓妆迟。寻思残梦时。

更漏子　（宋词）

苏　轼

　　柳丝长，春雨细。花外漏声迢递。惊塞雁，起城乌。画屏金鹧鸪。　　香雾薄，透帘幕。惆怅谢家池阁。红烛背，绣帘垂。梦长君不知。

更漏子　（宋词）

毛　滂

初秋雨后闻鹤唳

　　绿窗寒，清漏短。帐底沈香火暖。残烛暗，小屏弯。云峰遮梦还。　　那些愁，推不去。分付一檐寒雨。檐外竹，试秋声。空庭鹤唤人。

更漏子　（宋词）

赵长卿

暮春

　　日彤彤，风荡荡。帘外柳花飞飏。红有限，绿无穷。雨晴芳径中。　　肠寸结。萦离别。还是去年时节。春暮也，子规啼。伤春三月时。

更漏子　（宋词）

卢祖皋

蓼花繁，桐叶下。寂寂梦回凉夜。城角断，砌蛩悲。月高风起时。　　衣上泪。谁堪寄。一寸妾心千里。人北去，雁南征。满庭秋草生。

更漏子　（宋词）

张淑芳

秋

墨痕香，红蜡泪。点点愁人离思。桐叶落，蓼花残。雁声天外寒。　　五云岭，九溪坞。待到秋来更苦。风淅淅，水淙淙。不教蓬径通。

更漏子　（宋词）

吴　潜

柳初眠，花正好。又被雨催风恼。红满地，绿垂堤。杜鹃和恨啼。　　对残春，消永昼。乍暖乍寒时候。人独自，倚危楼。夕阳多少愁。

更漏子　（宋词）

王沂孙

日衔山，山带雪。笛弄晚风残月。湘梦断，楚魂迷。金河秋雁飞。　　别离心，思忆泪。锦带已伤憔悴。蛩韵急，杵声寒。征衣不用宽。

更漏子　（宋词）

无名氏

绛纱笼，金叶盖。向晓灯花犹在。冰未结，小琉璃。陇梅香满枝。　　雪无香，花有意。不是江南新寄。霜月尽，碧天寒。玉楼人倚阑。

更漏子　（宋词）

无名氏

鬟慵梳，眉懒画。独自行来花下。情脉脉，泪垂垂。此情知为谁。　　雨初晴，帘半卷。两两衔泥新燕。人比燕，不成双。枉教人断肠。

更漏子 （金元词）

丘处机

秋霁

夕阳红，秋水澹。雨过碧天如鉴。篱菊绽，塞鸿归，长郊叶乱飞。　　上西山，斟北海。酩酊神游仙界。霜夜冷，月华清。醺醺醉未醒。

55.孤　鸾　（一体）

正体　双调九十八字，上下阕各九句，五仄韵

朱敦儒

天然标格。是小萼堆红，芳姿凝白。
⊙○○▲　●⊙●○○；⊙○○▲

淡伫新妆，浅点寿阳宫额。
●●○○；●●⊙○○▲

东君相留厚意，借年年、与传消息。
○○○○●●；●○○、●○○▲

昨日前村雪里，有一枝先坼。
⊙●○○●●；●○○○▲

念故人、何处水云隔。纵驿使相逢，难寄春色。
●●○、○●●○▲　●●●○○；⊙●●○▲

试问丹青手，是怎生描得。
●●○○●；●○⊙○▲

晓来一番雨过，更那堪、数声羌笛。
⊙○●○●●；●○○、●○○▲

归来和羹未晚，劝行人休摘。
⊙⊙●○●●；●⊙○○▲

　　（上阕第二句，下阕第二、第五句，及两结，例用一字领。上阕第四、五句，亦有重组为五字两句者。无名氏及张翥词，下阕二、三两句减一字并为一句，不予参校。）

孤鸾 （宋词）

赵以夫

梅

江南春早。问江上寒梅，占春多少。自照疏星冷，只许春风到。幽香不知甚处，但迢迢、满汀烟草。回首谁家竹外，有一枝斜好。　　记当年、曾共花前笑。念玉雪襟期，有谁知道。唤起罗浮梦，正参横月小。凄凉更吹塞管，漫相思、鬓华惊老。待觅西湖半曲，对霜天清晓。

孤鸾 （宋词）

黄　载

四明后圃石峰之下，小池之上，有梅花

冰心孤寂。恋几插灵峰，半泓寒碧。骨瘦和衣薄，清绝成愁极。萧然满身是雪，怕人知、镜中消息。独向百花梦外，自一家春色。　　记罗浮、幽梦浑如昔。有浸眼鲸波，倚云丹壁。夜醉空山酒，叫裂横霜笛。回头洞天未晓，但迢迢、江南千驿。饮散东风落月，正海山浮碧。

239

56. 归朝欢　（一体）

正体　又名菖蒲绿，双调一百四字，上下阕各九句，六仄韵

张　先

声转辘轳闻露井。晓引银瓶牵素绠。

西圆人语夜来风，丛英飘坠红成径。

宝猊烟未冷。莲台香蜡残痕凝。

等身金，谁能得意，买此好光景。

粉落轻妆红玉莹。月枕横钗云坠领。

有情无物不双栖，文禽只合常交颈。

昼长欢岂定。争如翻作春宵永。

日瞳眬，娇柔懒起，帘押残花影。

（上下阕句式同。上阕第五句第二、第四字，辛弃疾、王之道别首平仄异。上阕第七句第二字，辛弃疾别首作仄；下阕第七句第二字，赵崇嶓别首作仄。上下阕第七句刘辰翁、滕宾别首平仄异。下起，马子严、陈德武、王处一别首平仄异。皆不予校订。下阕第八句可押韵。）

归朝欢 （宋词）

柳　永

别岸扁舟三两只。葭苇萧萧风淅淅。沙汀宿雁破烟飞，溪桥残月和霜白。渐渐分曙色。路遥山远多行役。往来人，只轮双桨，尽是利名客。　　一望乡关烟水隔。转觉归心生羽翼。愁云恨雨两牵萦，新春残腊相催逼。岁华都瞬息。浪萍风梗诚何益。问归期，玉楼深处，有个人相忆。

归朝欢 （宋词）

辛弃疾

题晋臣积翠岩

我笑共工缘底怒。触断峨峨天一柱。补天又笑女娲忙，却将此石投闲处。野烟荒草路。先生柱杖来看汝。倚苍苔，摩挲试问，千古几风雨。　　长被儿童敲火苦。时有牛羊磨角去。霍然千丈翠岩屏，锵然一滴甘泉乳。结亭三四五。曾相暖热携歌舞。细思量，古来寒士，不遇有时遇。

归朝欢 （宋词）

严 仁

南剑双溪楼

五月人间挥汗雨。离恨一襟何处去。双溪楼下碧千寻，双溪楼上匏尊举。晚凉生绿树。渔灯几点依洲渚。莫狂歌，潭空月净，惨惨瘦蛟舞。 变化往来无定所。求剑刻舟应笑汝。只今谁是晋司空，斗牛奕奕红光吐。我来空吊古。与君同记凭阑语。问沧波，乘槎此去，流到天河否。

57. 归自谣　　（一体）

正体　又名风光子、思佳客、归国遥，双调三十四字，上下阕各三句三仄韵

欧阳修

春艳艳。江上晚山三四点。
○ ● ▲　　⊙ ● ⊙ ○ ○ ● ▲

柳丝如剪花如染。
⊙ ○ ○ ● ○ ○ ▲

香闺寂寞门半掩。
⊙ ○ ⊙ ● ○ ⊙ ▲

愁眉敛。泪珠滴破胭脂脸。
○ ⊙ ▲　　⊙ ○ ● ● ○ ○ ▲

（赵彦端、无名氏词下起平仄作：⊙ ● ⊙ ○ ○ ● ▲ 。）

243

归自谣 （五代词）

冯延巳

何处笛。终夜梦魂情脉脉。竹风檐雨寒窗隔。
离人数岁无消息。今头白。不眠特地重相忆。

归自谣 （五代词）

冯延巳

江水碧。江上何人吹玉笛。扁舟远送潇湘客。
芦花千里霜月白。伤行色。来朝便是关山隔。

归自谣 （宋词）

刘辰翁

暮春遣兴

初雨歇。照水绿腰裙带热。杨花不做人情雪。
风流欲过前村蝶。羞成别。回头却恨春三月。

58. 桂枝香　（一体）

正体　又名疏帘淡月，双调一百一字，上下阕各十句，五仄韵

王安石

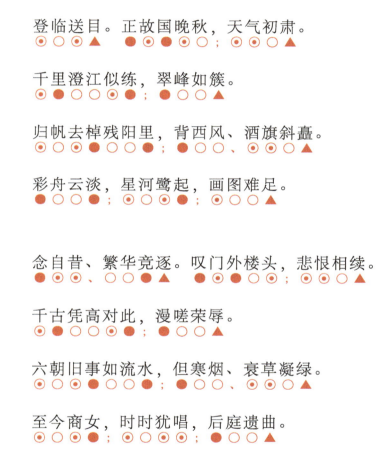

登临送目。正故国晚秋，天气初肃。
⊙○●▲　●⊙○⊙○；⊙○○▲

千里澄江似练，翠峰如簇。
⊙●○○●；●○○▲

归帆去棹残阳里，背西风、酒旗斜矗。
⊙○⊙●○○●；⊙○○、●○○▲

彩舟云淡，星河鹭起，画图难足。
●○○●；⊙○●●；●○○▲

念自昔、繁华竞逐。叹门外楼头，悲恨相续。
●⊙●、○○●▲　⊙○●○○；⊙○○▲

千古凭高对此，漫嗟荣辱。
⊙●○○●；●○○▲

六朝旧事如流水，但寒烟、衰草凝绿。
⊙○⊙●○○●；●○○、○●○▲

至今商女，时时犹唱，后庭遗曲。
⊙○○●；⊙○○●；●○○▲

（下起添三字，其余句式似同。多半用入声韵。上下阕第二句例用一字领。上下阕第四、五句可重组为四字一句和六字一句。上下阕第六句可用韵。黄裳词三首，下结易为六字两句，周密词下起减一字，不予参校。）

桂枝香 （宋词）

赵以夫

四明鄞江楼九日

水天一色。正四野秋高，千古愁极。多少黄花密意，付他欢伯。楼前马戏星球过，又依稀、东徐陈迹。一时豪俊，风流济济，酒朋诗敌。　　画不就、江东暮碧。想阅尽千帆，来往潮汐。烟草萋迷，此际为谁心恻。引杯抚剑凭高处，黯消魂、目断天北。至今人笑，新亭坐间，泪珠空滴。

桂枝香 （宋词）

柴 望

今宵月色。叹暗水流花，年事非昨。潇洒江南似画，舞枫飘柞。谁家又唱江南曲，一番听、一番离索。孤鸿飞去，残霞落尽，怨深难托。　　又肠断、丁香画雀。记牡丹时候，归燕帘幕。梦里襄王，想念王孙飘泊。如今雪上萧萧鬓，更相思、连夜花发。柘枝犹在，春风那似，旧时宋玉。

246

桂枝香　（宋词）

詹　玉

丙子送李倅东归

沉云别浦。又何苦扁舟，青衫尘土。客里相逢，洒洒舌端飞雨。只今便把如伊吕。是当年、渔翁樵父。少知音者，苍烟吾社，白鸥吾侣。　　是如此英雄辛苦。知从前、几个适齐去鲁。一剑西风，大海鱼龙掀舞。自来多被清谈误。把刘琨、埋没千古。扣舷一笑，夕阳西下，大江东去。

桂枝香　（宋词）

张　辑

寓桂枝香　　秋思

梧桐雨细。渐滴作秋声，被风惊碎。润逼衣篝，线袅蕙炉沉水。悠悠岁月天涯醉。一分秋、一分憔悴。紫箫吟断，素笺恨切，夜寒鸿起。　　又何苦、凄凉客里。负草堂春绿，竹溪空翠。落叶西风，吹老几番尘世。从前谙尽江湖味。听商歌、归兴千里。露侵宿酒，疏帘淡月，照人无寐。

桂枝香 （金元词）

吴景奎

杨润之得家书

霜凝翠阁。漫独翦灯花，斜照罗幕。点检芳心旧事，几多成错。清愁正尔无聊赖，听梅花、数声残角。小窗风细，虚檐月转，怎禁寥寞。　　笑鬓底、年华老却。问前度刘郎，何处重约。流水桃花，别后几番开落。吾庐三径归来好，任缁尘、暗迷京索。凤台人远，雁书频寄，喜占乌鹊。

59. 国　香　（二体）

正体　又名国香慢、十月桃、十月梅，双调九十九字，上阕十句五平韵，下阕十句四平韵

张　炎

空谷幽人。曳冰簪雾带，古意生春。
⊙○○● 　●●○△ 　●●○△

结根倦随萧艾，独抱孤贞。
⊙●●○○ 　●●○△

自分生涯淡薄，隐蓬蒿、甘老山林。
●●○○●● 　●○○、○●○△

风烟共憔悴，冷落吴宫，草暗花深。
○○●○● 　●●○○ 　●●○△

霁痕消冻雪，向厓阴饮露，应是知心。
⊙○○●● 　●○○●● 　○●○△

所思何处，愁满楚水湘云。
⊙○○● 　⊙●●○●△

肯信遗芳千古，尚依依、泽畔行吟。
●●○○○● 　●○○、⊙●○△

香魂已成梦，短操谁弹，月冷瑶琴。
○○●○● 　●●○○ 　●●○△

（上下阕第二句用一字领。上阕第四、五句可重组为四字一句、六字一句。）

变体 又名国香慢、十月桃、十月梅，双调九十九字，上阕十句四平韵，下阙十句五平韵

张元幹

年华催晚，听尊前偏唱，冲暖欺寒。
○○⊙● ; ⊙○○● ; ⊙●○△

乐府谁知，分付点化金丹。
●●○○ ; ⊙●⊙○●○△

中原旧游何在，频入梦、老眼空潸。
○○⊙○○● ; ⊙○● 、⊙●○△

撩人冷蕊，浑似当时，无语低鬟。
○○⊙● ; ⊙●○○ ; ⊙●○△

有多情多病文园。向雪后寻春，醉里凭阑。
⊙⊙○○●○△ ○●●○○ ; ●●○△

独步群芳，此花风度天然。
●●○○ ; ⊙○○●○△

罗浮淡妆素质，呼翠凤、飞舞斓斑。
○○⊙●●● ; ○●● 、⊙●○△

参横月落，留恨醒来，满地香残。
○○●● ; ⊙●○⊙ ; ⊙●●○△

（上下阕第八句俱减一字，下起添两字用一字领。余同正体。此体名《十月桃》或《十月梅》。）

国香　（宋词）

张　炎

沈梅娇，杭妓也，忽于京都见之。把酒相劳苦，犹能歌周清真意难忘、台城路二曲，因嘱余记其事。词成，以罗帕书之

莺柳烟堤。记未吟青子，曾比红儿。娴娇弄春微透，鬟翠双垂。不道留仙不住，便无梦、吹到南枝。相看两流落，掩面凝羞，怕说当时。　　凄凉歌楚调，袅馀音不放，一朵云飞。丁香枝上，几度款语深期。拜了花梢淡月，最难忘、弄影牵衣。无端动人处，过了黄昏，犹道休归。

国香　（宋词）

李弥逊

同富季申赋梅花之一（二首）

浮云无定，任春风万点，吹上寒枝。砌外珑璁，暗香夜透帘帏。闲情最宜酒伴，胜黄昏、冷月清溪。风流谢傅，梦到华胥，长是相随。　　似凝愁不语谁知。芳思乱微酸，已带离离。传语花神，任教横竹三吹。枝头要看如豆，趁和羹、百卉开时。十分金蕊，先与东君，一笑相期。

国香 （宋词）

无名氏

　　千林凋尽，一阳未报，已绽南枝。独对霜天，冒寒先占花期。清香映月浮动，临浅水、疏影斜欹。孤标不似，绿李夭桃，取次成蹊。　　纵寿阳妆脸偏宜。应未笑、天然雅态冰肌。寄语高楼，凭栏羌管休吹。东君自是为主，调鼎鼐、终会他时。从今点缀，百草千花，须待春归。

60. 过秦楼　　（一体）

正体　双调一百九字，上阕十一句五平韵，下阕十一句四平韵

李　甲

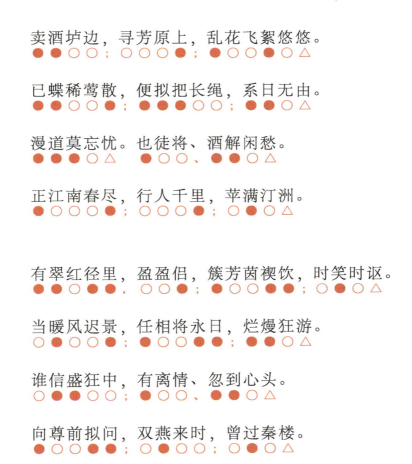

卖酒垆边，寻芳原上，乱花飞絮悠悠。
●●○○；○○○○；●○○○○△

已蝶稀莺散，便拟把长绳，系日无由。
●●○○；●●●○○；●●○△

漫道莫忘忧。也徒将、酒解闲愁。
●●●○△　●○○、●●○△

正江南春尽，行人千里，苹满汀洲。
●○○○；○○○●；○○○△

有翠红径里，盈盈侣，簇芳茵禊饮，时笑时讴。
●●○○；○○●；●○○●○；○○○△

当暖风迟景，任相将永日，烂熳狂游。
○●○○；●○○●●；●●○△

谁信盛狂中，有离情、忽到心头。
○●●○○；●○○、●●○△

向尊前拟问，双燕来时，曾过秦楼。
●○○○●；○○○○；○○○△

（上阕第四、第五、第九句，下阕第一、第三、第五、第六、第九句，用一字领。宋词仅此阕，填者宜遵之。）

61. 海棠春 （三体）

正体　又名海棠春令、海棠花，双调四十八字，上下阕各四句，三仄韵

秦　观

流莺窗外啼声巧。睡未足、把人惊觉。
⊙○⊙●○○▲　　●⊙●、⊙○⊙▲

翠被晓寒轻，宝篆沉烟袅。
⊙●●○○；⊙●○○▲

宿酲未解宫娥报。道别院、笙歌宴早。
●○●●○○▲　　●⊙●、○○●▲

试问海棠花，昨夜开多少。
⊙●●○○；⊙●○○▲

（上下阕句式似同。）

变体一　又名海棠春令、海棠花，双调四十六字，上下阕各四句，三仄韵

马子严

春景

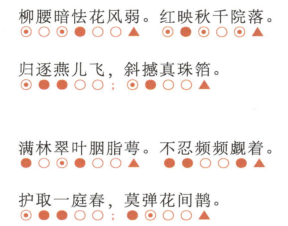

柳腰暗怯花风弱。红映秋千院落。
⊙○⊙●○○▲　　⊙●⊙○⊙▲

归逐燕儿飞，斜撼真珠箔。
⊙●●○○；⊙○●○▲

满林翠叶胭脂萼。不忍频频觑着。
●○⊙●○○▲　　⊙●○○●▲

护取一庭春，莫弹花间鹊。
⊙●●○○；●⊙○○▲

（上下阕第二句减一字，余同正体。）

变体二 又名海棠春令、海棠花，双调四十八字，上下阕各四句，三仄韵

柴元彪

客中感怀

阳关可是登高路。算到底、不如归去。

时节近中秋，那更黄花雨。

酒病恹恹，羁愁缕缕。且是没人分诉。

何似白云深，更向深深处。

（下阕第一、二句重组为三句，余同正体。吴潜别首下起作：○○●●。）

海棠春　（宋词）

吴　潜

己未清明对海棠再用韵

嫩晴还更宜轻雨。最好处、欲开未吐。一点聘梅心，千古凭谁语。　　脸霞晕锦娇人处。肯浪逐、红围翠舞。银烛莫高烧，春梦无多许。

海棠春　（宋词）

史达祖

似红如白含芳意。锦宫外、烟轻雨细。燕子不知愁，惊堕黄昏泪。　　烛花偏在红帘底。想人怕、春寒正睡。梦著玉环娇，又被东风醉。

62. 汉宫春 （二体）

正体 又名汉宫春慢、一枝春，双调九十六字，上下阕各九句，四平韵

晁冲之

黯黯离怀，向东门系马，南浦移舟。
⊙●○○；●●⊙●；⊙●○△

薰风乱飞燕子，时下轻鸥。
○○●○●●；○●○△

无情渭水，问谁教、日日东流。
○○⊙●；●○○、●●○△

常是送、行人去后，烟波一向离愁。
⊙●●、⊙○●●；○○⊙●○△

回首旧游如梦，记踏青殢饮，拾翠狂游。
⊙●●○●●；●○○●；⊙●○△

无端彩云易散，覆水难收。
⊙○⊙○●●；⊙●○△

风流未老，拌千金、重入扬州。
○○●●；⊙●○、○●○△

应又似、当年载酒，依前明占青楼。
⊙●●、⊙○●●；⊙○○●○△

（下起较上起多两字，其余似同。上下阕第二句例用一字领。上下阕起
句可用韵。上下阕第四、第五句，可重组为四字、六字各一句。）

变体 又名汉宫春慢、一枝春，双调九十四字，上阕八句五仄韵，下阕十句七仄韵

周　密

越一日，寄闲次余前韵，且未能忘情于落花飞絮间，因寓去燕杨姓事以寄意，此少游"小楼连苑"之词也。余遂戏用张氏故实次韵代答，亦东坡锦里先生之诗乎

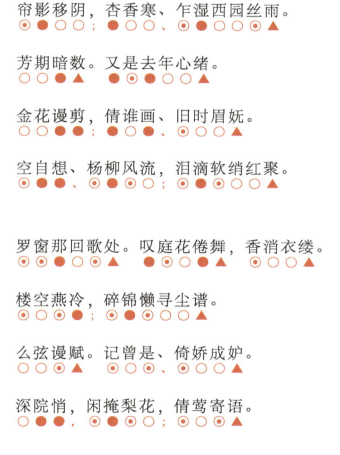

帘影移阴，杏香寒、乍湿西园丝雨。
⊙●○○；●○○、⊙○○○⊙▲

芳期暗数。又是去年心绪。
○○●▲　●⊙●○○▲

金花谩剪，倩谁画、旧时眉妩。
○○●●，●○○、⊙○○▲

空自想、杨柳风流，泪滴软绡红聚。
⊙●●、○●○○，●●⊙○○▲

罗窗那回歌处。叹庭花倦舞，香消衣缕。
⊙⊙●○●▲　●○○●▲　○○○▲

楼空燕冷，碎锦懒寻尘谱。
⊙○○●；●●●○○▲

么弦谩赋。记曾是、倚娇成妒。
○○⊙▲　⊙○●、⊙○○▲

深院悄，闲掩梨花，倩莺寄语。
○●●，⊙●○○；●○⊙▲

（较正体，结减两字，改仄韵。上阕第三句，下阕第二、第六句，可不用韵。）

汉宫春 （宋词）

周紫芝

己未中秋作

秋意还深，渐银床露冷，梧叶风高。婵娟也应为我，羞照霜毛。流年老尽，漫银蟾、冷浸香醪。除尽把、平生怨感，一时分付离骚。　　伤心故人千里，问阴晴何处，还记今宵。楼高共谁同看，玉桂烟梢。南枝鹊绕，叹此生、飘转江皋。须更约、他年清照，为人常到寒霄。

汉宫春 （宋词）

李　邴 （一题晁冲之作）

潇洒江梅，向竹梢疏处，横两三枝。东君也不爱惜，雪压霜欺。无情燕子，怕春寒、轻失花期。却是有、年年塞雁，归来曾见开时。　　清浅小溪如练，问玉堂何似，茅舍疏篱。伤心故人去后，冷落新诗。微云淡月，对江天、分付他谁。空自忆、清香未减，风流不在人知。

汉宫春 （宋词）

方 岳

探梅用潇洒江梅韵

问讯何郎，怎春风未到，却已横枝。当年东阁诗兴，夫岂吾欺。云寒岁晚，便相逢、已负深期。烦说与、秋崖归也，留香更待何时。　家住江南烟雨，想疏花开遍，野竹巴篱。遥怜水边石上，煞欠渠诗。月壶雪瓮，肯相从、舍我其谁。应自笑、生来孤峭，此心却有天知。

汉宫春 （宋词）

陆 游

初自南郑来成都作

羽箭雕弓，忆呼鹰古垒，截虎平川。吹笛暮归，野帐雪压青毡。淋漓醉墨，看龙蛇、飞落蛮笺。人误许、诗情将略，一时才气超然。　何事又作南来，看重阳药市，元夕灯山。花时万人乐处，欹帽垂鞭。闻歌感旧，尚时时、流涕尊前。君记取、封侯事在，功名不信由天。

汉宫春 （宋词）

辛弃疾

会稽蓬莱阁观雨

秦望山头，看乱云急雨，倒立江湖。不知云者为雨，雨者云乎。长空万里，被西风、变灭须臾。回首听、月明天籁，人间万窍号呼。　　谁向若耶溪上，倩美人西去，麋鹿姑苏。至今故国人望，一舸归欤。岁云暮矣，问何不、鼓瑟吹竽。君不见、王亭谢馆，冷烟寒树啼乌。

汉宫春 （宋词）

辛弃疾

答吴子似总干和章

达则青云，便玉堂金马，穷则茅庐。逍遥小大自适，鹏鷃何殊。君如星斗，灿中天、密密疏疏。荒草外、自怜萤火，清光暂有还无。　　千古季鹰犹在，向松江道我，问讯何如。白头爱山下去，翁定嗔予。人生谩尔，岂食鱼、必鲙之鲈。还自笑、君诗顿觉，胸中万卷藏书。

汉宫春 （宋词）

张　镃

稼轩帅浙东，作秋风亭成，以长短句寄馀，欲和久之。偶霜晴小楼登眺，因次来韵，代书奉酬。

城畔芙蓉，爱吹晴映水，光照园庐。清霜乍凋岸柳，风景偏殊。登楼念远，望越山、青补林疏。人正在、秋风亭上，高情远解知无。　江南久无豪气，看规恢意概，当代谁如。乾坤尽归妙用，何处非予。骑鲸浪海，更那须、采菊思鲈。应会得、文章事业，从来不在诗书。

汉宫春 （宋词）

葛长庚

次韵李汉老咏梅

潇洒江梅，似玉妆珠缀，密蕊疏枝。霜风应是，不许蝶近蜂欺。嫣然自笑，与山矾、共水仙期。还亦有、青松翠竹，同今凛冽年时。　何事向人如恨，带苍苔，半倚临水荒篱。孤山嫩寒放晓，尚忆前诗。黄昏顾影，说横斜、清浅今谁。他自是、移春手段，微云淡月应知。

汉宫春 （宋词）

赵时奚

霜皎千林，正石桥人静，春满横塘。寒花自开自落，晓色昏黄。明沙暗草，对东风，深锁闲堂。金漏短、江南路远，梦回云冷潇湘。　　重到旧时花下，按玉笙歌彻，月正西廊。亭亭爱伊素影，粉薄新妆。经所瘦损，漫谁知、心事凄凉。休更听、城头画角，一声声断人肠。

汉宫春 （宋词）

无名氏

点点江梅，对寒威强出，一弄新奇。零珠碎玉，为谁密上南枝。幽香冷艳，纵孤高、却遣谁知。惟只有、江头驿畔，征鞍独为迟迟。　　聊捻粉香重问，问春来甚日，春去何时。移将院落，算应未肯头低。无人共折，傍溪桥、雪压霜欺。君不见、长安陌上，只夸桃李芳菲。

汉宫春　（宋词）

无名氏

横吹声沉，倚危楼红日，江转天斜。黄尘边火潏洞，何处吾家。胎禽怨夜，半乘风、玄露丹霞。先生笑、飞空一剑，东风犹自天涯。　　情知道山中好，早翠罴含隐，瑶草新芽。青溪故人信断，梦逐飙车。乾坤星火，归来兮、煮石煎砂。回首处、幅巾蒲帐，云边独笑桃花。

汉宫春　（金元词）

张玉娘

元夕用京仲远韵

玉兔光回，看琼流河汉，冷浸楼台。正是歌传花市，云静天街。兰煤沉水，澈金莲、影晕香埃。绝胜□、三千绰约，共将月下归来。　　多是春风有意，把一年好景，先与安排。何人轻驰宝马，烂醉金罍。衣裳雅淡，拥神仙、花外徘徊。独怪我、绣罗帘锁，年年憔悴裙钗。

63. 好女儿 （一体）

正体 又名好女儿令，双调六十二字，上阕六句三平韵，下阕六句两平韵

晏几道

绿遍西池。梅子青时。
⊙ ● ○ △　　⊙ ● ○ △

尽无端、尽日东风恶，
● ⊙ ○ 、 ● ● ○ ⊙ ；

更霏微细雨，恼人离恨，满路春泥。
● ○ ○ ● ● ； ⊙ ○ ○ ● ； ⊙ ● ○ △

应是行云归路，有闲泪、洒相思。
⊙ ● ⊙ ○ ○ ● ； ⊙ ○ ● 、 ● ○ △

想旗亭、望断黄昏月，
● ○ ○ 、 ● ● ● ○ ⊙ ；

又依前误了，红笺香信，翠袖欢期。
● ⊙ ○ ● ● ； ⊙ ○ ○ ● ； ⊙ ● ○ △

（上下阕后四句句式似同，第四句例用一字领。欧阳修词下阕第三句少一字，不予参校。）

好女儿　(宋词)

欧阳修

眼细眉长。宫样梳妆。靸鞋儿、走向花下立，著一身绣出，两同心字，浅浅金黄。　　早是肌肤轻渺，抱著了、暖仍香。姿姿媚媚端正好，怎教人别后，从头仔细，断得思量。

好女儿　(宋词)

贺　铸

国门东

车马匆匆。会国门东。信人间、自古销魂处，指红尘北道，碧波南浦，黄叶西风。　　堠馆娟娟新月，从今夜、与谁同。想深闺、独守空床思，但频占镜鹊，悔分钗燕，长望书鸿。

好女儿　(宋词)

仇　远

恨结眉峰。两抹青浓。不忺人、昨夜曾中酒，甚小蛮绿困，太真红醉，肯嫁东风。　　无奈游丝堕蕊，尽日□、逐飞蓬。把西园、鬥草芳期阻，怕明朝微雨，庭莎翠滑，湿透莲弓。

267

64. 好事近 （一体）

正体　又名钓船笛、翠圆枝，双调四十五字，上下阕各四句，两仄韵

宋　祁

睡起玉屏风，吹去乱红犹落。
◉ ● ◉ ○ ○ ；◉ ● ◉ ● ▲

天气骤生轻暖，衬沈香帷箔。
◉ ● ◉ ○ ◉ ● ；● ◉ ○ ◉ ▲

珠帘约住海棠风，愁拖两眉角。
◉ ○ ◉ ● ◉ ○ ◉ ；◉ ◉ ◉ ○ ▲

昨夜一庭明月，冷秋千红索。
◉ ● ◉ ◉ ◉ ● ；● ◉ ○ ◉ ▲

（两结例用一字领。上下阕第三句偶有用韵。此谱多用入声韵。李清照、刘过词，上结添一字，不予参校。）

好事近　（宋词）

张　先

灯烛上山堂，香雾暖生寒夕。前夜雪清梅瘦，已不禁轻摘。

双歌声断宝杯空，妆光艳瑶席。相趁笑声归去，有随人月色。

好事近　（宋词）

苏　轼

湖上

湖上雨晴时，秋水半篙初没。朱槛俯窥寒鉴，照衰颜华髪。

醉中吹堕白纶巾，溪风漾流月。独棹小舟归去，任烟波飘兀。

好事近　（宋词）

曾　肇

亳州秩满归江南别诸僚旧

岁晚凤山阴，看尽楚天冰雪。不待牡丹时候，又使人轻别。

如今归去老江南，扁舟载风月。不似画梁双燕，有重来时节。

好事近　(宋词)

秦　观

梦中作

春路雨添花，花动一山春色。行到小溪深处，有黄鹂千百。

飞云当面化龙蛇，夭矫转空碧。醉卧古藤阴下，了不知南北。

好事近　(宋词)

谢　逸

疏雨洗烟波，雨过满江秋色。风起白鸥零乱，破岚光深碧。

荻花枫叶只供愁，清吟写岑寂。吟罢倚阑无语，听一声羌笛。

好事近　(宋词)

赵令畤

急雨涨溪浑，小树带山秋色。轻棹暮天归路，袅芙蓉烟白。

酒醒香冷梦回时，虫声正凄绝。只觉小窗风月，与昨宵都别。

好事近　（宋词）

晁补之

南都寄历下人

丝管闹南湖，湖上醉游时晚。独看小桥官柳，泪无言偷满。

坐中谁唱解愁辞，红妆劝金盏。物是奈人非是，负东风心眼。

好事近　（宋词）

赵士暕

造化有深功，缀就梢头黄蜡。剪刻翻成新样，与江梅殊别。

半开微露紫檀心，潇洒对风月。素手偏宜折取，向乌云斜插。

好事近　（宋词）

朱敦儒

渔父词

摇首出红尘，醒醉更无时节。活计绿蓑青笠，惯披霜冲雪。

晚来风定钓丝闲，上下是新月。千里水天一色，看孤鸿明灭。

好事近 　(宋词)

周紫芝

谢人分似蜡梅一枝

香蜡染宫黄，不属世间风月。分我照寒金蕊，伴小窗愁绝。

高标独步本无双，一枝为谁折。压尽半春桃李，任满山如雪。

好事近 　(宋词)

蒋元龙

叶暗乳鸦啼，风定老红犹落。蝴蝶不随春去，入薰风池阁。

休歌金缕劝金卮，酒病煞如昨。帘卷日长人静，任杨花飘泊。

好事近 　(宋词)

赵　鼎

杭州作

杨柳曲江头，曾记彩舟良夕。一枕楚台残梦，似行云无迹。

青山迢递水悠悠，何处问消息。还是一年春暮，倚东风独立。

好事近　（宋词）

廖世美

夕景

落日水熔金，天淡暮烟凝碧。楼上谁家红袖，靠阑干无力。
鸳鸯相对浴红衣。短棹弄长笛。惊起一双飞去，听波声拍拍。

好事近　（宋词）

高　登

黄义卿画带霜竹

潇洒带霜枝，独向岁寒时节。触目千林憔悴，更幽姿清绝。
多才应赋得天真，落笔惊风叶。从此绿窗深处，有一梢秋月。

好事近　（宋词）

葛立方

和子直惜春

归日指清明，肯把话言轻食。已是飞花时候，赖东风无力。
青帘沽酒送春归，莫惜万金掷。屈指明年春事，有红梅消息。

好事近 （宋词）

陆　游

岁晚喜东归，扫尽市朝陈迹。拣得乱山环处，钓一潭澄碧。

卖鱼沽酒醉还醒，心事付横笛。家在万重云外，有沙鸥相识。

好事近 （宋词）

范成大

昨夜报春来，的皪岭梅开雪。携手玉人同赏，比看谁奇绝。

阑干倚遍忆多情，怕角声鸣咽。与折一枝斜戴，衬鬓云梳月。

好事近 （宋词）

吕胜己

和人题渭川钓渔图韵

风景好樵川，郭外三洲烟渚。过尽古今清逸，奈天公不与。

地灵人意曾符同，留待烟霞侣。一棹轻舟开岸，弄滩声风雨。

好事近　（宋词）

辛弃疾

春日郊游

春动酒旗风，野店芳醪留客。系马水边幽寺，有梨花如雪。
山僧欲看醉魂醒，茗碗泛香白。微记碧苔归路，衮一鞭春色。

好事近　（宋词）

辛弃疾

春意满西湖，湖上柳黄时节。濒水雾窗云户，贮楚宫人物。
一年管领好花枝，东风共披拂。已约醉骑双凤，玩三山风月。

好事近　（宋词）

赵善括

春暮

风雨做春愁，桃杏一时零落。是处绿肥红瘦，怨东君情薄。
行藏独倚望江楼，双燕度帘幕。回首故园应在，误秋千人约。

好事近 （宋词）

陈三聘

我欲御天风，飞上广寒宫阙。撼动一轮秋桂，照人间愁绝。
归来须著酒消磨，玉面点红缬。起舞为君狂醉，更何须邀月。

好事近 （宋词）

石孝友

微雨洒芳尘，酝造可人春色。闻道梦云楼外，正小桃花髮。
殷勤留取最繁枝，樽前待闲折。准拟乱红深处，化一双蝴蝶。

好事近 （宋词）

陈 亮

篱菊吐寒花，香弄小园秋色。携手画阑西畔，忆去年同摘。
小亭依旧锁西风，住事已无迹。懒向碧云深处，问征鸿消息。

好事近　(宋词)

陈　亮

咏梅

的皪两三枝，点破暮烟苍碧。好在屋檐斜入。傍玉奴横笛。
月华如水过林塘，花阴弄苔石。欲向梦中飞蝶。恐幽香难觅。

好事近　(宋词)

黄　机

鸿雁几时来，目断暮山凝碧。别后故园无恙，定芙蓉堪折。
休文多病废吟诗，有酒怕浮白。不是孤他诗酒，更孤他风月。

好事近　(宋词)

汪　莘

风雨打黄昏，啼杀满山杜宇。到得人间春去。问英雄何处。
桃红李白竞春光，谁共残妆语。最是梨花一树。照谁家庭户。

好事近　(宋词)

卓　田

三衢买舟

奏赋谒金门，行尽云山无数。尚有江天一半，买扁舟东去。
波神眼底识英雄，阁住半空雨。唤起一帆风力，去青天尺五。

好事近　(宋词)

张　辑

载酒岳阳楼，秋入洞庭深碧。极目水天无际，正白蘋风急。
月明不见宿鸥惊，醉把玉阑拍。谁解百年心事，恰钓船横笛。

好事近　(宋词)

葛长庚

赠赵制机

行到竹林头，探得梅花消息。冷蕊疏英如许，更无人知得。
冰枯雪老岁年徂，俯仰自嗟惜。醉卧梅花影里，有何人相识。

好事近 （宋词）

周　密

拟东泽

新雨洗花尘，扑扑小庭香湿。早是垂杨烟老，渐嫩黄成碧。
晚帘都卷看青山，山外更山色。一色梨花新月，伴夜窗吹笛。

好事近 （宋词）

无名氏

咏梅

篱落晓来霜，花嫩不禁寒力。脉脉自摇疏影，印一奁空碧。
天生潇潇谢夫人，绝世有谁识。何必嫣然一笑，已倾城倾国。

65.河渎神　　（一体）

正体　双调四十九字，上阕四句四平韵，下阕四句四仄韵

温庭筠

河上望丛祠。庙前春雨来时。
⊙●●○△　⊙⊙○○⊙△

楚山无限鸟飞迟。兰棹空伤别离。
⊙○○●●○△　⊙⊙○○⊙△

何处杜鹃啼不歇。艳红开尽如血。
⊙⊙⊙○⊙▲　⊙○⊙○⊙▲

蝉鬓美人愁绝。百花芳草佳节。
⊙●⊙○⊙▲　⊙○○●○▲

（张泌词下阕第一、三句不用韵，二、四句用平韵，不予参校。）

河渎神 （唐词）

张　泌

　　古树噪寒鸦。满庭枫叶芦花。昼灯当午隔轻纱。画阁朱帘影斜。　　门外往来祈赛客，翩翩帆落天涯。回首隔江烟火，渡头三两人家。

河渎神 （唐词）

温庭筠

　　孤庙对寒潮。西陵风雨萧萧。谢娘惆怅倚栏桡。泪流玉箸千条。　　暮天愁听思归乐。早梅香满山郭。回首两情萧索。离魂何处飘泊。

河渎神 （五代词）

孙光宪

　　汾水碧依依。黄云落叶初飞。翠华一去不言归。庙门空掩斜晖。　　四壁阴森排古画。依旧琼轮羽驾。小殿沉沉清夜。银灯飘落香炧。

河渎神　（宋词）

辛弃疾

女诫词效花间体

芳草绿萋萋。断肠绝浦相思。山头人望翠云旗。蕙香佳酒君归。　惆怅画檐双燕舞。东风吹散灵雨。香火冷残箫鼓。斜阳门外今古。

66. 河 传 （九体）

正体 又名怨王孙、庆同天、月照梨花、秋光满目，双调六十一字，上阕六句五仄韵，下阕六句四仄韵

赵 鼎

秋夜旅怀

秋光向晚。叹羁游坐见。年华将换。

一纸素书，拟托南来征雁。奈雪深、天更远。

东窗皓月今宵满。浅酌芳尊，暂倩嫦娥伴。

应念夜长，旅枕孤衾不暖。便莫教、清影转。

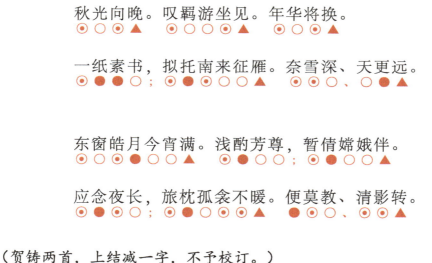

（贺铸两首，上结减一字，不予校订。）

变体一 又名怨王孙、庆同天、月照梨花、秋光满目，双调五十三字，上阕六句三仄韵、三平韵，下阕六句三仄韵、两平韵

李清照

春暮

帝里春晚。重门深院。草绿阶前，暮天雁断。
⦿●○▲　⦿●○▲　●●○△　⦿○⦿▲

楼上远信谁传。恨绵绵。
○●●●○△　●○△

多情自是多沾惹。难拚舍。又是寒食也。
⦿○●●○○◆　○○▲　⦿●●○▲

秋千巷陌，人静皎月初斜。浸梨花。
⦿○●● ; ⦿●○●○◇　●○△

变体二　又名怨王孙、庆同天、月照梨花、秋光满目，双调五十七字，上
阕六句四仄韵，下阕六句五仄韵

柳　永

淮岸向晚。圆荷向背，芙蓉深浅。

⊙⊙⊙▲　　○○●●；○○○▲

仙娥画舸，露渍红芳交乱。难分花与面。

○○●●；⊙●⊙○○▲　　○○○●▲

采多渐觉轻船满。呼归伴。急桨烟村远。

●○●●○○▲　　○○▲　　●●○○▲

隐隐棹歌，渐被蒹葭遮断。曲终人不见。

●●●○；⊙●○○▲　　○○○●▲

（柳永别首，下阕第四、第五句重组为：●●●○⊙●，○○○▲。）

变体三 又名怨王孙、庆同天、月照梨花、秋光满目，双调五十五字，上阕七句两仄韵、五平韵，下阕七句三仄韵、四平韵

温庭筠

湖上。闲望。雨萧萧。烟浦花桥路遥。
○▲　　○▲　　●○△　　◉●◉○◉○△

谢娘翠蛾愁不销。终朝。梦魂迷晚潮。
◉◉●◉◉●△　　◉○△　　◉○○●△

荡子天涯归棹远。春已晚。莺语空肠断。
◉●○◉◉●◆　　○●▲　　○●◉○▲

若耶溪。溪水西。柳堤。不闻郎马嘶。
●○◇　　◉●△　　●○△　　○○●○△

（河传一谱，五代多见于花间词，体例驳杂，莫衷一是，填者择而遵之。）

变体四 又名怨王孙、庆同天、月照梨花、秋光满目，双调五十三字，上
阕七句两仄韵、一叠韵、四平韵，下阕六句三仄韵、三平韵

张　泌

红杏。红杏。交枝相映。密密蒙蒙。
〇▲　〇▲　〇⊙〇▲　●●〇△

一庭浓艳倚东风。香融。透帘栊。
●〇〇●〇〇△　〇〇△　●〇△

斜阳似共春光语。蝶争舞。更引流莺妒。
〇〇●●〇〇◆　⊙⊙▲　●●〇〇▲

魂销千片玉尊前。神仙。瑶池醉暮天。
⊙〇〇●●〇◇　〇〇△　⊙〇〇⊙●△

变体五 又名怨王孙、庆同天、月照梨花、秋光满目，双调五十三字，上阕七句三仄韵、三平韵，下阕六句三仄韵、两平韵

韦　庄

锦浦。春女。绣衣金缕。
⊙　▲　　○　▲　　⊙　○○　▲

雾薄云轻。花深柳暗，时节正是清明。雨初晴。
⊙　●　○　△　　⊙　○　○　⊙　●；⊙　⊙　○　●　○　△　　●　○　△

玉鞭魂断烟霞路。莺莺语。一望巫山雨。
⊙　○　○　●　●　○　▲　　○　○　▲　　●　●　○　○　▲

香尘隐映，遥见翠槛红楼。黛眉愁。
⊙　○　○　●；⊙　●　○　●　●　○　◇　　●　○　△

变体六 又名怨王孙、庆同天、月照梨花、秋光满目，双调五十五字，上
阕七句六仄韵，下阕七句三仄韵、三平韵、一叠韵

孙光宪

风飐。波敛。圆荷闪闪。
⊙ ▲　　○ ▲　　⊙ ○ ▲

珠倾露点。木兰舟上，何处吴娃越艳。藕花红照脸。
⊙ ○ ⊙ ▲　　⊙ ○ ○ ●；○ ● ⊙ ○ ○ ▲　　⊙ ○ ○ ● ▲

大堤狂杀襄阳客。烟波隔。渺渺湖光白。
⊙ ⊙ ⊙ ⊙ ○ ○ ◆　　○ ○ ▲　　⊙ ● ○ ○ ▲

身已归。心不归。斜晖。远汀鹨鶒飞。
⊙ ⊙ △　　⊙ ⊙ △　　⊙ △　　⊙ ○ ⊙ ● △

变体七　又名怨王孙、庆同天、月照梨花、秋光满目，双调五十一字，上
阕七句四仄韵，下阕五句五仄韵

张　泌

渺莽云水。惆怅暮帆，去程迢递。
⊙●⊙▲　⊙⊙●⊙；⊙○○▲

夕阳芳草，千里万里。雁声无限起。
⊙○⊙⊙；○●●▲　⊙○○●▲

梦魂悄断烟波里。心如醉。相见何处是。
⊙○●●○○▲　○○▲　⊙●○⊙▲

锦屏香冷无睡。被头多少泪。
●⊙⊙○▲　⊙○○●▲

变体八 又名怨王孙、庆同天、月照梨花、秋光满目，双调六十字，上下
阕各六句，三仄韵

徐昌图

秋光满目。风清露白，莲红水绿。
○○●▲　⊙○●●；○○●▲

何处梦回，弄珠拾翠盈盈，倚兰桡、眉黛蹙。
⊙●●○；●⊙●⊙○○⊙；●⊙○、⊙●▲

采莲调稳声相续。吴儿伴侣。倚棹吴江曲。
⊙○○●●○○▲　⊙⊙○⊙；●●○○▲

惊起暮天，几双交颈鸳鸯，入芦花、深处宿。
⊙●⊙○；●⊙●⊙○○；●⊙○、⊙●▲

河传　（唐词）

韦　庄

何处。烟雨。隋堤春暮。柳色葱茏。画桡金缕。翠旗高颭香风。水光融。　青娥殿脚春妆媚。轻云里。绰约司花妓。江都宫阙，清淮月映迷楼。古今愁。

河传　（五代词）

顾　夐

曲槛。春晚。碧流纹细，绿杨丝软。露花鲜，杏枝繁，莺啭。野芜平似剪。　直是人间到天上。堪游赏。醉眼疑屏障。对池塘。惜韶光。断肠。为花须尽狂。

河传　（五代词）

李　珣

去去。何处。迢迢巴楚。山水相连。朝云暮雨。依旧十二峰前。猿声到客船。　愁肠岂异丁香结。因离别。故国音书绝。想佳人花下，对明月春风。恨应同。

河传 （宋词）

秦 观

恨眉醉眼。甚轻轻觑著，神魂迷乱。常记那回，小曲阑干西畔。鬓云松、罗袜划。　　丁香笑吐娇无限。语软声低，道我何曾惯。云雨未谐，早被东风吹散。瘦杀人、天不管。

河传 （宋词）

司马槱

银河漾漾。正桐飞露井，寒生斗帐。芳草梦惊，人忆高唐惆怅。感离愁、甚情况。　　春风二月桃花浪。扁舟征棹，又过吴江上。人去雁回，千里风云相望。倚江楼、倍凄怆。

河传 （宋词）

辛弃疾

效花间集

春水。千里。孤舟浪起。梦携西子。觉来村巷夕阳斜。几家。短墙红杏花。　　晚云做造些儿雨。折花去。岸上谁家女。太狂颠。那岸边。柳绵。被风吹上天。

河传　(宋词)

张元幹

　　小院春昼。晴窗霞透。把雨燕脂，倚风翠袖。芳意恼乱人多。暖金荷。　　多情不分群葩后。伤春瘦。浅黛眉尖秀。红潮醉脸，半掩花底重门。怨黄昏。

河传　(宋词)

张元幹

　　绍兴乙丑春二月既望，李文中置酒溪阁。日暮雨过，尽得云烟变态，如对营丘著色山。坐客有歌怨王孙者，请予赋其情抱，叶子谦为作三弄，吹云裂石，旁若无人，永福前此所未见也。老子于此，兴复不浅

　　霁雨天迥。平林烟暝。灯闪沙汀，水生钓艇。楼外柳暗谁家。乱昏鸦。　　相思怪得今番甚。寒食近。小研鱼笺信。屏山交掩，微醉独倚栏干。恨春寒。

河传　(宋词)

无名氏

　　梦断漏悄。愁浓酒恼。宝枕生寒，翠屏向晓。门外谁扫残红。夜来风。　　玉箫声断人何处。春又去。忍把归期负。此情此恨此际，拟托行云。问东君。

河传　（金元词）

韩　奕

送俞彦行

天际舟去水和烟。路遥遥知几千。广州又在海西边。堪怜。行人方少年。　　回首吴台连楚馆。云树远。眼与肠俱断。念归期。是何时。休迟。莺花容易稀。

河传　（金元词）

邵亨贞

春昼。倦绣。轻揎罗褏。背倚秋千。杜鹃。年年恼人三月天。锦笺。空将心事传。　　小玉偷移筝上雁。弦索断。惊起睡鸳散。粉墙西。杨柳堤。马嘶。谁家游子归。

67.何满子 （二体）

正体　又名河满子，双调七十四字，上下阕各六句三平韵

毛熙震

寂寞芳菲暗度，岁华如箭堪惊。
⊙●⊙○⊙●；⊙○⊙●○△

缅想旧欢多少事，转添春思难平。
⊙●⊙○⊙●；⊙○○●○△

曲槛丝垂金柳，小窗弦断银筝。
⊙●⊙○⊙●；⊙○○●○△

深院空闻燕语，满园闲落花轻。
⊙●⊙○⊙●；⊙○○●○△

一片相思休不得，忍教长日愁生。
⊙●⊙○⊙●；⊙○○●○△

谁见夕阳孤梦，觉来无限伤情。
⊙●⊙○⊙●；⊙○○●○△

（上下阕句式似同。毛滂词独作仄韵，不予参校。）

变体　单调三十六字，六句三平韵

和　凝

写得鱼笺无限，其如花锁春辉。
⊙●⊙○○● ；⊙○⊙●○△

目断巫山云雨，空教残梦依依。
⊙●○○○● ；⊙○⊙●○△

却爱熏香小鸭，羡他长在屏帏。
⊙●○○●● ；⊙○○●○△

（第三句亦有添一字者：⊙●○○⊙●●。）

何满子　（五代词）

和　凝

　　正是破瓜年几，含情惯得人饶。桃李精神鹦鹉舌，可堪
虚度良宵。却爱蓝罗裙子，羡他长束纤腰。

何满子　（五代词）

毛文锡

　　红粉楼前月照，碧纱窗外莺啼。梦断辽阳音信，那堪独
守空闺。恨对百花时节，王孙绿草萋萋。

何满子　（宋词）

张　先

陪杭守泛湖夜归

溪女送花随处，沙鸥避乐分行。游舸已如图障里，小屏犹画潇湘。人面新生酒艳，日痕更欲春长。　　衣上交枝鬬色，钗头比翼相双。片段落霞明水底，风纹时动妆光。宾从夜归无月，千灯万火河塘。

何满子　（宋词）

杜安世

柳嫩不禁摇动，梅残尽任飘零。雨馀天气来深院，向阳纤草重青。寂寞小桃初绽，两三枝上红英。　　又见云中归雁，嗤嗤断续和鸣。年年依旧无情绪，镇长冷落银屏。不语闲寻往事，微风频动帘旌。

何满子　（宋词）

孙　洙

秋怨

怅望浮生急景，凄凉宝瑟馀音。楚客多情偏怨别，碧山远水登临。目送连天衰草，夜阑几处疏砧。　　黄叶无风自落，秋云不雨长阴。天若有情天亦老，摇摇幽恨难禁。惆怅旧欢如梦，觉来无处追寻。

何满子　（宋词）

晁端礼

满浦亭前杨柳，一年三度攀条。瞬息光阴都几许，离情常是迢迢。须信沈腰易瘦，争教潘鬓相饶。　　不忍重寻香径，还来独立溪桥。唯有无情东去水，来时曾傍兰桡。今夜欲求好梦，望中莫遣魂消。

何满子　（宋词）

秦　观

天际江流东注，云中塞雁南翔。衰草寒烟无意思，向人只会凄凉。吟断炉香袅袅，望穷海月茫茫。　　莺梦春风锦幄，蛩声夜雨蓬窗。谙尽悲欢多少味，酒杯付与疏狂。无奈供愁秋色，时时递入柔肠。

68. 荷叶杯　（三体）

正体　单调二十三字，六句四仄韵、两平韵

温庭筠

一点露珠凝冷。波影。满池塘。
●●●○○▲　○▲　●○△

绿茎红艳两相乱。肠断。水风凉。
●○○●●○◆　○▲　●○△

变体一 单调二十六字，六句两仄韵、三平韵、一叠韵

顾　敻

春尽小庭花落。寂寞。凭栏敛双眉。
⊙●⊙○⊙▲　　⊙▲　　⊙●●○△

忍教成病忆佳期。知么知。知么知。
⊙○⊙●●○△　　○●△　　○●△

（第三句添两字，第四句不用韵，第五句添一字改平韵，余同正体。）

变体二　双调五十字，上下阕各五句两仄韵、三平韵

韦　庄

记得那年花下。深夜。初识谢娘时。
⊙●⊙○⊙▲　⊙▲　⊙●●○△

水堂西面画帘垂。携手暗相期。
⊙○⊙●●○△　⊙●●○△

惆怅晓莺残月。相别。彼此隔音尘。
⊙●●○⊙◆　⊙▲　⊙●●○◇

如今俱是异乡人。相见更无因。
⊙○⊙●●○△　⊙●●○△

（正体第三句添两字，第四句改平韵，末两句合并，并重复一阕，可得。）

荷叶杯　（唐词）

温庭筠

楚女欲归南浦。朝雨。湿愁红。小舡摇漾入花里。波起。隔西风。

荷叶杯　（五代词）

顾　夐

曲砌蝶飞烟暖。春半。花发柳垂条。花如双脸柳如腰。娇麽娇。娇麽娇。

荷叶杯　（唐词）

韦　庄

绝代佳人难得。倾国。花下见无期。一双愁黛远山眉。不忍更思惟。　　闲掩翠屏金凤。残梦。罗幕画堂空。碧天无路信难通。惆怅旧房栊。

69. 贺圣朝 （三体）

正体 　又名转调贺圣朝，双调四十九字，上阕四句三仄韵，下阕五句三仄韵

叶清臣

满斟绿醑留君住。莫匆匆归去。
⊙○⊙●⊙○▲　◑●○○▲

三分春色二分愁，更一分风雨。
○○⊙●●○○；◑●○○▲

花开花谢，都来几许。且高歌休诉。
○○⊙●；⊙○⊙▲　●○○⊙○▲

不知来岁牡丹时，再相逢何处。
⊙○⊙●●○○；◑●○○▲

　　（上阕第二、第四句，下阕第三、第五句，例用一字领。下阕第二句亦可不用韵。上阕末两句可重组为四字三句，或上下阕末两句均重组为四字三句。赵鼎别首，上阕第二句减一字，或下阕第三句亦减一字。）

变体一　又名转调贺圣朝，双调四十八字，上阕四句三仄韵，下阕五句三仄韵

赵彦端

河阳桃李开无数。待成春归去。
⊙○○●⊙○▲　　●⊙○○▲

小园几月忽惊飞，恨主人难驻。
⊙○⊙●●○○；●⊙○○▲

雏莺乳燕愁悲语。道留君不住。
○○●●⊙○▲　　●⊙○○▲

愿君随处作东风，与群花为主。
⊙○⊙●●○○；●⊙○○▲

（下起两句减一字作七字句，余同正体。上下阕句式同。）

变体二 又名转调贺圣朝，双调四十七字，上阕四句三仄韵，下阕六句三仄韵

杜安世

东君造物无凝滞。芳容相替。
◉○○◉●○◉▲　○○○▲

杏花桃萼一时开，就中明媚。
◉○○◉●●○○；●○○▲

绿丛金朵，枝长叶细。称花王相待。
◉○○◉●；○○●▲　●◉○○▲

万般堪爱，暂时见了，断肠无计。
◉○○●；◉○○●；●○○▲

（张先别首，上阕第二句添一字，下阕第三句减一字。）

贺圣朝　（宋词）

赵　鼎

锁试府学夜坐作

断霞收尽黄昏雨。滴梧桐疏树。帘栊不卷夜沉沉，锁一庭风露。　　天涯人远，心期梦悄，苦长宵难度。知他窗外促织儿，有许多言语。

贺圣朝　（宋词）

赵　鼎

道中闻子规

征鞍南去天涯路。青山无数。更堪月下子规啼，向深山深处。　　凄然推枕，难寻新梦，忍听伊言语。更阑人静一声声，道不如归去。

307

贺圣朝　（宋词）

马子严

春游

游人拾翠不知远。被子规呼转。红楼倒影背斜阳，坠几声弦管。　　荼蘼香透，海棠红浅。恰平分春半。花前一笑不须悭，待花飞休怨。

贺圣朝　（宋词）

赵彦端

一江风月同君住。了不知秋去。赏心亭下，过帆如马，堕枫如雨。　　相将莫问，兴亡旧事，举离觞谁诉。垂杨指点但归来，有温柔佳处。

贺圣朝　（金元词）

谢应芳

马公振见访，以词留别，喜而和之

吴淞旧雨相邻住。喜复来今雨。那时因遇。十年艰险，剑头炊黍。　　如今相见，衰颜醉酒，似经霜红树。湖山佳处。登高望远，遍题诗去。

70. 贺新郎 （二体）

正体 又名金缕歌、金缕曲、金缕词、乳燕飞、贺新凉、风敲竹、貂裘换酒，双调一百十六字，上下阕各十句，六仄韵

叶梦得

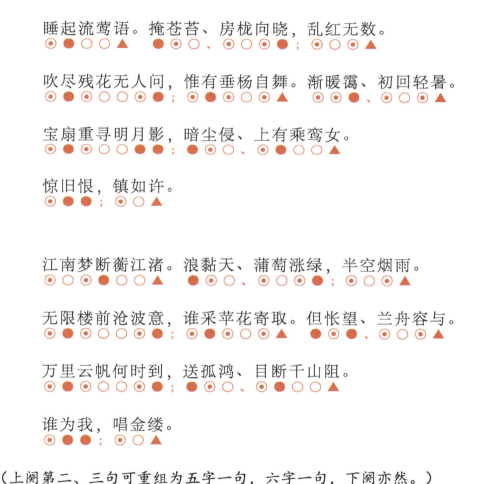

睡起流莺语。掩苍苔、房栊向晓，乱红无数。
⊙●○●▲　⊙●○、⊙○●●；⊙○○▲

吹尽残花无人问，惟有垂杨自舞。渐暖霭、初回轻暑。
⊙●○○○○●；⊙●○○●▲　⊙●●、⊙○○▲

宝扇重寻明月影，暗尘侵、上有乘鸾女。
⊙●○○○●●，⊙○○、⊙●○○▲

惊旧恨，镇如许。
⊙●●；⊙○▲

江南梦断蘅江渚。浪黏天、蒲萄涨绿，半空烟雨。
⊙○●●○○▲　●⊙○、⊙○●●；⊙○○▲

无限楼前沧波意，谁采苹花寄取。但怅望、兰舟容与。
⊙●○○○○●；⊙●○○●▲　⊙●●、⊙○○▲

万里云帆何时到，送孤鸿、目断千山阻。
⊙●○○○○●，⊙○○、⊙●○○▲

谁为我，唱金缕。
⊙●●；⊙○▲

（上阕第二、三句可重组为五字一句，六字一句，下阕亦然。）

变体 又名金缕歌、金缕曲、金缕词、乳燕飞、贺新凉、风敲竹、貂裘换酒，双调一百十五字，上下阕各十句，六仄韵

苏　轼

夏景

乳燕飞华屋。悄无人、桐阴转午，晚凉新浴。

手弄生绡白团扇，扇手一时似玉。渐困倚、孤眠清熟。

帘外谁来推绣户，枉教人、梦断瑶台曲。

又却是，风敲竹。

石榴半吐红巾蹙。待浮花、浪蕊都尽，伴君幽独。

秾艳一枝细看取，芳心千重似束。又恐被、秋风惊绿。

若待得君来向此，花前对酒不忍触。

共粉泪，两簌簌。

（下阕第八句减一字，余同正体。贺新郎词，唯东坡此阙及个别词作类此，不宜采用。）

贺新郎　（宋词）

李　玉

春情

篆缕销金鼎。醉沉沉、庭阴转午，画堂人静。芳草王孙知何处，惟有杨花糁径。渐玉枕、腾腾春醒。帘外残红春已透，镇无聊、殢酒厌厌病。云鬓乱，未忺整。　　江南旧事休重省。遍天涯、寻消问息，断鸿难情。月满西楼凭阑久，依旧归期未定。又只恐、瓶沉金井。嘶骑不来银烛暗，枉教人、立尽梧桐影。谁伴我，对鸾镜。

贺新郎　（宋词）

张元幹

送胡邦衡待制

梦绕神州路。怅秋风、连营画角，故宫离黍。底事昆仑倾砥柱。九地黄流乱注。聚万落、千村狐兔。天意从来高难问，况人情、老易悲如许。更南浦，送君去。　　凉生岸柳催残暑。耿斜河、疏星淡月，断云微度。万里江山知何处。回首对床夜语。雁不到、书成谁与。目尽青天怀今古，肯儿曹、恩怨相尔妆。举大白，听金缕。

贺新郎　（宋词）

毛千干

风雨连朝夕。最惊心、春光腕晚，又过寒食。落尽一番新桃李，芳草南园似积。但燕子、归来幽寂。况是单栖饶惆怅，尽无聊、有梦寒犹力。春意远，恨虚掷。　　东君自是人间客。暂时来、匆匆却去，为谁留得。走马插花当年事，池畹空馀旧迹。奈老去、流光堪惜。杳隔天涯人千里，念无凭、寄此长相忆。回首处，暮云碧。

贺新郎　（宋词）

辛弃疾

邑中园亭，仆皆为赋此词。一日，独坐停云，水声山色，竞来相娱，意溪山欲援例者，遂作数语，庶几仿佛渊明思亲友之意云

甚矣吾衰矣。怅平生、交游零落，只今余几。白髪空垂三千丈，一笑人间万事。问何物、能令公喜。我见青山多妩媚，料青山、见我应如是。情与貌，略相似。　　一尊搔首东窗里。想渊明、停云诗就，此时风味。江左沈酣求名者，岂识浊醪妙理。回首叫、云飞风起。不恨古人吾不见，恨古人、不见吾狂耳。知我者，二三子。

贺新郎　（宋词）

辛弃疾

高阁临江渚。访层城、空余旧迹。黯然怀古。画栋珠帘当日事，不见朝云暮雨。但遗意、西山南浦。天宇修眉浮新绿，映悠悠、潭影长如故。空有恨，奈何许。　　王郎健笔夸翘楚。到如今、落霞孤鹜，竞传佳句。物换星移知几度，梦想珠歌翠舞。为徙倚、阑干凝伫。目断平芜苍波晚，快江风、一瞬澄襟暑。谁共饮，有诗侣。

贺新郎　（宋词）

刘　过

弹铗西来路。记匆匆、经行十日，几番风雨。梦里寻秋秋不见，秋在平芜远树。雁信落、家山何处。万里西风吹客鬓，把菱花、自笑人如许。留不住，少年去。　　男儿事业无凭据。记当年、悲歌击楫，酒酣箕踞。腰下光铓三尺剑，时解挑灯夜语。谁更识、此时情绪。唤起杜陵风月手，写江东渭北相思句。歌此恨，慰羁旅。

贺新郎　（宋词）

刘克庄

送陈真州子华

北望神州路。试平章、这场公事，怎生分付。记得太行山百万，曾入宗爷驾驭。今把作、握蛇骑虎。君去京东豪杰喜，想投戈、下拜真吾父。谈笑里，定齐鲁。　　两河萧瑟惟狐兔。问当年、祖生去后，有人来否。多少新亭挥泪客，谁梦中原块土。算事业、须由人做。应笑书生心胆怯，向车中、闭置如新妇。空目送，塞鸿去。

贺新郎　（宋词）

万俟如之

秣陵怀古

决眥入飞鸟。正江南、梅雨初晴，乱山浮晓。凤去台空箫声断，惟有疏林鸦噪。但空锁、吴时花草。指点中原青山外，奈征尘、迷望愁云绕。佳丽地，谩凝眺。　　清风助我舒长啸。问其中、虚帘曲槛，阅人多少。风景不殊江山在，况是英雄未老。且拚与、尊前一笑。欲说前朝兴亡事，唤谪仙、来共传清醥。归路晚，月明照。

贺新郎 （宋词）

文及翁

西湖

一勺西湖水。渡江来、百年歌舞，百年酣醉。回首洛阳花世界，烟渺黍离之地。更不复、新亭堕泪。簇乐红妆摇画艇，问中流、击楫谁人是。千古恨，几时洗。　　余生自负澄清志。更有谁、磻溪未遇，傅岩未起。国事如今谁倚仗，衣带一江而已。便都道、江神堪恃。借问孤山林处士，但掉头、笑指梅花蕊。天下事，可知矣。

贺新郎 （宋词）

蒋　捷

括杜诗

绝代幽人独。掩芳姿、深居何处，乱云深谷。自说关中良家子，零落聊依草木。世丧败、谁收骨肉。轻薄儿郎为夫婿，爱新人、窈窕颜如玉。千万事，风前烛。　　鸳鸯一旦成孤宿。最堪怜、新人欢笑，旧人哀哭。侍婢卖珠回来后，相与牵萝补屋。漫采得、柏枝盈掬。日暮山中天寒也，翠绡衣、薄甚肌生粟。空敛袖，倚修竹。

贺新郎　（金元词）

无名氏

题西湖官驿水阁

倩来鸾传语，问陆家、兄弟翩翩，今归何处。留下文章藏万壑，时作云烟吞吐。谩徙倚、朱兰凝伫。阑外瑁湖谁管领，叹先生、旧宅僧分住。天下事，尽如许。　　英雄总被虚名误。览遗编浩叹，寂寞一抔寒土。惟有春风长往，催却几多人去。但岁岁、垂杨自舞。今日我来怀古后，算后人、又以今为古。留此曲，伴鸥鹭。

71. 鹤冲天　　（二体）

正体　双调八十四字，上阕九句五仄韵，下阕八句五仄韵

柳　永

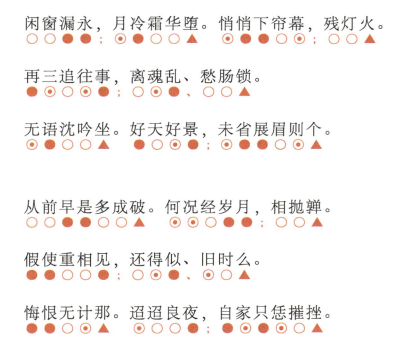

闲窗漏永，月冷霜华堕。悄悄下帘幕，残灯火。

再三追往事，离魂乱、愁肠锁。

无语沈吟坐。好天好景，未省展眉则个。

从前早是多成破。何况经岁月，相抛亸。

假使重相见，还得似、旧时么。

悔恨无计那。迢迢良夜，自家只恁摧挫。

　　（上阕起两句减两字并为一句则同下阕。与《喜迁莺》、《春光好》别名《鹤冲天》者不同。杜安世词下起添两字，不予参校。）

变体　双调八十八字，上阕九句六仄韵，下阕九句五仄韵

柳　永

黄金榜上。偶失龙头望。明代暂遗贤，如何向。
○○●●；◉●○○▲　◉●●○◉；○○▲

未遂风云便，争不恣游狂荡。
●◉○◉●；○◉●○○▲

何须论得丧。才子词人，自是白衣卿相。
○○○●▲　○○○○；◉●●○▲

烟花巷陌，依约丹青屏障。幸有意中人，堪寻访。
○○●●；○●○○●▲　◉●●○○；○○▲

且恁偎红倚翠，风流事、平生畅。
●●○○●●；○○、○○▲

青春都一晌。忍把浮名，换了浅斟低唱。
○○○●▲　●●○○；●◉●◉○▲

（下阕添字，句读变化较多，余同正体。）

鹤冲天　（宋词）

杜安世

清明天气。永日愁如醉。台榭绿阴浓。薰风细。燕子巢方就，盆池小，新荷蔽。恰是逍遥际。单夹衣裳，半栊软玉肌体。　　石榴美艳，一撮红绡比。窗外数修篁，寒相倚。有个关心处，难相见、空凝睇。行坐深闺里。懒更妆梳，自知新来憔悴。

鹤冲天　（宋词）

贺　铸

冬冬鼓动，花外沈残漏。华月万枝灯，还清昼。广陌衣香度，飞盖影、相先后。个处频回首。锦坊西去，期约武陵溪口。　　当时早恨欢难偶。可堪流浪远，分携久。小畹兰英在，轻付与、何人手。不似长亭柳。舞风眠雨，伴我一春销瘦。

72. 红窗迥 （一体）

正体　双调五十三字，上阕六句四仄韵，下阕五句三仄韵

周邦彦

几日来，真个醉。早窗外乱红，已深半指。
○●○；◉●▲　●◉○○◉；●○◉▲

花影被风摇碎。拥春醒未起。
○●●○◉▲　●◉○●▲

有个人人生济楚，向耳边问道，今朝醒未。
◉●○○○●；●●○○●；○○●▲

情性漫腾腾地。恼得人越醉。
◉●○○▲　●◉○●▲

（上阕第二、第六句，下阕第二句，用一字领。上、下阕起句可用韵，下阕二、三句可重组为三字一句、六字一句。柳永词未予参校。）

红窗迥　（宋词）

无名氏

河可挽。石可转。那一个愁字，却难驱遣。眉向酒边暂展。
酒后依旧见。　　枫叶满阶红万片。待拾来，一一题写教遍。
却倩霜风吹卷。直到沙岛远。

73. 红林檎近　（一体）

正体　双调七十九字，上阕八句五平韵，下阕七句三平韵

周邦彦

高柳春才软，冻梅寒更香。
⊙●⊙○●；⊙○⊙●△

暮雪助清峭，玉尘散林塘。
⊙●⊙○●；⊙○⊙●△

那堪飘风递冷，故遣度幕穿窗。
⊙○⊙○●●；⊙○●●○△

似欲料理新妆。呵手弄丝簧。
⊙○⊙●○△　○●●○△

冷落词赋客，萧索水云乡。
⊙●○○●；⊙●●○△

援毫授简，风流犹忆东梁。
⊙○●●；○○⊙●○△

望虚檐徐转，回廊未扫，夜长莫惜空酒觞。
●○⊙⊙●；○○⊙●；●○⊙○●●△

红林檎近　(宋词)

陈允平

三万六千顷，玉壶天地寒。庚岭封的皪，淇园折琅玕。漠漠梨花烂漫，纷纷柳絮飞残。直疑潢潦惊翻，斜风溯狂澜。　对此频胜赏，一醉饱清欢。呼童剪韭，和冰先荐春盘。怕东风吹散，留尊待月，倚阑莫惜今夜看。

红林檎近　(宋词)

袁去华

森木蝉初噪，淡烟梅半黄。睡起傍檐隙，墙梢挂斜阳。鱼跃浮萍破处，碎影颠倒垂杨。晚庭谁与追凉。清风散荷香。　望极霞散绮，坐待月侵廊。调冰荐饮，全胜河朔飞觞。渐参横斗转，怀人未寝，别来偏觉今夜长。

红林檎近　(金元词)

邵亨贞

水村冬景，次钱素庵韵

云树风初劲，雾窗晴尚悭。雁落野塘暝，鹤鸣水村寒。重来寻梅径里，渐喜嫩蓴堪看。向日院宇荒闲。香冷旧铜盘。　几格横素帙，屏壁澹烟峦。弓腰吟袖，多情惟忆前欢。但温存羔酒，留连兽炭，暮江欲雪年又残。

74. 花犯　（一体）

正体　又名绣鸾凤花犯，双调一百二字，上阕十句六仄韵，下阕九句四仄韵

周邦彦

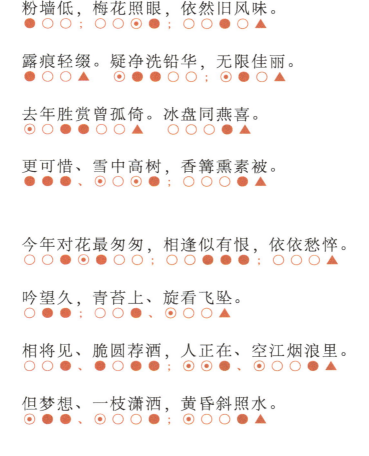

粉墙低，梅花照眼，依然旧风味。
● ○ ○ ，○ ○ ◉ ● ，○ ○ ● ● ▲

露痕轻缀。疑净洗铅华，无限佳丽。
● ● ○ ▲　◉ ● ● ○ ，◉ ● ○ ▲

去年胜赏曾孤倚。冰盘同燕喜。
◉ ○ ● ● ○ ○ ▲　○ ○ ○ ● ▲

更可惜、雪中高树，香篝熏素被。
● ● ● 、◉ ○ ◉ ● ，○ ○ ○ ● ▲

今年对花最匆匆，相逢似有恨，依依愁悴。
○ ○ ● ◉ ● ○ ○ ，○ ○ ● ● ● ，○ ○ ○ ▲

吟望久，青苔上、旋看飞坠。
○ ● ● ，○ ○ ● 、◉ ○ ○ ▲

相将见、脆圆荐酒，人正在、空江烟浪里。
○ ○ ● 、● ○ ○ ● ，◉ ◉ ● 、○ ○ ○ ● ▲

但梦想、一枝潇洒，黄昏斜照水。
◉ ● ● ● 、◉ ◉ ○ ● ，◉ ○ ○ ● ▲

　　（上阕第五句例用一字领。下阕第七句末三字例用平、去、上，两结末二字例用去、上。）

花犯 （宋词）

吴文英

中吕商　谢黄复庵除夜寄古梅枝

翦横枝，清溪分影，儵然镜空晓。小窗春到。怜夜冷孀娥，相伴孤照。古苔泪锁霜千点，苍华人共老。料浅雪、黄昏驿路，飞香遗冻草。　行云梦中认琼娘，冰肌瘦，窈窕风前纤缟。残醉醒，屏山外、翠禽声小。寒泉贮、绀壶渐暖，年事对、青灯惊换了。但恐舞、一帘胡蝶，玉龙吹又杳。

花犯 （宋词）

陈允平

报南枝、东风试暖，萧萧甚情味。乱琼雕缀。幻姑射精神，玉蕊佳丽。寿阳宴罢妆台倚。眉颦羞鹊喜。念误却、何郎归去，清香空翠被。　溪松径竹素知心，青青岁寒友，甘同憔悴。渐画角，严城上、雁霜惊坠。烟江暮、佩环未解，愁不到、独醒人梦里。但恨绕、六桥明月，孤山云畔水。

花犯　（宋词）

周　密

赋水仙

　　楚江湄，湘娥乍见，无言洒清泪。淡然春意。空独倚东风，芳思谁寄。凌波路冷秋无际。香云随步起。谩记得，汉宫仙掌，亭亭明月底。　　冰弦写怨更多情，骚人恨，枉赋芳兰幽芷。春思远，谁叹赏、国香风味。相将共、岁寒伴侣。小窗净、沉烟熏翠袂。幽梦觉，涓涓清露，一枝灯影里。

75. 花心动 （一体）

正体　又名好心动、桂香飘、上升花、花心动慢，双调一百四字，上阕十句四仄韵，下阕八句五仄韵

史达祖

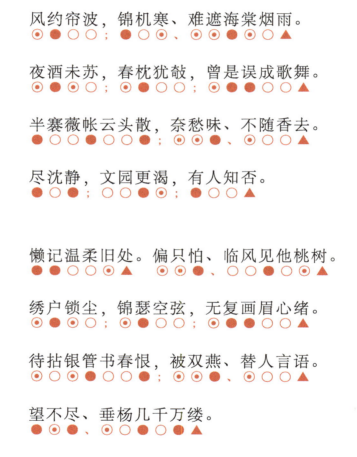

风约帘波，锦机寒、难遮海棠烟雨。
⊙●○○；●●○、⊙○●○▲

夜酒未苏，春枕犹敧，曾是误成歌舞。
⊙●⊙○；○○⊙●、⊙●○○▲

半褰薇帐云头散，奈愁味、不随香去。
●○○●○○●；⊙○●、●○○▲

尽沈静，文园更渴，有人知否。
●○●；○○○●；●○○▲

懒记温柔旧处。偏只怕、临风见他桃树。
●●○○●▲　⊙●●、○○●○○▲

绣户锁尘，锦瑟空弦，无复画眉心绪。
⊙●⊙○；●○○●；⊙●●○○▲

待拈银管书春恨，被双燕、替人言语。
⊙○○●○○●；●○●、●○○▲

望不尽、垂杨几千万缕。
●○●、⊙○●○●▲

（第二句可重组为五字一句、四字一句。曹勋词上阕第六句减两字，赵长卿别首，上阕第九句添一字，不予参校。）

花心动　（宋词）

阮逸女

春词

仙苑春浓，小桃开，枝枝已堪攀折。乍雨乍晴，轻暖轻寒，渐近赏花时节。柳摇台榭东风软，帘栊静、幽禽调舌。断魂远、闲寻翠径，顿成愁结。　　此恨无人共说。还立尽黄昏，寸心空切。强整绣衾，独掩朱扉，簟枕为谁铺设。夜长更漏传声远，纱窗映、银缸明灭。梦回处，梅梢半笼淡月。

花心动　（宋词）

潘汾

啼鸟惊心，怨年华，羞看杏梢桃萼。映柳小桥，芳草闲庭，处处旧游如昨。断肠人在东风里，遮不尽、几重帘幕。旧巢稳，呢喃燕子，笑人漂泊。　　应是素肌瘦削。空望断天涯，信音难托。半污泪痕，重整馀香，夜夜翠衾寒薄。倦游只怕春归去，怎忍见、水流花落。梦魂远，韶华又还过却。

花心动 （宋词）

赵孟坚

外祖中司常公春日词曰："庭院深深春日迟。百花落尽蜂蝶稀。柳絮随风不拘管，飞入洞房人不知。画堂绣幕垂朱户，玉炉销尽沉香炷。半褰斗帐曲屏山，尽日梁间双燕语。美人睡起敛翠眉，强临鸾鉴不胜衣。门外秋千一笑发，马上行人肠断归。"近日风雅遗音多谱前贤名作，因效颦云

庭院深深，正花飞零乱，蝶懒蜂稀。柳絮狂踪，轻入房栊，悄悄可有人知。画堂镇日闲晴昼，金炉冷、绣幕低垂。梁间燕，双双并翅，对舞高低。　　兰幌玉人睡起，情脉脉、无言暗敛双眉。斗帐半褰，六曲屏山，憔悴似不胜衣。一声笑语谁家女，秋千映、红粉墙西。断肠处，行人马上醉归。

花心动 （宋词）

吴文英

柳

十里东风，袅垂杨、长似舞时腰瘦。翠馆朱楼，紫陌青门，处处燕莺晴昼。乍看摇曳金丝细，春浅映、鹅黄如酒。嫩阴里，烟滋露染，翠娇红溜。　　此际雕鞍去久。空追念邮亭，短枝盈首。海角天涯，寒食清明，泪点絮花沾袖。去年折赠行人远，今年恨、依然纤手。断肠也，羞眉画应未就。

花心动　（宋词）

史　深

泊舟四圣观

肌雪浮香，见梅花清姿，漫劳凝伫。淡粉最娇，羞把春纤，长记寿阳眉妩。绿苔深迳寻幽地，谁相伴、凌波微步。翠鸳冷，芳尘路杳，旧游何处。　　不信重城间阻。终没个因由，寄声传语。宝炬凝珠，彩笔呵冰，密写断肠新句。月寒烟暝孤山下，羞吟向、断桥边去。遮愁绪。丹青怎生画取。

花心动　（宋词）

无名氏

连昌宫有感

碧瓦朱薨，锁千门沉沉，丽日初旭。画栋暗尘，锦瑟空弦，窈窕故窗红绿。御柳宫花依然好，春不管、为谁妆束。翠华远，风光尽属，野樵夷牧。　　指似行人恸哭。尚能道、先朝圣游不足。凤辇路荒，龙沼波干，犹有弃珠遗玉。禁廊人静风琴响，祇疑是、霓裳遗曲。断魂晚，寒鸦又啼古木。

花心动　　（金元词）

邵亨贞

黄伯阳岁晚见梅，适遇旧赋以赠别，持行卷来，求孙果翁卫立礼泊予皆和

　　东阁何郎，记当时，曾赏旧家红萼。彩笔赋诗，绿发簪花，多少少年行乐。自从惊觉扬州梦，芳心事、等闲忘却。断魂处，月明江上，路迷天角。　　老去才情顿薄。奈客里相逢，共伤漂泊。洗尽艳妆，留得遗钿，尚有暗香如昨。岁寒天远离杯短，匆匆去、孤怀难托。向花道，春来未应误约。

76. 华胥引　（一体）

正体　双调八十六字，上阕九句四仄韵，下阕八句四仄韵

周邦彦

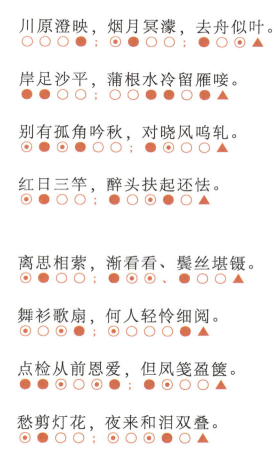

川原澄映，烟月冥濛，去舟似叶。
〇〇〇●；⊙●●〇；●〇⊙▲

岸足沙平，蒲根水冷留雁唼。
●●〇〇；〇〇●●〇〇▲

别有孤角吟秋，对晓风呜轧。
⊙●⊙●〇〇；●⊙〇〇▲

红日三竿，醉头扶起还怯。
⊙●〇〇；●〇⊙●▲

离思相萦，渐看看、鬓丝堪镊。
⊙●〇〇；●〇⊙、●〇〇▲

舞衫歌扇，何人轻怜细阅。
⊙〇〇●；⊙〇〇〇●▲

点检从前恩爱，但凤笺盈箧。
●●〇〇⊙●；●⊙⊙〇▲

愁剪灯花，夜来和泪双叠。
⊙〇〇〇；⊙〇⊙●〇▲

　　（上阕第七句，下阕第六句，例用一字领。赵玢象、奚漢、丁默词字数略有增减，不予校订。）

华胥引　（宋词）

方千里

长亭无数，羁客将归，故园换叶。乳鸭随波，轻蘋满渚时共唼。接眼春色何穷，更橹声伊轧。思忆前欢，未言心已愁怯。　　欺鬓吴霜。恨星星、又还盈镊。锦纹鱼素，那堪重翻再阅。粉指香痕依旧，在绣裳鸳箧。多少相思，皱成眉上千叠。

华胥引　（宋词）

陈允平

涵空斜照，掠水轻岚，满天红叶。雁泊平芜，凫依乱荻声唼唼。寂寞金井梧桐，渐辘轳伊轧。明月纱窗，夜寒孤枕应怯。　　吟老西风，笑衰髯、顿疏如镊。锦笺勤重，频剔兰灯自阅。多谢征衫初寄，尚宝香熏箧。愁忆家山，梦魂飞度千叠。

华胥引　（宋词）

张　炎

钱舜举幅纸画牡丹、梨花。牡丹名洗妆红，为赋一曲，并题二花

温泉浴罢，酣酒才苏，洗妆犹湿。落暮云深，瑶台月下
逢太白。素衣初染天香，对东风倾国。惆怅东阑，炯然玉
树独立。　　只恐江空，顿忘却、锦袍清逸。柳迷归院，
欲远花妖未得。谁写一枝淡雅，傍沈香亭北。说与莺莺，
怕人错认秋色。

77. 画堂春　（二体）

正体　又名画堂春令，双调四十七字，上阕四句四平韵，下阕四句三平韵

秦　观

落红铺径水平池。弄晴小雨霏霏。
⊙○⊙●●○△　⊙○⊙●○△

杏花憔悴杜鹃啼。无奈春归。
●○○●●○△　⊙●○△

柳外画楼独上，凭阑手撚花枝。
⊙●●○⊙●；⊙○⊙●○△

放花无语对斜晖。此恨谁知。
⊙○⊙●●○△　⊙●○△

变体　又名画堂春令，双调四十九字，上阕四句四平韵，下阕四句三平韵

张　先

外潮莲子长参差。雾山青处鸥飞。
⊙○⊙●●○△　⊙○○●○△

水天溶漾画桡迟。人影鉴中移。
●○○●●○△　⊙●●○△

桃叶浅声双唱，杏红深色轻衣。
⊙●⊙○⊙●；⊙○○●○△

小荷障面避斜晖。分得翠阴归。
⊙○⊙●●○△　⊙●●○△

（赵长卿、史浩词添字，不予参校。）

画堂春　（宋词）

王　诜

画堂霜重晓寒消，南枝红雪妆成。卷帘疑是弄妆人。粉面带春醒。　　最爱北江临岸，含娇浅淡精神。微风不动水纹平。倒影鬥轻盈。

画堂春　（宋词）

苏　轼

寄子由

柳花飞处麦摇波。晚湖净鉴新磨。小舟飞棹去如梭。齐唱采菱歌。　　平野水云溶漾，小楼风日晴和。济南何在暮云多。归去奈愁何。

画堂春　（宋词）

秦　观

春情

东风吹柳日初长。雨馀芳草斜阳。杏花零落燕泥香。睡损红妆。　　香篆暗消鸾凤，画屏萦绕潇湘。暮寒轻透薄罗裳。无限思量。

画堂春 （宋词）

赵 鼎

春日

空笼帘影隔垂杨。梦回芳草池塘。杏花枝上蝶双双。春昼初长。　　强理云鬟临照，暗弹粉泪沾裳。自怜容艳惜流光。无限思量。

画堂春 （宋词）

仲 并

和秦少游韵

春波浅碧涨方池。池台深锁烟霏。缓歌争胜早莺啼。客忍轻归。　　合坐香凝宿雾，垫巾梅插寒枝。渐西蟾影漾馀辉。醉倒谁知。

画堂春　（宋词）

赵长卿

长新亭小饮

　　小亭烟柳水溶溶。野花白白红红。恼人池上晚来风。吹损春容。　　又是清明天气，记当年、小院相逢。凭栏幽思几千重。残杏香中。

78. 换巢鸾凤　（一体）

正体　双调一百字，上阕九句五平韵一叶韵，下阕十一句六叶韵

史达祖

人若梅娇。正愁横断坞，梦绕溪桥。
○　●　○　△　　●　○　●　●　；　●　●　○　△

倚风融汉粉，坐月怨秦箫。相思因甚到纤腰。
●　○　○　●　●　；　●　●　●　○　△　　○　○　○　●　●　○　△

定知我、今无魂可销。
●　○　●　、　○　○　○　△

佳期晚，漫几度、泪痕相照。
○　○　●　；　●　●　●　、　●　○　○　▼

人悄。天渺渺。花外语香，时透郎怀抱。
○　▲　　○　●　▲　　○　●　●　○　；　○　●　○　○　▲

暗握荑苗，乍尝樱颗，犹恨侵阶芳草。
●　●　○　○　；　●　○　○　●　；　○　●　○　○　▲

天念王昌忒多情，换巢鸾凤教偕老。
○　●　○　○　●　○　○　；　●　○　○　●　○　○　▲

温柔乡，醉芙蓉、一帐春晓。
○　○　○　；　●　○　○　、　●　○　●　▲

（此调宋词唯见此阕，填者遵之。）

79. 浣溪沙　（一体）

正体　又名减字浣溪沙、小庭花、满院春、东风寒、醉木犀、霜菊黄、广寒枝、试香罗、清和风、怨啼鹃，双调四十二字，上阕三句三平韵，下阕三句两平韵

韩　偓

宿醉离愁慢髻鬟。六铢衣薄惹轻寒。慵红闷翠掩青鸾。
⊙●⊙○⊙●△　⊙○○●●○△　⊙○⊙●●○△

罗袜况兼金菡萏，雪肌仍是玉琅玕。骨香腰细更沈檀。
⊙●⊙○○●●；⊙○⊙●●○△　⊙○⊙●●○△

（下起两句例用对仗。）

浣溪沙 （唐词）

韦 庄

惆怅梦余山月斜。孤灯照壁背窗纱。小楼高阁谢娘家。
暗想玉容何所似，一枝春雪冻梅花。满身香雾簇朝霞。

浣溪沙 （唐词）

韦 庄

夜夜相思更漏残。伤心明月凭栏干。想君思我锦衾寒。
咫尺画堂深似海，忆来唯把旧书看。几时携手入长安。

浣溪沙 （五代词）

薛昭蕴

红蓼渡头秋正雨。印沙鸥迹自成行。整鬟飘袖野风香。
不语含嚬深浦里，几回愁煞棹船郎。燕归帆尽水茫茫。

浣溪沙 （五代词）

薛昭蕴

江馆清秋揽客船。故人相送夜开筵。麝烟兰焰簇花钿。
正是断魂迷楚雨，不堪离恨咽湘弦。月高霜白水连天。

浣溪沙 （五代词）

李 璟

风压轻云贴水飞。乍晴池馆燕争泥。沈郎多病不胜衣。
沙上未闻鸿雁信，竹间时有鹧鸪啼。此情惟有落花知。

浣溪沙 （宋词）

晏 殊

一曲新词酒一杯。去年天气旧亭台。夕阳西下几时回。
无可奈何花落去，似曾相识燕归来。小园香径独徘徊。

浣溪沙 （宋词）

晏 殊

向年光有限身。等闲离别易销魂。酒筵歌席莫辞频。
满目山河空念远，落花风雨更伤春。不如怜取眼前人。

浣溪沙　（宋词）

苏　轼

游蕲水清泉寺。寺临兰溪，溪水西流

山下兰芽短浸溪。松间沙路净无泥。萧萧暮雨子规啼。
谁道人生无再少，门前流水尚能西。休将白发唱黄鸡。

浣溪沙　（宋词）

苏　轼

渔父

西塞山边白鹭飞。散花洲外片帆微。桃花流水鳜鱼肥。
自庇一身青箬笠，相随到处绿蓑衣。斜风细雨不须归。

浣溪沙　（宋词）

舒　亶

劝酒

雨洗秋空斜日红。青葱瑶簪玉玲珑。好风吹起□江东。
且尽红裙歌一曲，莫辞白酒饮千钟。人生半在别离中。

浣溪沙 （宋词）

秦 观

其一（五首）

漠漠轻寒上小楼。晓阴无赖似穷秋。淡烟流水画屏幽。
自在飞花轻似梦，无边丝雨细如愁。宝帘闲挂小银钩。

浣溪沙 （宋词）

赵令畤

槐柳春馀绿涨天。酒旗高插夕阳边。谁家墙里笑秋千。
往事不堪楼上看，新愁多向曲中传。此情销得是何年。

浣溪沙 （宋词）

王 寀

珠箔随檐一桁垂。绣屏遮枕四边移。春归人懒日迟迟。
旧事只将云入梦，新欢重借月为期。晚来花动隔墙枝。

浣溪沙　（宋词）

李清照

淡荡春光寒食天。玉炉沉水袅残烟。梦回山枕隐花钿。
海燕未来人斗草，江梅已过柳生绵。黄昏疏雨湿秋千。

浣溪沙　（宋词）

蔡　伸

昆山月华阁

沙上寒鸥接翼飞。潮生潮落水东西。征船鸣橹趁潮归。
望断碧云无锦字，谩题红叶有新诗。黄昏微雨倚阑时。

浣溪沙　（宋词）

张元幹

武林送李似表

燕掠风樯款款飞。艳桃秾李闹长堤。骑鲸人去晓莺啼。
可意湖山留我住，断肠烟水送君归。三春不是别离时。

浣溪沙　(宋词)

赵长卿

画角声沈卷暮霞。寒生促索锦屏遮。沈檀半爇髻堆鸦。
蝴蝶梦回余烛影，子规啼处隔窗纱。夜深明月浸梨花。

浣溪沙　(宋词)

辛弃疾

种梅菊

百世孤芳肯自媒。直须诗句与推排。不然唤近酒边来。
自有渊明方有菊，若无和靖即无梅。只今何处向人开。

浣溪沙　(宋词)

辛弃疾

父老争言雨水匀。眉头不似去年颦。殷勤谢却甑中尘。
啼鸟有时能劝客，小桃无赖已撩人。梨花也作白头新。

浣溪沙 　（宋词）

韩　淲

醉木犀

一曲西风醉木犀。天香吹梦入瑶池。钗横犹记未开枝。
花重嫩舒红笑脸，叶稀轻拂翠鬟眉。酒醒残月雁声迟。

浣溪沙 　（宋词）

刘　镇

丁亥饯元宵

帘幕收灯断续红。歌台人散彩云空。夜寒归路噤鱼龙。
宿醉未消花市月，芳心已逐柳塘风。丁宁莺燕莫匆匆。

浣溪沙 　（宋词）

吴文英

门隔花深梦旧游。夕阳无语燕归愁。玉纤香动小帘钩。
落絮无声春堕泪，行云有影月含羞。东风临夜冷于秋。

浣溪沙　（宋词）

无名氏

蔡州瓜陂铺有用篦刀刻青泥壁为词

碎剪香罗浥泪痕。鹧鸪声断不堪闻。马嘶人去近黄昏。
整整斜斜杨柳陌，疏疏密密杏花村。一番风月更销魂。

浣溪沙　（金元词）

元好问

梦绕桃源寂寞回。春残滋味似秋情。多情翻恨酒为媒。
数点雨声风约住，一帘花影月移来。小阑幽径独徘徊。

浣溪沙　（金元词）

梁　寅

冬景

锦树分明上苑花。晴花宜日又宜霞。碧烟横处有人家。
绿似鸭头松下水，白于鱼腹柳边沙。一溪云影雁飞斜。

80. 蕙兰芳引 （一体）

正体 又名蕙兰芳，双调八十四字，上下阕各八句，四仄韵

周邦彦

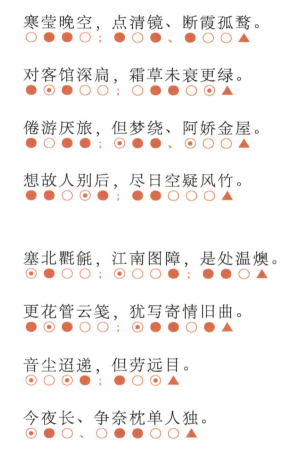

寒莹晚空，点清镜、断霞孤鹜。
○●●○；●○●、●○○▲

对客馆深扃，霜草未衰更绿。
●⊙●○○；○●●⊙▲

倦游厌旅，但梦绕、阿娇金屋。
●○●●；⊙●●、⊙○○▲

想故人别后，尽日空疑风竹。
●●○⊙●；●○○○○▲

塞北氍毹，江南图障，是处温燠。
⊙●○○；○○●●；●●○▲

更花管云笺，犹写寄情旧曲。
●○⊙○○；⊙●●○▲

音尘迢递，但劳远目。
⊙○⊙●；●○○▲

今夜长、争奈枕单人独。
⊙●○、○●●○○▲

（此调宜用入声韵。上阕第三、第七句，下阕第四句例用一字领。张玉娘词，下阕第四、第五句各减一字，不予参校。）

蕙兰芳引　（宋词）

陈允平

虹雨乍收，楚天霁、乱飞秋鹜。渐草色衰残，墙外土花暗绿。故山鹤怨，流水自、菊篱茅屋。日暮诗吟就，淡墨闲题修竹。　　更忆飘蓬，霜绨风葛，几度凉燠。叹归去来兮，何日甬东一曲。黄芦满望，白云在目。但月明长夜，伴人清独。

蕙兰芳引　（金元词）

张玉娘

秋思

星转晓天，戍楼听、单于吹彻。拥翠被香残，霜杵尚喧落月。楚江梦断，但帐底、暗流清血。看臂销金钏，一寸眉交千结。　　雨阻银屏，风传锦字，怎生休歇。未应轻散，磨宝簪将折。玉京缥缈，雁鱼耗绝。愁未休、窗外又敲黄叶。

81. 极相思　　（一体）

正体　双调四十九字，上阕五句三平韵，下阕五句两平韵

无名氏

柳烟霁色方晴。花露逼金茎。
⊙○⊙●○△　⊙●●○△

秋千院落，海棠渐老，才过清明。
○○⊙●；⊙○○●●；⊙●○△

嫩玉腕托香脂脸，相傅粉、更与谁情。
⊙●●⊙○●；⊙○⊙、●●○△

秋波绽处，相思泪迸，天阻深诚。
⊙○⊙●；○○⊙●；⊙●○△

（此调见《墨客挥犀》。）

351

极相思　　(宋词)

蔡　伸

相思情味堪伤。谁与话衷肠。明朝见也，桃花人面，碧藓回廊。　　别后相逢唯有梦，梦回时、展转思量。不如早睡，今宵魂梦，先到伊行。

极相思　　(宋词)

吕渭老

西园鬥草归迟。隔叶啭黄鹂。阑干醉倚，秋千背立，数遍佳期。　　寒食清明都过了，趁如今、芍药蔷薇。衩衣吟露，归舟缆月，方解开眉。

极相思　　(宋词)

吴文英

题陈藏一水月梅扇

玉纤风透秋痕。凉与素怀分。乘鸾归后，生绡净翦，一片冰云。　　心事孤山春梦在，到思量、犹断诗魂。水清月冷，香消影瘦，人立黄昏。

82. 芰荷香 （一体）

正体 双调九十八字，上阕十句六平韵，下阕十句五平韵

万俟咏

小潇湘。正天影倒碧，波面容光。
●○△　●○●●●；⊙●○○△

水仙朝罢，间列绿盖红幢。
●○○●；⊙●●●○△

吹风细雨，荡十顷、浥浥清香。
⊙○●●，●●●、⊙●○△

人在水晶中央。霜绡雾縠，襟袂收凉。
⊙●●○○△　⊙○●●，●●○△

款放轻舟闹红里，有蜻蜓点水，交颈鸳鸯。
⊙●○○●○●；●○○●●；○○○△

翠阴密处，曾觅相并青房。
⊙○⊙●；⊙○⊙●○△

晚霞散绮，泛远净、一叶鸣榔。
⊙○●●；●●●、⊙●○△

拟去尽促雕舫。歌云未断，月上飞梁。
⊙⊙●●○△　○●●●；●●○△

（除起句外，句式似同。上下阕第二句例用一字领。下起亦有减一字者。）

芰荷香 （宋词）

朱敦儒

金陵

远寻花。正风亭霁雨，烟浦移沙。缓提金勒，路拥桃叶香车。凭高帐饮，照羽觞、晚日横斜。六朝浪语繁华。山围故国，绮散馀霞。　　无奈尊前万里客，叹人今何在，身老天涯。壮心零落，怕听叠鼓掺挝。江浮醉眼，望浩渺、空想灵槎。曲终泪湿琵琶。谁扶上马，不省还家。

芰荷香 （宋词）

仲 并

中秋在毗陵，不见月，作数语未成。后一日来澄江，途中先寄赵智夫

醉凝眸。正行云遮断，澄练江头。皓月今宵何处，不管中秋。朱阑倚遍，又微雨、催下危楼。秋风空响更筹。不将好梦，吹过南州。　　浮远轩窗异日到，山空云净，江远天浮。别去客怀，无赖准拟开愁。冰轮好在，解随我、天际归舟。何须舞袂歌喉。一觞一咏，谈笑风流。

芰荷香　　（宋词）

赵彦端

席上用韵送程德远罢金溪

　　燕初归。正春阴暗淡，客意凄迷。玉觞无味，晚花雨退凝脂。多情细柳，对沈腰、浑不胜垂。别袖忍见离披。江南陌上，强半红飞。　　乐事从今一梦散，纵锦囊空在，金碗谁挥。舞裙歌扇，故应闲琐幽闺。练江诗就，算舣舟、宁不相思。肠断莫诉离杯。青云路稳，白首心期。

83. 系裙腰 （三体）

正体　又名芳草渡，双调五十八字，上阕七句四平韵，下阕八句四平韵

欧阳修

水轩檐幕透薰风。银塘外，柳烟浓。
⦿○○●●○△　○⦿●；●○△

方床遍展鱼鳞簟，碧纱笼。小墀面，对芙蓉。
○○⦿●⦿○●；●○△　⦿⦿●；●○△

玉人共处双鸳枕，和娇困，睡朦胧。
⦿○⦿●○○●；○⦿●　●○△

起来意懒含羞态，汗香融。素裙腰，映酥胸。
⦿○●●○○●；●○△　⦿⦿●；●○△

　　（上下阕句式似同。张先别首，上下阕第五及第六句加一领字，不予参校。魏夫人词，上下阕第四句用韵，第五句不用韵。）

变体一　又名芳草渡，双调五十七字，上阕七句四平韵，下阕八句四平韵

张　先

双门晓锁响朱扉。千骑拥，万人随。
⊙○○●●○△　○⊙●；●○△

风乌弄影画船移。歌时泪，又能得，几番圆。
○○⊙●○○△　○●●；⊙●●；●○△

寒潮小，渡淮迟。吴越路，渐天涯。
○⊙●；⊙●○△　○⊙●；●○△

宋王台上为相思。江云下，日西尽，雁南飞。
⊙○⊙●●○△　○⊙●；●○●；●○△

（下起减一字拆为三字两句，余同正体。贺铸词，上起减一字拆为两三字句。）

变体二　又名芳草渡，双调五十五字，前段八句四平韵，后段八句五仄韵、两平韵

冯延巳

梧桐落，蓼花秋。烟初冷，雨才收。

○○● ；● ○△　○○● ；● ○△

萧条风物正堪愁。人去后，多少恨，在心头。

○○○○●●△　○⊙● ；⊙○● ；● ○△

燕鸿远。羌笛怨。渺渺澄波一片。

⊙⊙▲　○●▲　●●○○●▲

山如黛，月如钩。笙歌散。魂梦断。倚高楼。

○○● ；●○△　○⊙▲　⊙⊙▲　● ○△

系裙腰 （宋词）

贺 铸

留征辔，送离杯。羞泪下，捻青梅。低声问道几时回。秦筝雁，促此夜，为谁排。　　君去也，远蓬莱。千里地，信音乖。相思成病底情怀。和烦恼，寻个便，送将来。

系裙腰 （宋词）

魏夫人（曾布妻）

灯花耿耿漏迟迟。人别后，夜凉时。西风潇洒梦初回。谁念我，就单枕，皱双眉。　　锦屏绣幌与秋期。肠欲断，泪偷垂。月明还到小窗西。我恨你，我忆你，你争知。

84. 减字木兰花 （一体）

正体 又名减兰、木兰香、天下乐令（附《偷声木兰花》，双调四十四字，上下阕各四句，两仄韵、两平韵

欧阳修

歌檀敛袂。缭绕雕梁尘暗起。
⊙○⊙▲　⊙●⊙○○●▲

柔润清圆。百啭明珠一线穿。
⊙●○△　⊙●○○⊙●△

樱唇玉齿。天上仙音心下事。
⊙○⊙▲　⊙●⊙○○●▲

留住行云。满座迷魂酒半醺。
⊙●○△　⊙●○○⊙●△

（上下阕句式似同。）

附：偷声木兰花　　双调五十字，前后段各四句，两仄韵、两平韵

冯延巳

落梅著雨消残粉。云重烟深寒食近。
⊙○⊙●○○▲　⊙●●○○●▲

罗幕遮香。柳外秋千出画墙。
⊙●○△　　●●○○●△

春山颠倒钗横凤。飞絮入帘春睡重。
○○⊙●○○◆　⊙●⊙○○●▲

梦里佳期。只许庭花与月知。
⊙●○◇　　⊙●⊙○⊙●△

（偷声亦减字也。上下阕起句各减三字，下阕换韵，余同减兰。）

减字木兰花　（宋词）

王安国

春情

画桥流水。雨湿落红飞不起。月破黄昏。帘里馀香马上闻。
徘徊不语。今夜梦魂何处去。不似垂杨。犹解飞花入洞房。

减字木兰花　（宋词）

韦　骧

惜春词

人生可意。只说功名贪富贵。遇景开怀。且尽生前有限杯。
韶华几许。鶗鴂声残无觅处。莫自因循。一片花飞减却春。

减字木兰花　（宋词）

魏夫人（曾布妻）

西楼明月。掩映梨花千树雪。楼上人归。愁听孤城一雁飞。
玉人何处。又见江南春色暮。芳信难寻。去后桃花流水深。

减字木兰花　（宋词）

苏　轼

凭谁妙笔。横扫素缣三百尺。天下应无。此是钱塘湖上图。
一般奇绝。云淡天高秋夜月。费尽丹青。只这些儿画不成。

减字木兰花　（宋词）

秦　观

天涯旧恨。独自凄凉人不问。欲见回肠。断尽金炉小篆香。
黛蛾长敛。任是春风吹不展。困倚危楼。过尽飞鸿字字愁。

减字木兰花　（宋词）

贺　铸

冷香浮动。望处欲生胡蝶梦。晓日瞳胧。愁见凝酥暖渐融。
鼓催歌送。芳酒一尊谁与共。寂寞墙东。门掩黄昏满院风。

减字木兰花　（宋词）

周邦彦

凤鬟雾鬓。便觉蓬莱三岛近。水秀山明。缥缈仙姿画不成。
广寒丹桂。岂是夭桃尘俗世。只恐乘风。飞上琼楼玉宇中。

减字木兰花　（宋词）

谢　逸

七夕

荷花风细，乞巧楼中凉似水。天幕低垂。新月弯环浅晕眉。
桥横乌鹊，不负年年云外约。残漏疏钟。肠断朝霞一缕红。

减字木兰花　（宋词）

吴则礼

淮天不断。点缀南云秋几雁。白露沾衣。始是银屏梦觉时。
别离怀抱。消得镜中青鬓老。小字能无。烦寄平安一纸书。

减字木兰花　（宋词）

朱敦儒

东风桃李。春水绿波花影外。载酒胥山。被禊相期落锦帆。
吾曹一醉。却笑新亭人有泪。相对清言。不觉黄昏雨打船。

减字木兰花　（宋词）

吕本中

去年今夜。同醉月明花树下。此夜江边。月暗长堤柳暗船。
故人何处。带我离愁江外去。来岁花前。又是今年忆去年。

减字木兰花　（宋词）

向子諲

政和癸巳

几年不见。胡蝶枕中魂梦远。一日相逢。鹦鹉杯深笑靥浓。
欢心未已。流水落花愁又起。离恨如何。细雨斜风晚更多。

减字木兰花　（宋词）

蒋兴祖女

题雄州驿

朝云横度。辘辘车声如水去。白草黄沙。月照孤村三两家。
飞鸿过也。万结愁肠无昼夜。渐近燕山。回首乡关归路难。

减字木兰花　（宋词）

朱淑真

春怨

独行独坐。独倡独酬还独卧。伫立伤神。无奈轻寒著摸人。
此情谁见。泪洗残妆无一半。愁病相仍。剔尽寒灯梦不成。

减字木兰花　(宋词)

卢　炳

传消寄息。咫尺还如千里隔。欲见无由。惹起新愁与旧愁。

情怀如醉。欹枕连宵终不寐。无奈相思。此恨凭谁说与伊。

减字木兰花　(宋词)

刘辰翁

有感

东风似客。醉里落花南又北。客似东风。携手斜阳一笑中。

佳人怨我。不寄江南春一朵。我怨佳人。憔悴江南不似春。

减字木兰花　(宋词)

无名氏

香肌清瘦。泪湿轻红疏雨后。笑靥微开。宿雨微醺越女腮。

多情无奈。玉管休吹帘影外。薄晚池台。惆怅繁华梦里来。

减字木兰花　　（金元词）

邵亨贞

吴江夜泊

江头日暮。客子移舟迷去路。望断天涯。灯火深村卖酒家。
铜駞巷陌。荒草寒鸦烟树隔。往事无情。旧梦依然到五陵。

偷声木兰花　　（宋词）

张　先

画桥浅映横塘路。流水滔滔春共去。目送残晖。燕子双
高蝶对飞。　　风花将尽持杯送。往事只成清夜梦。莫更
登楼。坐想行思已是愁。

偷声木兰花　　（宋词）

谢　薖

梅

景阳楼上钟声晓。半面啼妆匀未了。斜月纷纷。斜影幽
香暗断魂。　　玉颜应在昭阳殿。却向前村深夜见。冰雪
肌肤。还有斑斑雪点无。

85. 江城梅花引　（一体）

正体　又名梅花引、明月引、摊破江城子、四笑江梅引、西湖明月引双调，八十七字，上阕九句五平韵，下阕十一句五平韵

周　密

赵白云初赋此词，以为自度腔，其实即梅花引也。陈君衡、刘养源皆再和之。会余有西州之恨，因用韵以写幽怀

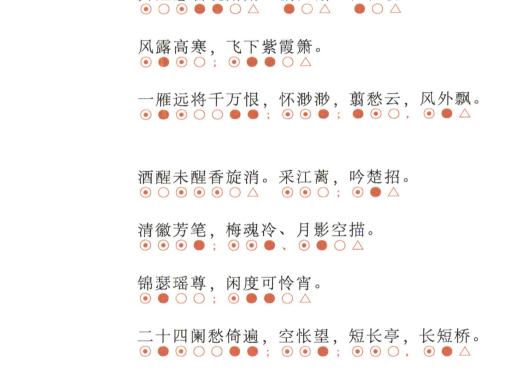

舞红愁碧晚萧萧。溯回潮。伫仙桡。
⊙○⊙●●○△　⊙○△　⊙○△

风露高寒，飞下紫霞箫。
⊙●○○；⊙●●○△

一雁远将千万恨，怀渺渺，蹙愁云，风外飘。
⊙●⊙○○●●；⊙●●；⊙○○，⊙●△

酒醒未醒香旋消。采江蓠，吟楚招。
⊙●⊙○○●△　●○○；⊙●△

清徽芳笔，梅魂冷、月影空描。
⊙○⊙●，○○●、⊙●○△

锦瑟瑶尊，闲度可怜宵。
⊙●○○；⊙●●○△

二十四阑愁倚遍，空怅望，短长亭，长短桥。
⊙●●○○●●；⊙●●；⊙○○，⊙●△

（上下阕倒数第三句有用韵者。上下阕倒数第二句，平仄或易为：⊙○●。周密别首，下起七字句拆为二、二、三，插入短韵且二字句作叠韵，程垓词上阕第三句用叠韵。并非必须，可适当参照。王观词上下阕末两句减一字并为一句，且间入叶韵，不予参校。）

江城梅花引　（宋词）

丘　崈

枕屏

轻煤一曲染霜纨。小屏山。有无间。宛是西湖，雪后未晴天。水外几家篱落晚，半开关。有梅花、傲峭寒。　　渐看。渐远。水瀰漫。小舟轻，去又远。野桥断岸，隐萧寺、□出晴峦。忆得孤山，山下竹溪前。佳致不妨随处有，小窗闲，与词人，伴醉眠。

江城梅花引　（宋词）

赵与洽

单衾寒引画龙声。雨初晴。月微明。竹外溪边，低见一枝横。澹月疏花三四点，尚春浅，早相看，似有情。　　夜来袖冷暗香凝。恨半销，酒半醒。靓妆照影，未忺整、雪艳冰清。只恐不禁，愁绝易飘零。待得南楼三弄彻，君试看，比从前，更瘦生。

江城梅花引　（宋词）

蒋　捷

荆溪阻雪

白鸥问我泊孤舟。是身留。是心留。心若留时，何事锁眉头。风拍小帘灯晕舞，对闲影，冷清清，忆旧游。　　旧游旧游今在不。花外楼。柳下舟。梦也梦也，梦不到、寒水空流。漠漠黄云，湿透木绵裘。都道无人愁似我，今夜雪，有梅花，似我愁。

江城梅花引　（宋词）

无名氏

和赵制机赋梅

逋仙千载独知心。别无人。泪痕深。长是自开自落自成阴。白石后来疏影句，饶绮丽，总输他，清浅吟。　　伤情。伤情。角中声。夜沉沉。更捣砧。欲雪未雪，天欲老、云气昏昏。梦绕西湖，路渐不堪行。人已骑驴毡笠去，留恨也，仗梅花，说与君。

江城梅花引　（宋词）

周　密

养源再赋，余亦载赓

雁霜苔雪冷飘萧。断魂潮。送轻桡。翠袖珠楼，清夜梦琼箫。江北江南云自碧，人不见，泪花寒，随雨飘。　　愁多病多腰素消。倚清琴。调大招。江空年晚，凄凉句、远意难描。月冷花阴，心事负春宵。几度问春春不语，春又到，到西湖，第几桥。

86. 江月晃重山 （一体）

正体 双调五十四字，上下阕各五句，三平韵

陆 游

芳草洲前道路。夕阳楼上阑干。
◉●○○●●；◉○○●○△

碧云何处问归鞍。从军客，耽乐不思还。
●○○●●○△ ○○●；◉●●○△

洞里神仙种玉，江边骚客滋兰。
◉●○○●●；○○◉●○△

鸳鸯沙暖鹡鸰寒。菱花晚，不奈鬓毛斑。
○○●●●○△ ○◉●；◉●●○△

（本谱上下阕前三句用西江月，后两句用小重山。叠合之谱也。）

江月晃重山　（金元词）

刘秉忠

红雨斜斜作阵，绿云碎碎成堆。武陵溪口几人迷。桃花水，流入不流回。　　夏日熏风殿阁，秋宵宝月楼台。仙凡境界隔尘埃。青鸾客，归去又归来。

江月晃重山　（金元词）

邵亨贞

辛丑上元前一夕，积雪试晴，顿有春意，小溪之上，有张灯于琳馆者，慨然感兴，以此写之

梅萼香融霁雪，檐牙暖溜悬冰。出林幽鸟动春声。元宵近，愁里梦还惊。　　村巷依然素月，寒窗只是青灯。难寻遗老问承平。南朝事，千古独伤情。

江月晃重山　（金元词）

元好问

初到嵩山时作

塞上秋风鼓角，城头落日旌旗。少年鞍马适相宜。从军乐，莫问所从谁。　　候骑才通蓟北，先声已动辽西。归期犹及柳依依。春闺月，红袖不须啼。

87. 江城子 （二体）

正体 又名江神子、村意远，双调七十字，上下阕各八句五平韵

苏　轼

凤凰山下雨初晴。水风清。晚霞明。

一朵芙蓉，开过尚盈盈。

何处飞来双白鹭，如有意，慕娉婷。

忽闻江上弄哀筝。苦含情。遣谁听。

烟敛云收，依约是湘灵。

欲待曲终寻问取，人不见，数峰青。

（上下阕第四、第五句，亦可重组为六字一句，三字一句。）

变体 又名江神子、村意远，单调三十五字，八句五平韵

韦　庄

髻鬟狼藉黛眉长。出兰房。别檀郎。
⊙○●●●○△　●○△　⊙●△

角声呜咽，星斗渐微茫。
⊙○⊙●；⊙●●○△

露冷月残人未起，留不住，泪千行。
⊙●●○○●●；⊙●●；●○△

（韦庄别首，起句平仄易为：⊙●○○⊙●△。尹鹗词，起三句减字重组；牛峤别首，第二句添两字；欧阳炯词，倒数第二句添一领字；不予参校。宋起不用单调，皆填作上下两阕。）

江城子　（五代词）

欧阳炯

晚日金陵岸草平。落霞明。水无情。六代繁华，暗逐逝波声。空有姑苏台上月，如西子镜，照江城。

江城子　（五代词）

牛　峤

极浦烟消水鸟飞。离筵分首时。送金卮。渡口杨花，狂雪任风吹。日暮空江波浪急，芳草岸，雨如丝。

江城子　(宋词)

魏夫人（曾布妻）

春恨

别郎容易见郎难。几何般。懒临鸾。憔悴容仪，陡觉缕衣宽。门外红梅将谢也，谁信道，不曾看。　　晓妆楼上望长安。怯轻寒。莫凭阑。嫌怕东风，吹恨上眉端。为报归期须及早，休误妾，一春闲。

江城子　(宋词)

秦　观

西城杨柳弄春柔。动离忧。泪难收。犹记多情，曾为系归舟。碧野朱桥当日事，人不见，水空流。　　韶华不为少年留。恨悠悠。几时休。飞絮落花时候，一登楼。便做春江都是泪，流不尽，许多愁。

江城子　(宋词)

贺　铸

麝熏微度绣芙蓉。翠衾重。画堂空。前夜偷期，相见却匆匆。心事两知何处问，依约是，梦中逢。　　坐疑行听竹窗风。出帘栊。杳无踪。已过黄昏，才动寺楼钟。暮雨不来春又去，花满地，月朦胧。

江城子　（宋词）

周紫芝

夕阳低尽柳如烟。淡平川。断肠天。今夜十分，霜月更娟娟。怎得人如天上月，虽暂缺，有时圆。　　断云飞雨又经年。思凄然。泪涓涓。且做如今，要见也无缘。因甚江头来处雁，飞不到，小楼边。

江城子　（宋词）

沈端节

秋声昨夜入梧桐。雨濛濛。洒窗风。短杵疏砧，将恨到帘栊。归梦未成心已远，云不断，水无穷。　　有人应念水之东。鬓如蓬。理妆慵。览镜沈吟，膏沐为谁容。多少相思多少事，都尽在，不言中。

江城子　（宋词）

崔敦礼

送凌静之

吴王台上雨初晴。远烟横。柳如云。门外西风，催踏马蹄尘。声断阳关人去□，遮落日，向西秦。　　不教容易从归程。语酸辛。黯消魂。且共一尊，相属莫辞频。后夜月明千里隔，君忆我，我思君。

江城子　(宋词)

李好古

平沙浅草接天长。路茫茫。几兴亡。昨夜波声，洗岸骨如霜。千古英雄成底事，徒感慨，谩悲凉。　少年有意伏中行。馘名王。扫沙场。击楫中流，曾记泪沾裳。欲上治安双阙远，空怅望，过维扬。

江城子　(宋词)

苏　轼

猎词

老夫聊发少年狂。左牵黄。右擎苍。锦帽貂裘，千骑卷平冈。为报倾城随太守，亲射虎，看孙郎。　酒酣胸胆尚开张。鬓微霜。又何妨。持节云中，何日遣冯唐。会挽雕弓如满月，西北望，射天狼。

江城子　　（宋词）

苏　轼

公之夫人王氏先卒，味此词，盖悼亡也

十年生死两茫茫。不思量。自难忘。千里孤坟，无处话凄凉。纵使相逢应不识，尘满面，鬓如霜。　　夜来幽梦忽还乡。小轩窗。正梳妆。相顾无言，惟有泪千行。料得年年肠断处，明月夜，短松冈。

江城子　　（宋词）

谢　逸

杏花村馆酒旗风。水溶溶。飏残红。野渡舟横，杨柳绿阴浓。望断江南山色远，人不见，草连空。　　夕阳楼外晚烟笼。粉香融。淡眉峰。记得年时，相见画屏中。只有关山今夜月，千里外，素光同。

江城子　　（宋词）

黄　铢

晚泊分水

秋风袅袅夕阳红。晚烟浓。暮云重。万叠青山，山外叫孤鸿。独上高楼三百尺，凭玉楯，睇层空。　　人间日月去匆匆。碧梧桐。又西风。北去南来，销尽几英雄。掷下玉尊天外去，多少事，不言中。

江城子　　（金元词）

蔡松年

半年无梦到春温。可怜人。几黄昏。想见玉徽风度，更清新。翠射娉婷云八尺，谁为写，五湖春。　　好风归路软红尘。暖冰魂。缕金裙。唤取一天星月，入金尊。留取木樨花上露，挥醉墨，洒行云。

江城子　（金元词）

吴　存

高邮舟中

酒垆饼舍带长沟。过扬州。又高邮。逆浪流溅，寸寸涩行舟。北望神京天共远，何处是，五云楼。　　昔年此地足戈矛。转城陬。屡回头。霓社湖中，明月竟谁收。欲问少年淮海士，疏苇外，起沙鸥。

江城子　（金元词）

许有壬

饮海子舟中，班彦功招饮斜街，以此答之

柳梢烟重滴春娇。傍天桥。住兰桡。吹暖香云，何处一声箫。天上广寒宫阙近，金晃朗，翠岧峣。　　谁家花外酒旗高。故相招。尽飘摇。我正悠然，云水永今朝。休道斜街风物好，才去此，便尘嚣。

江城子　（金元词）

元好问

醉来长袖舞鸡鸣。短歌行。壮心惊。西北神州，依旧一新亭。三十六峰长剑在，星斗气，郁峥嵘。　古来豪侠数幽并。鬓星星。竟何成。他日封侯，编简为谁青。一掬钓鱼坛上泪，风浩浩，雨冥冥。

江城子　（金元词）

元好问

行云冉冉度关山。别时难。见时难。怅望南风，早晚送云还。心事情缘千万劫，无计解，玉连环。　夕阳人影小楼间。曲阑干。晚风寒。料得而今，前後望归鞍。寂寞梨花枝上雨，人不见，与谁弹。

88. 绛都春　　(二体)

正体　双调一百字，上下阕各十句六仄韵

吴文英

情黏舞线。怅驻马灞桥，天寒人远。
〇〇⊙▲　　●⊙●〇⊙；〇〇〇▲

旋剪露痕，移得春娇栽琼苑。
⊙●⊙〇；⊙●〇〇〇▲

流莺常语烟中怨。恨三月、飞花零乱。
⊙〇〇●〇〇▲　　●〇●、〇⊙〇▲

艳阳归后，红藏翠掩，小坊幽院。
●〇〇●；〇〇●●；●〇〇▲

谁见。新腔按彻，背灯暗，共倚宝屏葱蒨。
⊙▲　　〇〇●●；●〇●；●●⊙〇〇▲

绣被梦轻，金屋妆深沈香换。
⊙●⊙〇；⊙●〇〇〇〇▲

梅花重洗春风面。正溪上、参横月转。
⊙〇〇●〇〇▲　　●⊙●、〇〇〇〇▲

并禽飞上金沙，瑞香雾暖。
⊙●●〇〇；●〇●▲

（上阕第二句用一字领。下起两句可合并为一句，不用短韵。下阕第三、第四句可重组为五字、四字各一句且用一字领，末两句可重组为四字、六字各一句。陈允平有平韵词，不予校订。）

变体 双调九十八字，上下阕各十句六仄韵

毛 滂

太师生辰

馀寒尚峭。早凤沼冻开，芝田春到。
○○◉▲ ●◉○◉○；○○○▲

茂对诞期，天与公春向廊庙。
◉●○◉；◉◉○◉○○▲

元功开物争春妙。付与秾华多少。
◉○○◉○○▲ ◉○○○▲

召还和气，拂开雾色，未妨谈笑。
●○○●；◉○○◉；○○○▲

缥缈。五云乱处，种雕菰向熟，碧桃犹小。
◉▲ ●○○●；●○○●○，◉○○▲

雨露在门，光彩充闾乌亦好。
◉●○○；◉◉○○○◉▲

宝熏郁雾城南道。天自锡公难老。
◉○◉◉○○▲ ○◉○○○▲

看公身任安危，二十四考。
◉○◉◉○○；○●◉▲

（上阕第七句，下阕第八句，各减一字，余同正体。）

绛都春　（宋词）

吴文英

饯李太博赴括苍别驾

羁云旅雁。敛倦羽、寄栖墙阴年晚。问字翠尊，刻烛红笺悭曾展。冰滩鸣佩舟如箭。笑乌帻、临风重岸。傍邻垂柳，清霜万缕，送将人远。　　吴苑。千金未惜，买新赋、共赏文园词翰。流水翠微，明月清风平分半。梅深驿路香不断。万玉舞、罘罳东畔。料应花底春多，软红雾暖。

绛都春　（宋词）

翁元龙

秋晚海棠与黄菊盛开

花娇半面。记蜜烛夜阑，同醉深院。夜袖粉香，犹未经年如年远。玉颜不趁秋容换。但换却、春游同伴。梦回前度，邮亭倦客，又拈笺管。　　慵按。梁州旧曲，怕离柱断弦，惊破金雁。霜被睡浓，不比花前良宵短。秋娘羞占东篱畔。待说与、深宫幽怨。恨他情淡陶郎，旧缘较浅。

绛都春 （宋词）

蒋　捷

春愁怎画。正莺背带雪，酴醾花谢。细雨院深，淡月廊斜重帘挂。归时记约烧灯夜。早拆尽、秋千红架。纵然归近，风光又是，翠阴初夏。　　娅姹。嗔青泫白，恨玉佩罢舞，芳尘凝榭。几拟倩人，付与兰香秋罗帕。知他堕策斜拢马。在底处、垂杨楼下。无言暗拥娇鬟，凤钗溜也。

绛都春 （宋词）

无名氏

早梅

寒阴渐晓。报驿使探春，南枝开早。粉蕊弄香，芳脸凝酥琼枝小。雪天分外精神好。向白玉堂前应到。化工不管，朱门闭也，暗传音耗。　　轻渺。盈盈笑靥，称娇面、爱学宫妆新巧。几度醉吟，独倚栏干黄昏后。月笼疏影横斜照。更莫待、单于吹老。便须折取归来，胆瓶顿了。

89. 解蹀躞　（一体）

正体　又名玉蹀躞，双调七十五字，上阕六句三仄韵，下阕七句五仄韵

周邦彦

候馆丹枫吹尽，回旋随风舞。
⊙●○○●●；⊙●○○▲

夜寒霜月、飞来伴孤旅。
●○○●、○○●○▲

还是独拥秋衾，梦余酒困都醒，满怀离苦。
⊙●●○○●；●○●●○○；●○○▲

甚情绪。深念凌波微步。
●○▲　⊙●○○▲

幽房暗相遇。泪珠都作、秋宵枕前雨。
○○●○▲　⊙○○●、○○●○▲

此恨音驿难通，待凭征雁归时，寄将愁去。
⊙●○●○；●○○●○○；●○○▲

（起句可用韵。下阕第二句可不用韵。上阕第三句、下阕第四句可重组为六字、三字各一句。上下阕末两句可重组为四字一句、六字一句。下阕除增三字起句且用韵外，与上阕同。）

解蹀躞　（宋词）

陈允平

岸柳飘残黄叶，尚学纤腰舞。谢池终日、亭前伴羁旅。无奈历历寒蝉，为谁唤老西风，伴人吟苦。　　闷无绪。记得芙蓉江上，萧娘旧相遇。如今憔悴、黄花惯风雨。把酒东望家山，醉来一枕闲窗，梦随秋去。

解蹀躞　（宋词）

杨无咎

迤逦韶华将半。桃杏匀于染。又还撩拨、春心倍凄黯。准拟剧饮狂吟，可怜无复当年，酒肠文胆。　　倦游览。憔悴羞窥鸾鉴。眉端为谁敛。可堪风雨、无情暗亭槛。触目千点飞红，问春争得春愁，也随春减。

解蹀躞　（宋词）

吴文英

夷则商

醉云又兼醒雨，楚梦时来往。倦蜂刚著梨花、惹游荡。还作一段相思，冷波叶舞愁红，送人双桨。　　暗凝想。情共天涯秋黯，朱桥锁深巷。会稀投得轻分、顿惆怅。此去幽曲谁来，可怜残照西风，半妆楼上。

解蹀躞　（宋词）

曹　勋

从军过庐州作

红绿烟村惨淡，市井初经房。舍馆人家、凄凄但尘土。依旧春色撩人，柳花飞处，犹听几声莺语。　　黯无绪。匹马三游西楚。行路漫怀古。可惜风月、佳时尚羁旅。归处应及荼蘼，与插云鬟，此恨醉时分付。

90. 解连环 （一体）

正体 又名望梅、杏梁燕，双调一百六字，上阕十一句五仄韵，下阕十句五仄韵

周邦彦

怨怀无托。嗟情人断绝，信音辽邈。
●○○▲　⊙○○●○　⊙○○▲

纵妙手、能解连环，似风散雨收，雾轻云薄。
●●●、⊙●○○　⊙○●○○　●○○▲

燕子楼空，暗尘锁、一床弦索。
⊙●○○　●○●、⊙○○▲

想移根换叶，尽是旧时，手种红药。
●⊙○⊙●；●⊙⊙○；⊙○○▲

汀洲渐生杜若。料舟依岸曲，人在天角。
○○●○●▲　●　○○●●；⊙●○▲

漫记得、当日音书，把闲语闲言，待总烧却。
●●●、⊙●○○　●○●○○　●○○▲

水驿春回，望寄我、江南梅萼。
●●○○；●⊙●、⊙○○▲

拌今生、对花对酒，为伊泪落。
⊙○○、●●○●；●○○▲

（此谱乃周邦彦自度曲，宜用入声韵。上下阕第二至第八句句式似同。上下阕第二、第五句，上阕第九句，例用一字领。下阕第四句或第八句有减一字者，不予校订。）

解连环　（宋词）

吴文英

留别姜石帚

　　思和云结。断江楼望睫，雁飞无极。正岸柳、衰不堪攀，忍持赠故人，送秋行色。岁晚来时，暗香乱、石桥南北。又长亭暮雪，点点泪痕，总成相忆。　　杯前寸阴似掷。几酬花唱月，连夜浮白。省听风、听雨笙箫，向别枕倦醒，絮飔空碧。片叶愁红，趁一舸、西风潮汐。叹沧波、路长梦短，甚时到得。

解连环　（宋词）

张　炎

孤雁

　　楚江空晚。怅离群万里，恍然惊散。自顾影、欲下寒塘，正沙净草枯，水平天远。写不成书，只寄得、相思一点。料因循误了，残毡拥雪，故人心眼。　　谁怜旅愁荏苒。谩长门夜悄，锦筝弹怨。想伴侣、犹宿芦花，也曾念春前，去程应转。暮雨相呼，怕蓦地、玉关重见。未羞他、双燕归来，画帘半卷。

解连环　（宋词）

无名氏

画阑人寂，喜轻盈照水，犯寒先拆。袅芳枝、云缕鲛绡，露浅浅涂黄，汉宫娇额。剪玉裁冰，已占断、江南春色。恨风前素艳，雪里暗香，偶成抛掷。　　如今眼穿故国。待拈花嗅蕊。时话思忆。相陇头、依约飘零，甚千里芳心，杳无消息。粉怯珠愁，又只恐、吹残羌笛。正斜飞、半窗晓月，梦回陇驿。

解连环　（金元词）

张　萧

留别临川诸友

夜来风色。叹青灯素被，早寒欺客。想寂寞、人在帘栊，望鸿雁欲来，又催刀尺。秋满关河，更谁倚、夕阳横笛。记题花赋月，此地与君，几度游历。　　江头楚枫渐赤。对离尊饮泪，难问消息。趁一舸、千里东归，眇天末乱山，水边孤驿。腕晚年华，怅回首、雨南云北。算今古、此情此恨，甚时尽得。

91. 解佩令　（一体）

正体　双调六十六字，上阕六句四仄韵，下阕六句三仄韵

晏几道

玉阶秋感，年华暗去。掩深宫、团扇无绪。
⊙○⊙●；⊙○⊙▲　⊙○○、○⊙⊙▲

记得当时，自剪下、机中轻素。点丹青、尽成秦女。
⊙●○○；●○⊙●、○○○▲　⊙○○、⊙○○▲

凉襟犹在，朱弦未改，忍霜纨、飘零何处。
○○⊙●；⊙○⊙●；●○○、○⊙⊙▲

自古悲凉，是情事、轻如云雨。倚幺弦、恨长难诉。
⊙●○○；●○⊙○、○○⊙▲　●○○、●○⊙▲

（上下阕句式似同。上阕第二句前三字不应全仄，上下阕第五句前三字亦有作：○⊙⊙。蒋捷、无名氏词个别句读有异或偶有脱字，不予参校。）

解佩令　（宋词）

史达祖

人行花坞。衣沾香雾。有新词、逢春分付。屡欲传情，
奈燕子、不曾飞去。倚珠帘、咏郎秀句。　　相思一度。
秾愁一度。最难忘、遮灯私语。澹月梨花，借梦来、花边
廊庑。指春衫、泪曾溅处。

解佩令　（宋词）

仇　远

浅莎深苑，流萤暗度。问霜纨、藏在何处。一自西风，
乱剪剪、枝头红露。怕因循、彩鸾尘蠹。　　歌台香散，
离宫烛暗，谩消凝、凌波微步。最怕黄昏，小楼外、零云
残雨。把相思、共青灯诉。

解佩令　（宋词）

蒋　捷

春

春晴也好。春阴也好。著些儿、春雨越好。春雨如丝，
绣出花枝红袅。怎禁他、孟婆合皂。　　梅花风小。杏花风小。
海棠风、蓦地寒峭。岁岁春光，被二十四风吹老。楝花风、
尔且慢到。

92. 解语花　（一体）

正体　双调一百字，上阕九句六仄韵，下阕九句七仄韵

秦　观

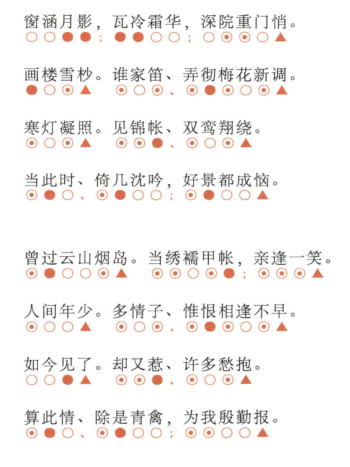

窗涵月影，瓦冷霜华，深院重门悄。
○○●● ; ●●●○ ; ○○○○▲

画楼雪杪。谁家笛、弄彻梅花新调。
●○○▲　○⊙●、○●○○▲

寒灯凝照。见锦帐、双鸾翔绕。
⊙○○▲　⊙○●、⊙○○▲

当此时、倚几沈吟，好景都成恼。
⊙●○、○●○○ ; ⊙●○○▲

曾过云山烟岛。当绣襦甲帐，亲逢一笑。
⊙●○○○▲　○●○○● ; ⊙○○▲

人间年少。多情子、惟恨相逢不早。
⊙○○▲　⊙○●、⊙○○○⊙▲

如今见了。却又惹、许多愁抱。
○○●▲　⊙○●、⊙○○▲

算此情、除是青禽，为我殷勤报。
⊙●○、⊙●○○ ; ⊙●○○▲

（下阕第二句用一字领。上下阕后六句句式似同。赵以夫、施岳、周密词偶有句脱字或添字，周密词下起平仄有异，不予参校。）

解语花　(宋词)

周邦彦

高平　元宵

风销焰蜡，露浥烘炉，花市光相射。桂华流瓦。纤云散，耿耿素娥欲下。衣裳淡雅。看楚女、纤腰一把。箫鼓喧，人影参差，满路飘香麝。　　因念都城放夜。望千门如昼，嬉笑游冶。钿车罗帕。相逢处，自有暗尘随马。年光是也。唯只见、旧情衰谢。清漏移，飞盖归来，从舞休歌罢。

解语花　(宋词)

施　岳

云容泬雪，暮色添寒，楼台共临眺。翠丛深窅。无人处、数蕊弄春犹小。幽姿谩好。遥相望、含情一笑。花解语，因甚无言，心事应难表。　　莫待墙阴暗老。称琴边月夜，笛里霜晓。护香须早。东风度、咫尺画阑琼沼。归来梦绕。歌云坠、依然惊觉。想恁时，小几银屏冷未了。

解语花　（宋词）

周　密

　　羽调解语花，音韵婉丽，有谱而亡其辞。连日春晴，风景韶媚，芳思撩人，醉捻花枝，倚声成句

　　晴丝罥蝶，暖蜜酣蜂，重檐卷春寂寂。雨萼烟梢，压阑干、花雨染衣红湿。金鞍误约，空极目、天涯草色。阆苑玉箫人去后，惟有莺知得。　　馀寒犹掩翠户，梁燕乍归，芳信未端的。浅薄东风，莫因循、轻把杏钿狼藉。尘侵锦瑟。残日绿窗春梦窄。睡起折花无意绪，斜倚秋千立。

93. 金蕉叶　（二体）

正体　双调四十八字，上下阕各四句，四仄韵

袁去华

江枫半赤。雨初晴、雁空绀碧。
〇〇●▲　　◉〇◉、●〇◉▲

爱篱落、黄花秀色。带零落旋摘。
●◉◉、〇〇●▲　●〇◉●▲

向晚西风淡日。发萧萧、任从帽侧。
●●〇〇●▲　●〇〇、●〇●▲

更莫把、茱萸叹息。且更持大白。
●●◉、◉◉●▲　●〇◉●▲

　　（两结例用一字领。上下阕后三句句式似同。袁去华别首，上下阕第三句各减一字，蒋捷词同且不用韵。）

变体　双调六十二字，上下阕各五句，四仄韵

柳　永

厌厌夜饮平阳第。添银烛、旋呼佳丽。

巧笑难禁，艳歌无间声相继。准拟幕天席地。

金蕉叶泛金波霁。未更阑、已尽狂醉。

⊙○⊙●○○▲　　⊙○⊙、●⊙○▲

就中有个，风流暗向灯光底。恼遍两行珠翠。

●○⊙⊙；⊙⊙○●○○▲　　○●●○○▲

（上下阕句式似同。晁端礼词上下阕第三、第四句组为六字、四字各一句。仲殊词下结减一字。）

399

金蕉叶　（宋词）

仲　殊

业霄逸韵祥烟渺。摇金翠、玲珑三岛。地控全吴，山横旧楚春来早。千里断云芳草。　　六朝遗恨连江表。都分付、倚楼吟啸。铁瓮城头，一声画角吹残照。带夜潮来到。

金蕉叶　（宋词）

蒋　捷

秋夜不寐

云褰翠幕。满天星碎珠迸索。孤蟾阑外，照我看看过转角。　　酒醒寒砧正作。待眠来、梦魂怕恶。枕屏那更，画了平沙断雁落。

94. 金菊对芙蓉　　（一体）

正体　双调九十九字，上阕十句四平韵，下阕十句五平韵

康与之

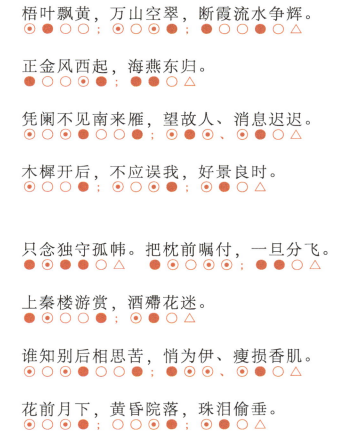

梧叶飘黄，万山空翠，断霞流水争辉。

正金风西起，海燕东归。

凭阑不见南来雁，望故人、消息迟迟。

木樨开后，不应误我，好景良时。

只念独守孤帏。把枕前嘱付，一旦分飞。

上秦楼游赏，酒殢花迷。

谁知别后相思苦，悄为伊、瘦损香肌。

花前月下，黄昏院落，珠泪偷垂。

（上下阕后起句句式似同。上下阕第四句、下阕第二句例用一字领。）

金菊对芙蓉 （金元词）

许有壬

宿程松壑月香亭次韵

晓梦初回，余酲未解，月明犹挂疏桐。在月香绝顶，稳驾天风。乔松劲竹高寒地，还容得、几朵芙蓉。霜空放眼、水痕褪碧，山色添浓。　　休问衰老诗穷。把烟岚夺取，也是豪雄。问今来古往，谁异谁同。老怀陶写惟丝竹，有捧觞、林下丰容。傍人任笑，疏狂不减，我辈情锺。

金菊对芙蓉 （宋词）

冯取洽

奉同刘篁栗、魏菊庄、冯竹溪、吕柳溪、道士王溪云，赏西渚荷花，醉中走笔用篁栗韵庚寅

宝镜缘空，玉簪点水，荡摇千顷寒光。正江妃月姊，斗理明妆。扶阑一笑开诗眼，少容我、吟讽其旁。一川风露，满怀冰雪，云海弥茫。　　不妨倚醉乘狂。问天公觅取，几曲渔乡。听小楼哀管，偷弄初凉。夜深欢极忘归去，锦江酿透碧筒香。对花无语，花应笑我，不似张郎 。

金菊对芙蓉　　(宋词)

无名氏

　　花则一名，种分三色，嫩红妖白娇黄。正清秋佳景。雨霁风凉。郊墟十里飘兰麝，潇洒处、旖旎非常。自然风韵，开时不惹，蝶乱蜂狂。　　携酒独揖蟾光。问花神何属，离兑中央。引骚人乘兴，广赋诗章。几多才子争攀折，嫦娥道、三种深香：状元红是，黄为榜眼，白探花郎。

95. 金人捧露盘 （一体）

正体 又名铜人捧露盘、上平西、上西平、西平曲、上平南，双调七十九字，
上阕八句五平韵，下阕九句四平韵

高观国

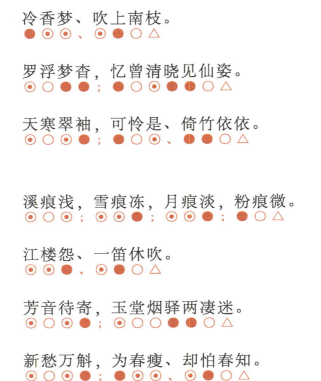

念瑶姬。翻瑶佩，下瑶池。

冷香梦、吹上南枝。

罗浮梦杳，忆曾清晓见仙姿。

天寒翠袖，可怜是、倚竹依依。

溪痕浅，雪痕冻，月痕淡，粉痕微。

江楼怨、一笛休吹。

芳音待寄，玉堂烟驿两凄迷。

新愁万斛，为春瘦、却怕春知。

（下阕多第二句，其余句式上下阕似同。两结亦可组为七字、四字各一句。
起句可不用韵。贺铸词下阕第七句添一字，辛弃疾、吴泳别首下阕第五句减
一字，不予参校。）

金人捧露盘　（宋词）

曾　觌

庚寅岁春奉使过京师感怀作

　　记神京，繁华地，旧游踪。正御沟、春水溶溶。平康巷陌，绣鞍金勒跃青骢。解衣沽酒醉弦管，柳绿花红。　　到如今，馀霜鬓，嗟前事，梦魂中。但寒烟、满目飞蓬。雕栏玉砌，空锁三十六离宫。塞笳惊起，暮天雁、寂寞东风。

金人捧露盘　（宋词）

汪元量

越州越王台

　　越山云，越江水，越王台。个中景、尽可徘徊。凌高放目，使人胸次共崔嵬。黄鹂紫燕报春晚，劝我衔杯。　　古时事，今时泪，前人喜，后人哀。正醉里、歌管成灰。新愁旧恨，一时分付与潮回。鹧鸪啼歇夕阳去，满地风埃。

金人捧露盘 （宋词）

程　垓

惜春

　　爱春归，忧春去，为春忙。旋点检、雨障云妨。遮红护绿，翠帏罗幕任高张。海棠明月杏花天，更惜浓芳。　　唤莺吟，招蝶拍，迎柳舞，倩桃妆。尽唤起、万籁笙簧。一觞一咏，尽教陶写绣心肠。笑他人世漫嬉游，拥翠偎香。

96. 金盏子　　(一体)

正体　双调一百三字，上阕十一句四仄韵，下阕十一句五仄韵

吴文英

　　吴城连日赏桂，一夕风雨，悉已零落。独寓窗晚花方作小蕾，未及见开，有新邑之役。揭来西馆，篱落间嫣然一枝可爱，见似人而喜，为赋此解

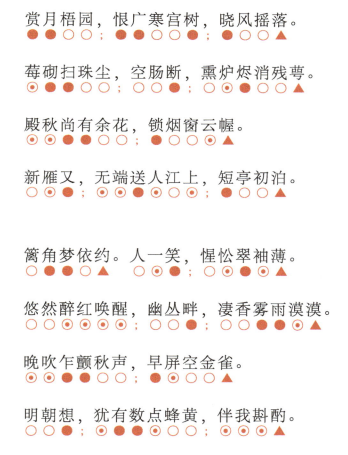

赏月梧园，恨广寒宫树，晓风摇落。
●●○○；●●○○●；●○○○▲

莓砌扫珠尘，空肠断，熏炉烬消残萼。
◉●●○○；○○●；○○●○○▲

殿秋尚有余花，锁烟窗云幄。
◉○◉●○○；●○○◉▲

新雁又，无端送人江上，短亭初泊。
○●●；○○●○○●；●○○▲

篱角梦依约。人一笑，惺忪翠袖薄。
○●●○▲　○○●；○○●◉▲

悠然醉红唤醒，幽丛畔，凄香雾雨漠漠。
○○●○◉●；○○●；○○●●○▲

晚吹乍颤秋声，早屏空金雀。
◉○●●○○；◉○○○▲

明朝想，犹有数点蜂黄，伴我斟酌。
○○●；◉●●○○○；◉●○▲

　　（上阕第五、第六句可重组为五字、四字各一句。上阕第二句，上下阕第八句例用一字领。史达祖词下阕倒数第二句减一字，赵以夫词下阕倒数第二句减两字，晁端礼词上阕第四句减一字、下起添一字，　王沂孙词上阕第二句减一字、下阕倒数第二句减两字，无名氏词字亦有增减，不予参校。）

金盏子 （宋词）

王沂孙

雨叶吟蝉，露草流萤，岁华将晚。对静夜无眠，稀星散、时度绛河清浅。其处画角凄凉，引轻寒催燕。西楼外，斜月未沉，风急雁行吹断。　　此际怎消遣。要相见、除非待梦见。盈盈洞房泪眼，看人似、冷落过秋纨扇。痛惜小院桐阴，空啼鸦零乱。厌厌地，终日为伊，香愁粉怨。

金盏子 （宋词）

蒋　捷

练月萦窗，梦乍醒、黄花翠竹庭馆。心字夜香消，人孤另、双鹣被池羞看。拟待告诉天公，减秋声一半。无情雁。正用恁时飞来，叫云寻伴。　　犹记杏栊暖。银烛下，纤影卸佩款。春涡晕，红豆小，莺衣嫩，珠痕淡印芳汗。自从信误青骊，想笼莺停唤。风刀快，剪尽画檐梧桐，怎剪愁断。

97. 锦缠道　（一体）

正体　又名锦缠头、锦缠绊双调六十六字，上阕六句四仄韵，下阕六句三仄韵

宋　祁

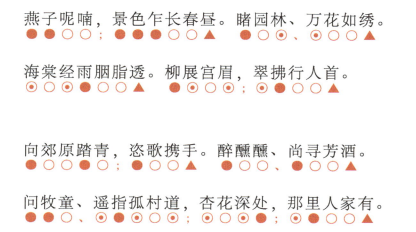

燕子呢喃，景色乍长春昼。睹园林、万花如绣。
●●○○；●●●○○▲　●○◉、●○○▲

海棠经雨胭脂透。柳展宫眉，翠拂行人首。
◉○○◉○○▲　●○○○；◉●○○▲

向郊原踏青，恣歌携手。醉醺醺、尚寻芳酒。
●○○●○；●○○▲　●○○、●○○▲

问牧童、遥指孤村道，杏花深处，那里人家有。
●○○、◉●○○●；◉○○●；◉●○○▲

（下起例用一字领。马子严词上阕第三句缺一字，下阕末两句减一字并为一句；江衍词上阕第三句不作破读，下阕起两句减一字为三字、五字各一句，下阕第四句减一字。）

锦缠道　（宋词）

马子严

桑

　　雨过园林，触处落红凝绿。正桑叶、齐如沃。娇羞只恐人偷目。背立墙阴，慢展纤纤玉。　　听鸠啼几声，耳边相促。念蚕饥、四眠初熟。劝路旁、立马莫踟蹰，是那里唱道秋胡曲。

98. 锦堂春 （一体）

正体 又名锦堂春慢，双调一百一字，上下阕各十句，四平韵

黄裳

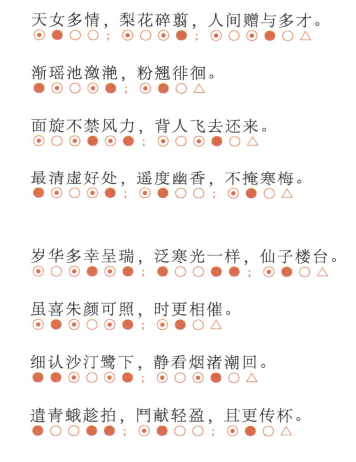

天女多情，梨花碎剪，人间赠与多才。
⊙○○○；⊙○○●；⊙○○●○△

渐瑶池潋滟，粉翘徘徊。
●⊙○○●；⊙○○△

面旋不禁风力，背人飞去还来。
⊙○●○○●；⊙○○●○△

最清虚好处，遥度幽香，不掩寒梅。
●○○⊙●；⊙●○○；⊙●○△

岁华多幸呈瑞，泛寒光一样，仙子楼台。
⊙○○●○●；⊙○○●●；⊙●○△

虽喜朱颜可照，时更相催。
⊙●○○●●；○⊙○△

细认沙汀鹭下，静看烟渚潮回。
⊙●○○●●；⊙○○●○△

遣青蛾趁拍，鬥献轻盈，且更传杯。
●○○●●；⊙○○○；⊙○○△

（上下阕后六句句式似同。上阕第四、第八句，下阕第二、第八句例用一字领。葛立方词下起平仄作：⊙●⊙○○●，柳永、葛立方、司马光、无名氏词及王沂孙别首个别句字有增减，不予校订。）

锦堂春 （宋词）

司马光

红日迟迟，虚郎转影，槐阴迤逦西斜。彩笔工夫，难状晚景烟霞。蝶尚不知春去，谩绕幽砌寻花。奈猛风过后，纵有残红，飞向谁家。　始知青鬓无价，叹飘零官路，荏苒年华。今日笙歌丛里，特地咨嗟。席上青衫湿透，算感旧、何止琵琶。怎不教人易老，多少离愁，散在天涯。

锦堂春 （宋词）

王沂孙

七夕

桂嫩传香，榆高送影，轻罗小扇凉生。正鸳机梭静，凤渚桥成。穿线人来月底，曝衣花入风庭。看星残屚碎，露滴珠融，笑掩云屏。　彩盘凝望仙子，但三星隐隐，一水盈盈。暗想凭肩私语，鬓乱钗横。蛛网飘丝胥恨，玉签传点催明。算人间待巧，似恁匆匆，有甚心情。

锦堂春　（宋词）

无名氏

雪梅

　　腊雪初晴，冰销凝泮，寻幽闲赏名园。时向长亭登眺，倚遍朱阑。拂面严风冻薄，满阶前、霜叶声乾。见小台深处，数叶红梅，漏泄春权。　　百花休恨开晚，奈韶华瞬息，常放教先。非是东君私语，和煦恩偏。欲寄江南音耗，念故人、隔阔云烟。一枝赠春色，待把金刀，剪倩人传。

99. 锦帐春　（一体）

正体　双调六十字，上阕七句四仄韵，下阕七句五仄韵

辛弃疾

春色难留，酒杯常浅。把旧恨新愁相间。
⊙●○○；⊙○⊙▲　●⊙●○○⊙▲

五更风，千里梦，看飞红几片。这般庭院。
●○○；⊙○○；●⊙○⊙▲　⊙○○▲

几许风流，几般娇懒。问相见何如不见。
●○○○；⊙○○▲　●⊙●○○⊙▲

燕飞忙，莺语乱。恨重帘不卷。翠屏天远。
●○○；○●▲　●⊙○⊙▲　⊙○⊙▲

（上下阕句式似同。上下阕第六句可不用韵。上下阕第四、第五、第六句，戴复古词减一字作五字两句，丘崈词减两字作五字、四字各一句。）

锦帐春　(宋词)

程　珌

留春

最是元来，苦无风雨。只恁地匆匆归去。看游丝，都不恨，恨秦淮新涨，向人东注。　　醉里仙人，惜春曾赋。却不解留春且住。问何人，留得住。怕小山更有，碧芜春句。

锦帐春　(宋词)

丘　崈

已未孟冬乐净见梅英作

翠竹如屏，浅山如画。小池面、危桥一跨。著棕亭临水，宛然郊野。竹篱茅舍。　　好是天寒，倍添幽雅。正雪意、垂垂欲下。更朦胧月影，弄明初夜。梅花动也。

100. 九张机　（二体）

正体　九首为一谱，每首六句三十字：

⊙ ○ △　　⊙ ○ ⊙ ● ● ○ △　　⊙ ○ ● ● ○ ○ ▼

⊙ ○ ⊙ ● ；⊙ ○ ⊙ ● ；⊙ ○ ● ● ○ △

（第一句依次由"一张机"至"九张机"。）

异体　十首或十一首为一谱，前九首同**正体**，每首六句三十字，其后每首六句二十九字：

○ △　　● ● ○ ● ● ○ △　　○ ○ ● ● ○ ○ ▼

○ ○ ○ ● ；○ ○ ⊙ ● ；○ ○ ● ● ○ △

（词前或前后有用七言绝句一首作为口号者。）

九张机 （宋词）

无名氏

醉留客者，乐府之旧名；九张机者，才子之新调。凭蔑玉之清歌，写掷梭之春怨。章章寄恨，句句言情。恭对华筵，敢陈口号。

一掷梭心一缕丝，连连织就九张机。
从来巧思知多少，苦恨春风久不归。

一张机。织梭光景去如飞。兰房夜永愁无寐。呕呕轧轧，织成春恨，留着待郎归。　两张机。月明人静漏声稀。千丝万缕相萦系。织成一段，回纹锦字。将去寄呈伊。　三张机。中心有朵耍花儿。娇红嫩绿春明媚。君须早折。一枝浓艳，莫待过芳菲。　四张机。鸳鸯织就欲双飞。可怜未老头先白，春波碧草，晓寒深处，相对浴红衣。　五张机。芳心密与巧心期。合欢树上枝连理。双头花下，两同心处，一对化生儿。　六张机。雕花铺锦半离披。兰房别有留春计。炉添小篆，日长一线，相对绣工迟。　七张机。春蚕吐尽一生丝。莫教容易裁罗绮。无端剪破，仙鸾彩凤，分作两般衣。　八张机。纤纤玉手住无时。蜀江濯尽春波媚。香遗囊麝，花房绣被。归去意迟迟。　九张机。一心长在百花枝。百花共作红堆被。都将春色，藏头里面，不怕睡多时。　轻丝。象床玉手出新奇。千花万草光凝碧。裁缝衣著，春天歌舞，飞蝶语黄鹂。　春衣。素丝染就已堪悲。尘世昏污无颜色。应同秋扇，从兹永弃。无复奉君时。

九张机　（宋词）

无名氏

一张机。采桑陌上试春衣。风晴日暖慵无力。桃花枝上，啼莺言语，不肯放人归。　　两张机。行人立马意迟迟。深心未忍轻分付，回头一笑，花间归去，只恐被花知。　　三张机。吴蚕已老燕雏飞。东风宴罢长洲苑，轻绡催趁，馆娃宫女，要换舞时衣。　　四张机。咿哑声里暗颦眉。回梭织朵垂莲子。盘花易绾，愁心难整，脉脉乱如丝。　　五张机。横纹织就沈郎诗。中心一句无人会。不言愁恨，不言憔翠。只恁寄相思。　　六张机。行行都是耍花儿。花间更有双蝴蝶，停梭一晌，闲窗影里。独自看多时。　　七张机。鸳鸯织就又迟疑。只恐被人轻裁剪，分飞两处，一声离恨，何计再相随。　　八张机。回纹知是阿谁诗。织成一片凄凉意。行行读遍，厌厌无语，不忍更寻思。　　九张机。双花双叶又双枝。薄情自古多离别。从头到底。将心萦系。穿过一条丝。

101. 酒泉子 （五体）

正体 双调四十字，上阕五句两平韵、两仄韵，下阕五句三仄韵、一平韵

温庭筠

花映柳条。闲向绿萍池上。
⊙●⊙△　　⊙●⊙○⊙▲

凭阑干，窥细浪。雨潇潇。
⊙⊙○；○●▲　⊙○△

近来音信两疏索。洞房空寂寞。
⊙○⊙●⊙○◆　⊙⊙○○▲

掩银屏，垂翠箔。度春宵。
⊙⊙○；⊙●▲　●○△

（仄韵可不换。首句可不用韵。温词别首、韦庄词下阕第二句添一字，温词起句平韵，而后换仄韵。）

变体一　双调四十二字，上下阕各五句两平韵

冯延巳

云散更深。
⊙●⊙△

堂上孤灯阶下月，早梅香，残雪白，夜沉沉。
⊙●⊙○○⊙●；⊙⊙○●；○○●；⊙○△

阑边偷唱击瑶簪。
⊙○○●●⊙○△

前事总堪惆怅，寒风生，罗衣薄，万般心。
⊙●⊙○⊙●；⊙⊙○○；○○●；●○△

（一作张先词。上下阕第二句有加押一仄韵者。）

变体二 双调四十三字，上阕五句两平韵、两仄韵下阕五句两平韵、三仄韵

李 珣

雨渍花零。红散香凋池两岸。
⊙●⊙△　⊙●●⊙○⊙▲

别情遥，春歌断。掩银屏。
⊙●⊙；○⊙▲　⊙○△

孤帆早晚离三楚。闲理钿筝愁几许。
⊙○⊙●⊙○◆　⊙●⊙○○○⊙▲

曲中情。弦上语。不堪听。
⊙●△　○⊙▲　●○△

（仄韵可不换。下起可平韵。）

变体三　双调四十五字，上阕四句两平韵，下阕四句三平韵

司空图

买得杏花，十载归来花始坼，假山西畔药阑东。
⊙●⊙○；⊙●⊙○○●；⊙○○●●○△

满枝红。
●○△

旋开旋落旋成空。
⊙○○●●○△

白发多情人便惜，黄昏把酒祝东风。
⊙●⊙○○●；⊙○○●●○△

且从容。
●○△

（起句可用平韵。）

变体四 双调四十九字，上阕四句两平韵，

下阕四句两平韵、两仄韵

潘　阆

长忆西湖，尽日凭阑楼上望，三三两两钓鱼舟。
⊙●⊙○；⊙●⊙○●●；⊙○⊙○●●○△

岛屿正清秋。
⊙●●○△

笛声依约芦花里。白鸟成行忽惊起。
⊙○⊙●○○▲　⊙●○○○○▲

别来闲整钓鱼竿。思入水云寒。
⊙○⊙●○○△　⊙●●○△

（潘阆别首，下阕第二句平仄有作：⊙○○⊙●○○▲，或：
⊙●⊙○○●▲。）

酒泉子 （唐词）

温庭筠

楚女不归。楼枕小河春水。月孤明，风又起。杏花稀。　玉钗斜篸云鬓髻。裙上金缕凤。八行书。千里梦。雁南飞。

酒泉子 （唐词）

温庭筠

罗带惹香。犹系别时红豆。泪痕新，金缕旧。断离肠。　一双娇燕语彫梁。还是去年时节。绿阴浓。芳草歇。柳花狂。

酒泉子 （五代词）

张　泌

春雨打窗。惊梦觉来天气晓。画堂深，红焰小。背兰釭。　酒香喷鼻懒开缸。惆怅更无人共醉。旧巢中，新燕子。语双双。

酒泉子　（五代词）

牛希济

枕转簟凉。清晓远锺残梦。月光斜，帘影动。旧炉香。　　梦中说尽相思事。纤手匀双泪。去年书，今日意。断离肠。

酒泉子　（五代词）

李　珣

秋月婵娟，皎洁碧纱窗外，照花穿竹冷沉沉。印池心。　　凝露滴，砌蛩吟。惊觉谢娘残梦，夜深斜傍枕前来。影徘徊。

酒泉子　（宋词）

张　先

芳草长川。柳映危桥堤下路。归鸿飞，行人去，碧山连。　　风微烟淡雨萧然。隔岸马嘶何处。九回肠，双脸泪，夕阳天。

酒泉子 （宋词）

辛弃疾

无题

流水无情，潮到空城头尽白，离歌一曲怨残阳。断人肠。　东风官柳舞雕墙。三十六宫花溅泪，春声何处说兴亡。燕双双。

酒泉子 （宋词）

潘　阆

长忆观潮，满郭人争江上望，来疑沧海尽成空。万面鼓声中。　弄涛儿向涛头立。手把红旗旗不湿。别来几向梦中看。梦觉尚心寒。

102. 倦寻芳　（一体）

正体　又名倦寻芳慢，双调九十七字，上阕十句四仄韵，下阕九句四仄韵

潘　汾

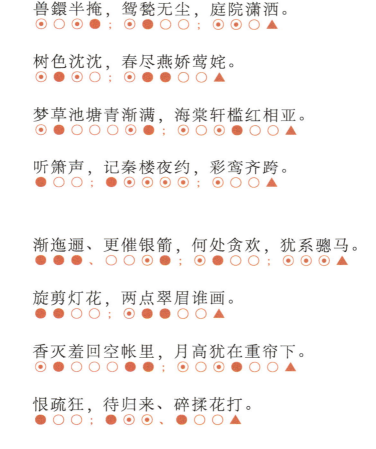

兽镮半掩，鸳甃无尘，庭院潇洒。

树色沈沈，春尽燕娇莺姹。

梦草池塘青渐满，海棠轩槛红相亚。

听箫声，记秦楼夜约，彩鸾齐跨。

渐迤逦、更催银箭，何处贪欢，犹系骢马。

旋剪灯花，两点翠眉谁画。

香灭羞回空帐里，月高犹在重帘下。

恨疏狂，待归来、碎揉花打。

（起句可用韵。上阕第九句用一字领。陈纪词下阕第二至第五句，重组为两组含领字五字、四字各一句；王雱词上下阕第六句减一字各分为三字两句；王质词两首添字且部分句读异。皆不予参校。）

倦寻芳　（宋词）

吴文英

饯周纠定夫

暮帆挂雨，冰岸飞梅，春思零乱。送客将归，偏是故宫离苑。醉酒曾同凉月舞，寻芳还隔红尘面。去难留，怅芙蓉路窄，绿杨天远。　　便系马、莺边清晓，烟草晴花，沙润香软。烂锦年华，谁念故人游倦。寒食相思堤上路，行云应在孤山畔。寄新吟，莫空回、五湖春雁。

倦寻芳　（宋词）

陈允平

杏檐转午。清漏沉沉，春梦无据。凤锦龟纱，空闭酒尘香雾。流水行云天四远，玉箫声断人何处。倦寻芳，镇情尖翠压，强拈飞絮。　　记旧约、荼蘼开后，屈指心期，数了还数。误我凭阑，几度片帆南浦。燕懒莺慵春去也，落花犹是东风主。正销凝，被愁鹃、又啼烟树。

倦寻芳　　（宋词）

王　雱

中吕宫

露晞向晚，帘幕风轻，小院闲昼。翠迳莺来，惊下乱红铺绣。倚危墙，登高榭，海棠经雨胭脂透。算韶华，又因循过了，清明时候。　　倦游燕、风光满目，好景良辰，谁共携手。恨被榆钱，买断两眉长斗。忆高阳，人散后。落花流水仍依旧。这情怀，对东风、尽成消瘦。

103. 兰陵王 （一体）

正体 三段一百三十字，前段十一句七仄韵，中段八句五仄韵，后段十句六仄韵

周邦彦

柳阴直。烟里丝丝弄碧。
●○▲　⊙●○●●▲

隋堤上，曾见几番，拂水飘绵送行色。
○○●；⊙●●○；⊙●○●●○▲

登临望故国。谁惜。京华倦客。
⊙○●○▲　⊙○▲　○○●▲

长亭路，年去岁来，应折柔条过千尺。
⊙○●；⊙●●○；⊙●○○●○▲

闲寻旧踪迹。又酒趁哀弦，灯照离席。
⊙○●○▲　⊙●○●○；⊙●○▲

梨花榆火催寒食。
⊙○⊙●●○▲

愁一箭风快，半篙波暖，回头迢递便数驿。
⊙●●●●；⊙○○●；⊙○○●●●▲

望人在天北。
●○⊙○▲

凄侧。恨堆积。渐别浦萦回，津堠岑寂。
⊙ ▲　　● ○ ▲　　● ● ⊙ ● ○ ○ ；⊙ ● ● ▲

斜阳冉冉春无极。
⊙ ○ ⊙ ● ○ ○ ▲

念月榭携手，露桥吹笛。
● ● ⊙ ● ⊙ ● ；● ⊙ ○ ○ ▲

沈思前事，似梦里，泪暗滴。
⊙ ○ ⊙ ● ；● ● ● ；● ● ▲

　　（中段第二、五句，后段第三、六句例用一字领。前段第七、第八句可合并不用短韵，后段起两句亦然。中段起句偶有用短韵者。秦观词结添一字作七字句。中段第七句后四字例皆仄声，极少作律句。结之三字两句，例皆用仄声，即连用六个仄声字！极少例外。）

兰陵王　　(宋词)

秦　观

雨初歇。帘卷一钩淡月。望河汉、几点疏星，冉冉纤云度林樾。此景清更绝。谁念温柔蕴结。孤灯暗，独步华堂，蟋蟀莎阶弄时节。　　沈思恨难说。忆花底相逢，亲赠罗缬。春鸿秋雁轻离别。拟寻个锦鳞，寄将尺素，又恐烟波路隔越。歌残唾壶缺。　　凄咽。意空切。但醉损琼卮，望断瑶阙。御沟曾解流红叶。待何日重见，霓裳听彻。彩楼天远，夜夜襟袖染啼血。

兰陵王　　(宋词)

辛弃疾

赋一丘一壑

一丘壑。老子风流占却。茅檐上、松月桂云，脉脉石泉逗山脚。寻思前事错。恼杀晨猿夜鹤。终须是、邓禹辈人，锦绣麻霞坐黄阁。　　长歌自深酌。看天阔鸢飞，渊静鱼跃。西风黄菊芗喷薄。怅日暮云合，佳人何处，纫兰结佩带杜若。入江海曾约。　　遇合。事难托。莫系磬门前，荷蒉人过，仰天大笑冠簪落。待说与穷达，不须疑著。古来贤者，进亦乐，退亦乐。

兰陵王　（宋词）

施　岳

柳花白。飞入青烟巷陌。凭高处，愁锁断桥，十里东风正无力。西湖路咫尺。犹阻仙源信息。伤心事，还似去年，中酒恹恹度寒食。　　闲窗掩春寂。但粉指留红，茸唾凝碧。歌尘不散蒙香泽。念鸾孤金镜，雁空瑶瑟。芳时凉夜尽怨忆。梦魂省难觅。　　鳞鸿渺踪迹。纵罗帕亲题，锦字谁织。缄情欲寄重城隔。又流水斜照，倦箫残笛。楼台相望，对暮色，恨无极。

兰陵王　（宋词）

黄廷璹

絮花弱。吹满斜阳院落。秋千外，无数小舟，绿水溶溶带城郭。流光漫暗觉。辜却。莺呼燕诺。欢游地，都在梦中，双蝶翩翩度帘幕。　　凭谁问康乐。又粉过新梢，红褪残萼。阑干休倚东风恶。怜瑟韵空在，鉴容偷改，青青洲渚偏杜若。故交半寥寞。　　漂泊。镇如昨。念玉指频弹，珠泪还阁。孤灯隐隐巫云薄。奈别遽无语，恨深谁托。明朝何处，夜渐短，听画角。

104. 浪淘沙 （一体）

正体 又名浪淘沙令、曲入冥、卖花声、过龙门、炼丹砂，双调五十四字，上下阕各五句，四平韵

　　李　煜

帘外雨潺潺。春意阑珊。
⊙●●○△　　⊙●●○△

罗衾不耐五更寒。
⊙○○●●○△

梦里不知身是客，一晌贪欢。
⊙●●○○●●；⊙●○○△

独自莫凭阑。无限江山。
⊙●●○△　　⊙●○○△

别时容易见时难。
⊙○○●●○△

流水落花春去也，天上人间。
⊙●●○○●●；⊙●○○△

　　（上下阕句式似同。柳永词上下阕起句各减一字，杜安世别有增字词作，不予参校。）

浪淘沙　（宋词）

欧阳修

把酒祝东风。且共从容。垂杨紫陌洛城东。总是当时携手处，游遍芳丛。　　聚散苦匆匆。此恨无穷。今年花胜去年红。可惜明年花更好，知与谁同。

浪淘沙　（宋词）

贺　铸

雨过碧云秋。烟草汀洲。远山相对一眉愁。可惜芳年桥畔柳，不系兰舟。　　为问木兰舟。何处淹留。相思今夜忍登楼。楼下谁家歌水调。明月扬州。

浪淘沙　（宋词）

朱敦儒

中秋阴雨，同显忠、椿年、谅之坐寺门作

圆月又中秋。南海西头。蛮云瘴雨晚难收。北客相逢弹泪坐，合恨分愁。　　无酒可销忧。但说皇州。天家宫阙酒家楼。今夜只应清汴水，呜咽东流。

浪淘沙　（宋词）

朱敦儒

康州泊船

风约雨横江。秋满篷窗。个中物色尽凄凉。更是行人行未得，独系归艎。　　拥被换残香。黄卷堆床。开愁展恨奡思量。伊是浮云侬是梦，休问家乡。

浪淘沙　（宋词）

赵　鼎

玉宇洗秋晴。凉月亭亭。梦回孤枕琐窗明。何处飞来三弄笛，风露凄清。　　曾看玉纤横。苦爱新声。由来百虑为愁生。此夜曲中闻折柳，都是离情。

浪淘沙　（宋词）

蔡　伸

楼下水潺潺。楼外屏山。淡烟笼月晚凉天。曾共玉人携素手，同倚阑干。　　云散梦难圆。幽恨绵绵。旧游重到忍重看。负你一生多少泪，月下花前。

浪淘沙　（宋词）

曾　觌

观潮作

一线海门来。雪喷云开。昆山移玉下瑶台。卷地西风吹不断，直到蓬莱。　　羯鼓噪春雷。鼍舞蛟回。歌楼鼓吹夕阳催。今古清愁流不尽，都一樽罍。

浪淘沙　（宋词）

韩元吉

芍药

鶗鴂怨花残。谁道春阑。多情红药待君看。浓澹晓妆新意态，独占西园。　　风叶万枝繁。犹记平山。五云楼映玉成盘。二十四桥明月下，谁凭朱阑。

浪淘沙 （宋词）

辛弃疾

赋虞美人草

不肯过江东。玉帐匆匆。至今草木忆英雄。唱著虞兮当日曲，便舞春风。　　儿女此情同。往事朦胧。湘娥竹上泪痕浓。舜盖重瞳堪痛恨，羽又重瞳。

浪淘沙 （宋词）

辛弃疾

山寺夜半闻钟

身世酒杯中。万事皆空。古来三五个英雄。雨打风吹何处是，汉殿秦宫。　　梦入少年丛。歌舞匆匆。老僧夜半误鸣钟。惊志西窗眠不得，卷地西风。

浪淘沙 （宋词）

韩　嘢

莫上玉楼看。花雨斑斑。四垂罗幕护朝寒。燕子不知人去也，飞认阑干。　　回首几关山。后会应难。相逢祇有梦魂间，可奈梦随春漏短，不到江南。

浪淘沙 （宋词）

吴文英

灯火雨中船。客思绵绵。离亭春草又秋烟。似与轻鸥盟未了，来去年年。　　往事一潜然。莫过西园。凌波香断绿苔钱。燕子不知春事改，时立秋千。

浪淘沙 （宋词）

向希尹

结客去登楼。谁击兰舟。半篙清涨雨初收。把酒留春春不住，柳暗江头。　　老去怕闲愁。莫莫休休。晚来风恶下帘钩。试问落花随水去，还解西流。

浪淘沙 （宋词）

周　密

柳色淡如秋。蝶懒莺羞。十分春事九分休。开尽楝花寒尚在，怕上帘钩。　　京洛少年游。谁念淹留。东风吹雨过西楼。残梦宿醒相合就，一段新愁。

浪淘沙　（宋词）

无名氏

雪里暗香浓。乍吐琼英。横斜疏影月明中。学傅胭脂桃与杏，虚废春工。　　素艳有谁同。不并妖红。应如褒姒笑时容。绝胜梨花春带雨，旖旎春风。

浪淘沙　（宋词）

无名氏

村左小溪傍。粉黛宜芳。寒添潇洒冷添霜。清瘦几枝堪入画，竹映苔墙。　　疏影浸横塘。月暗浮香。当时曾伴寿阳妆。不似东君先倚槛，泄漏春光。

浪淘沙　（宋词）

张舜民

题岳阳楼

木叶下君山。空水漫漫。十分斟酒敛芳颜。不是渭城西去客，休唱阳关。　　醉袖抚危栏。天淡云闲。何人此路得生还。回首夕阳红尽处，应是长安。

浪淘沙　（宋词）

史达祖

春愁

醉月小红楼。锦瑟箜篌。夜来风雨晓来收。几点落花饶柳絮，同为春愁。　　寄信问晴鸥。谁在芳洲。绿波宁处有兰舟。独对旧时携手地，情思悠悠。

浪淘沙　（金元词）

邵亨贞

钱南金疾作代简问讯

秋意满平芜。梦绕莼鲈。一江烟水雁来初。昨夜西风吹杜若，渺渺愁予。　　人隔楚天隅。相望踟蹰。想应多病故人疏。门巷凄凉谁买赋，瘦也相如。

浪淘沙　（金元词）

元好问

春瘦怯春衣。春思低迷。雨声偏与睡相宜。懊恼离愁寻殢酒，已被愁知。　　烟树望中低，水绕山围。丁宁双燕话心期。昨夜狂风花在否，明日郎归。

浪淘沙　（金元词）

张　蕣

临川文昌楼望月

醉胆望秋寒。星斗阑干。小窗人影月明间。客里不知归是梦，只在吴山。　　行路自来难。长铗休弹。黄尘到底浣儒冠。一片白鸥湖上水，闲了渔竿。

105. 浪淘沙慢　　（一体）

正体　双调一百三十三字，上阕九句六仄韵，下阕十四句十一仄韵

周邦彦

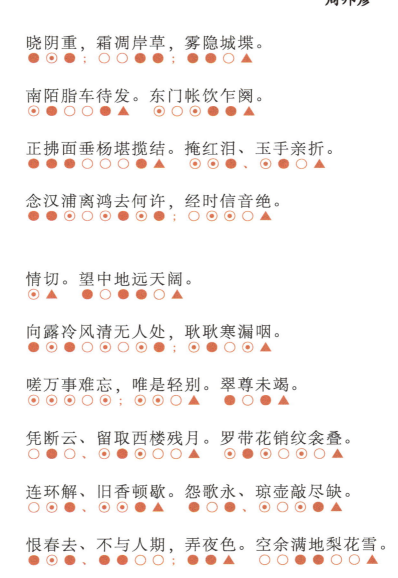

晓阴重，霜凋岸草，雾隐城堞。
●⊙●；○○●●；●●●○▲

南陌脂车待发。东门帐饮乍阕。
⊙●○○●▲　⊙○●●●▲

正拂面垂杨堪揽结。掩红泪、玉手亲折。
●●●○○●▲　●○●、●●○▲

念汉浦离鸿去何许，经时信音绝。
●●●○○●●；○○⊙○▲

情切。望中地远天阔。
⊙▲　●○●●○▲

向露冷风清无人处，耿耿寒漏咽。
●●●○○○●；●●○●▲

嗟万事难忘，唯是轻别。翠尊未竭。
⊙●⊙○○；⊙●●　▲●　○●▲

凭断云、留取西楼残月。罗带花销纹衾叠。
○●○、⊙●○○○▲　⊙●○⊙○○▲

连环解、旧香顿歇。怨歌永、琼壶敲尽缺。
○⊙●、●○●▲　●○●、○○○●▲

恨春去、不与人期，弄夜色。空余满地梨花雪。
●⊙●、●●○○；●●▲　○○●●○○▲

（此谱例用入声韵。上阕第六、第八句，下阕第三、第五句，例用一字领。下结两句有重组为五字两句且首句用一字领者。柳永词句读差异较多，未予校订。陈允平词上起末字取平声，不予参校。）

浪淘沙慢　（宋词）

方千里

素秋霁，云横旷野，浪拍孤堞。柔橹悲声顿发。骊歌恨曲未阕。念一寸回肠千缕结。柳条在、忍使攀折。但怅惘章台路多少，相思拚愁绝。　　凄切。去程浩渺空阔。奈断梗孤蓬西风外，蕨蕨残吹咽。应暗为行人，伤念离别。泪波易竭。凝怨怀、羞睹当时明月。烟浪无穷青山叠。鱼封远、雁书渐歇。甚时合、金钗分处缺。谩飘荡、海角天涯，再见日。应怜两鬓玲珑雪。

浪淘沙慢　（宋词）

吴文英

夷则商　　赋李尚书山园

梦仙到、吹笙路杳，度巘云滑。溪谷冰绡未裂。金铺昼锁乍掣。见竹静梅深春海阔。有新燕、帘底低说。念汉履无声跨鲸远，年年谢桥月。　　曲折。画阑尽日凭热。半扉起玲珑楼阁畔，缥缈鸿去绝。飞絮飏东风，天外歌阕。睡红醉缬。还是催、寒食看花时节。花下苍苔盛罗袜。银烛短、漏壶易竭。料池柳、不攀春送别。倩玉兔、别捣秋香，更醉踏千山，冷翠飞晴雪。

浪淘沙慢　（宋词）

陈允平

暮烟愁，鸦归古树，雁过空堞。南浦牙樯渐发。阳关歌尽半阕。便恨入回肠千万结。长亭柳、寸寸攀折。望日下长安近，莫遣鳞鸿成闲绝。　　凄切。去帆浪远江阔。怅顿解连环西窗下，对烛频哽咽。叹百岁光阴，几度离别。翠销粉竭。信乍圆易散，彩云明月。浙水吴山重重叠。流苏帐、阳台梦歇。暗尘锁、孤鸾秦镜缺。羞人问、怕说相思，正满院杨花，落尽东风雪。

106.离亭燕 （二体）

正体　又名离亭宴，双调七十二字，上下阕各六句，四仄韵

张　昇

一带江山如画。风物向秋潇洒。
⊙●○○⊙▲　○⊙●○○▲

水浸碧天何处断，翠色冷光相射。
⊙●⊙○○⊙●；○●●○○▲

蓼岸荻花洲，隐映竹篱茅舍。
●●●○○；⊙●⊙○○▲

天际客帆高挂。门外酒旗低亚。
○●⊙○○▲　⊙●●○○▲

多少六朝兴废事，尽入渔樵闲话。
⊙●●○○⊙●；○●○○○▲

怅望倚危阑，红日无言西下。
●●●○○；○●⊙○○▲

（上下阕句式似同。）

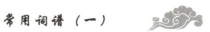

变体 又名离亭宴，双调七十七字，上下阕各六句，五仄韵

张　先

捧黄封诏卷。随处是、离亭别宴。
●○○●▲　○●●、○○●▲

红翠成轮歌未遍。早已恨、野桥风便。
○●○○●▲　●●●、●○○▲

此去济南非久，惟有凤池鸾殿。
●●○○●●；○●●○○▲

三月花飞几片。又减却、芳菲过半。
○●○○●▲　●●●、○○●▲

千里恩深云海浅。民爱比、春流不断。
○●○○●▲　○●●、○○●▲

更上玉楼西望，雁与征帆俱远。
●●●○○●；●●○○○▲

离亭燕　(宋词)

晁补之

忆吴兴寄金陵怀古声中

　　忆向吴兴假守。双溪四垂高柳，仪凤桥边兰舟过，映水雕甍华牖。烛下小红妆，争看史君归后。　　携手松亭难又。题诗水轩依旧。多少绿荷相倚恨，背立西风回首。怅望采莲人，烟波万重吴岫。

107. 荔枝香　（二体）

正体　又名荔枝香近，双调七十六字，上下阕各八句，四仄韵

方千里

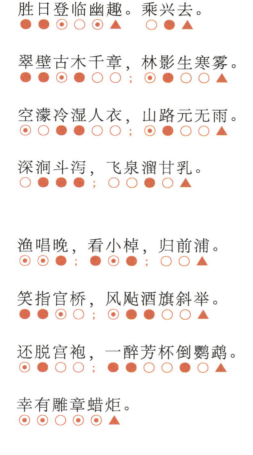

胜日登临幽趣。乘兴去。
●●⊙○⊙▲　　○⊙▲

翠壁古木千章，林影生寒雾。
●●⊙○○○；⊙○○○▲

空濛冷湿人衣，山路元无雨。
⊙○⊙●○○；○●○○▲

深涧斗泻，飞泉溜甘乳。
○●●●；○○○●▲

渔唱晚，看小棹，归前浦。
⊙⊙●；●●●；○○▲

笑指官桥，风飐酒旗斜举。
●●⊙○○；⊙●●○○▲

还脱宫袍，一醉芳杯倒鹦鹉。
⊙●○○；●●○○●▲

幸有雕章蜡炬。
⊙⊙○⊙●▲

（起句可不用韵。下起三字句三，可重组为五字、四字各一句，或四字、五字各一句。柳永词上阕第五句平仄：⊙●○○○●，唯见此例。）

变体　又名荔枝香近，双调七十四字，上阕七句三仄韵，下阕七句四仄韵

周邦彦

夜来寒侵酒席，露微泫。
●○○○●●；●○▲

乌履初会，香泽方熏，无端暗雨催人，
◉○●；○●●；◉○●●○○；

但怪灯偏帘卷。
◉●●○○▲

回顾始觉，惊鸿去云远。
◉●●；○○●○▲

大都世间，最苦唯聚散。
●○◉；●○●▲

到得春残，看即是、开离宴。
●●；◉●●、◉○▲

细思别后，柳眼花须更谁剪。
◉○●；●●●○●▲

此怀何处消遣。
●○●○▲

（上阕第六句平仄有作：◉●◉●○▲。第七句有作：●●○○●●。陈允平别首，上结减一字，不予参校。）

荔枝香　（宋词）

周邦彦

歇指

　　照水残红零乱，风唤去。尽日测测轻寒，帘底吹香雾。黄昏客枕无憀，细响当窗雨。看两两相依燕新乳。　　楼下水，渐绿遍、行舟浦。暮往朝来，心逐片帆轻举。何日迎门，小槛朱笼报鹦鹉。共剪西窗蜜炬。

荔枝香　（宋词）

袁去华

　　晓来丹枫过雨，净如扫。霜空横雁，寒日翻鸦，惊嗟岁月如流，更被酒迷花恼。转眼吴霜，点鬓催老。　　细思欢游旧事，还自笑。断雨残云，都总似、梦初觉。锦鳞书断，宝箧香销向谁表。尽情说似啼鸟。

荔枝香　（宋词）

吴文英

七夕

　　睡轻时闻，晚鹊噪庭树。又说今夕天津，西畔重欢遇。蛛丝暗锁红楼，燕子穿帘处。天上未比人间，更情苦。　　秋鬓改，妒月姊、长眉妩。过雨西风，数叶井梧愁舞。梦入蓝桥，几点疏星映朱户。泪湿沙边凝伫。

108. 连理枝　（一体）

正体　又名红娘子、小桃红、灼灼花，双调七十字，上下阕各七句，四仄韵

李　白

雪盖宫楼闭。罗幕昏金翠。
⊙●○○▲　⊙●○○▲

斗鸭阑干，香心淡薄，梅梢轻倚。
⊙●○○；⊙○●●；⊙○⊙▲

喷宝猊香烬麝烟浓，馥红绡翠被。
●●○○●●○，●○⊙●▲

浅画云垂帔。点滴昭阳泪。
⊙●○○▲　⊙●●○▲

咫尺宸居，君恩断绝，似遥千里。
⊙●○○；⊙○●●；⊙○⊙▲

望水晶帘外竹枝寒，守羊车未至。
●⊙○○●●○；●○⊙●▲

　　（上下阕句式似同。上下阕第六句之八字句，例用一字领，也可读作三、五。邵叔齐添字词，不予参校。）

连理枝　(宋词)

程 垓

　　小小闲窗底。曲曲深屏里。一枕新凉，半床明月，留人欢意。奈梅花引里唤人行，苦随他无计。　　几点清觞泪。数曲乌丝纸。见少离多，心长分短，如何得是。到如今、留下许多愁，枉教人憔悴。

连理枝　(宋词)

余桂英

　　芳草连天暮。斜日明汀渚。懊恨东风，恍如春梦，匆匆又去。早知人、酒病更诗愁，镇轻随飞絮。　　宝镜空留恨，筝雁浑无据。门外当时，薄情流水，如今何处。正相思、望断碧山云，又莺啼晚雨。

连理枝　(宋词)

邵叔齐

　　淡泊疏篱隔。寂寞官桥侧。绿萼青枝风尘外，别是一般姿质。念天涯憔悴各飘零，记初曾相识。　　雪里情寒逼。月下幽香袭。不似薄情无凭准，一去音书难得。看年年时候不逾期，报阳和消息。

109. 恋绣衾　（一体）

正体　又名泪珠弹，双调五十四字，上阕四句三平韵，下阕四句两平韵

韩　淲

溪风吹雨晚打窗。把心情、阑入醉乡。

记取在、山深处，我如今、双鬓已苍。

夜阑寒影灯花淡，梦难成、清漏更长。

宝瑟断、鸾胶续，泪珠弹、犹带粉香。

　　（上下阕句式似同。上下阕第三句可不破读。起句平仄可作：⊙●●○○⊙●△，亦有作：⊙○○⊙●●○△，或：⊙●●○⊙●△。陆游词下起减一字，赵汝茪词上下阕第三句添一字，不予参校。）

恋绣衾　（宋词）

高观国

碧梧偷恋小窗阴。恨芭蕉、不展寸心。暗语近、阳台远，奈秋宵、砧断漏沉。　月明欲教吹箫去。隔骖鸾、空留怨音。从此是、天涯阻，这一场、愁梦更深。

恋绣衾　（宋词）

萧　崱

倚阑闲看燕定巢。旧弹筝、因病久抛。画不尽、残眉黛，被东风、吹在柳梢。　晓来暗理伤春曲，把金钗、枕畔细敲。书寄与、天涯去，并相思、红泪一包。

恋绣衾　（宋词）

赵汝茪

柳丝空有千万条。系不住、溪头画桡。想今宵、也对新月，过轻寒、何处小桥。　玉箫台榭春多少，溜啼红、脸霞未消。怪别来、胭脂慵傅，被东风、偷在杏梢。

恋绣衾 （宋词）

陈允平

缃桃红浅柳褪黄。燕初来、宫漏渐长。任日转、花梢也，倚兰屏、犹未试妆。　　秦鸾旧曲无心理，忆年时、相傍采桑。听绿树、娇莺啭，一声声、都是断肠。

恋绣衾 （宋词）

赵时奚

江南烟水几万重。记玉人、花底旧容。待欲寄、飞鸿信，望前山、夕照冷红。　　塞笛月下声凄楚，怨百花、春事梦空。倩谁共、东君说，把阳和、分付朔风。

恋绣衾 （宋词）

无名氏

元宵三五酒半醺。马蹄前、步步是春。闹市里、看灯去，喜金吾、不禁夜深。　　如今老大都休也，未黄昏、先闭上门。待月到、窗儿上，对梅花、如对故人。

恋绣衾 （金元词）

邵亨贞

初夏

　　柳花零乱愁满天。又江城、唬老杜鹃。小庭院、雨初过，棹歌声、惊起画眠。　　微风摇荡湘帘影，浪花斜、轻袅篆烟。问白苧、裁成未，翦金刀、犹忆去年。

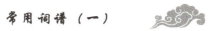

110. 梁州令 （四体）

正体 双调五十二字，上阕五句三仄韵，下阕四句四仄韵

晁补之

二月春犹浅。去年樱桃开遍。
⊙●○○▲　⊙○○⊙○▲

今年春色怪迟迟，红梅常早，未露胭脂脸。
○○⊙●●○○；⊙○⊙●；⊙●○○▲

东君故遣春来缓。似会人深愿。
⊙○●●○○▲　⊙○●○○▲

蟠桃新缕双盏。相期似此春长远。
⊙○⊙●○▲　○○●●○○▲

变体一 双调五十字，上阕四句三仄韵，下阕四句四仄韵

晏几道

莫唱阳关曲。泪湿当年金缕。
◉●○○▲　●●○○▲

离歌自古最消魂，闻歌更在魂消处。
○○◉●●●○；◉○○●●○▲

南楼杨柳多情绪。不系行人住。
◉○○●●○▲　◉●○○▲

人情却似飞絮。悠扬便逐春风去。
◉○◉●●○▲　○○◉●○○▲

变体二　双调五十五字，上阕五句三仄韵，下阕五句四仄韵

柳　永

梦觉纱窗晓。残灯掩然空照。
⊙●○○▲　⊙○○⊙●▲

因思人事苦萦牵，离愁别恨，无限何时了。
○○⊙●●○○；⊙○⊙●；⊙●○○▲

怜深定是心肠小。往往成烦恼。
⊙○●●○○▲　⊙●○○▲

一生惆怅情多少。月不长圆，春色易为老。
●○○⊙●○▲　⊙●⊙○；⊙●⊙○▲

变体三　双调一百四字，上下阕各九句，六仄韵

欧阳修

翠树芳条飐。的的裙腰初染。
⊙●○○▲　　●●○○○▲

佳人携手弄芳菲，绿阴红影，共展双纹簟。
○○○⊙●●○；⊙○○●；●●○○▲

插花照影窥鸾鉴。只恐芳容减。
⊙○●●○○▲　　⊙○○○▲

不堪零落春晚，青苔雨后深红点。
⊙○○●○●；○○●●○○▲

一去门闲掩。重来却寻朱槛。
⊙●○○▲　　⊙○○○○▲

离离秋实弄清霜，娇红脉脉，似见胭脂脸。
○○⊙●●○；●●⊙●；⊙●●○○▲

人非事往眉空敛。谁把佳期赚。
⊙○○●○○▲　　⊙○○○▲

芳心只愿依旧，春风更放明年艳。
⊙○○●○▲　　○○●○○○▲

（晏几道体重复一遍。）

梁州令　（宋词）

欧阳修

　　红杏墙头树。紫萼香心初吐。新年花发旧时枝，徘徊千绕，独共东风语。阳台一梦如云雨。为问今何处。离情别恨多少，条条结向垂杨缕。　　　此事难分付。初心本谁先许。窃香解佩两沉沉，知他而今，记得当初否。谁教薄幸轻相误。不信道、相思苦。如今却恁空追悔，元来也会忆人去。

111. 两同心　（二体）

正体　双调六十八字，上阕七句三仄韵，下阕七句四仄韵

柳　永

伫立东风，断魂南国。
⊙●○○；●○○▲

花光媚、春醉琼楼，蟾彩迥、夜游香陌。
⊙○⊙、⊙⊙●○；⊙⊙●、⊙○⊙▲

忆当时，酒恋花迷，役损词客。
●○○；⊙⊙○○，⊙●○▲

别有眼长腰搦。痛怜深惜。
⊙●⊙○▲　⊙○⊙▲

鸳鸯阻、夕雨朝飞，锦书断、暮云凝碧。
⊙○●、⊙⊙○○；⊙○●、⊙○○▲

想别来，好景良时，也应相忆。
●⊙○；⊙●○○，⊙○⊙▲

（扬无咎词上阕第三句添一衬字，别首起句添两字。）

变体 双调六十八字，上阕七句三平韵，下阕七句四平韵

晏几道

楚乡春晚，似入仙源。
⊙○⊙● ；⊙●○△

拾翠处、漫随流水，踏青路、暗惹香尘。
⊙○● 、⊙○⊙● ；⊙○● 、⊙○○△

心心在，柳外青帘，花下朱门。
⊙○● ；⊙●○○ ；⊙●○△

对景且醉芳尊。莫话消魂。
●⊙⊙●○△ 。⊙●○△

好意思、曾同明月，恶滋味、最是黄昏。
●⊙● 、⊙○⊙● ；⊙○● 、⊙●○△

相思处，一纸红笺，无限啼痕。
⊙○● ；⊙●○○ ；⊙●○△

（黄庭坚词起句平仄：⊙●○△，用韵。杜安世词上阕第二、第五句添一字，下起改作五字两句，下阕第五句添一字，不予参校。）

两同心　（宋词）

杨无咎

行看不足。坐看不足。柳条短、斜倚春风，海棠睡、醉
欹红玉。清堪掬。桃李漫山，真成粗俗。　　遥夜几番相属。
暗魂飞逐。深酌酒、低唱新声，密传意、解回娇目。知谁福。
得似风流，可伊心曲。

两同心　（宋词）

黄庭坚

一笑千金。越样情深。曾共结、合欢罗带，终愿效、比
翼纹禽。许多时，灵利惺惺，蓦地昏沉。　　自从官不容针。
直至而今。你共人、女边著子，争知我、门里挑心。记携手，
小院回廊，月影花阴。

两同心　（宋词）

仇　远

踏青归后，小步西园。翠袖薄、新篁难倚，绿窗润、弱
絮轻粘。春风急，暮雨凄然。早听啼鹃。　　忆昔几度湖边。
款曲花前。约俊客、同倾凿落，看游女、同上秋千。春无主，
落日低烟。芳草年年。

112. 临江仙 （四体）

正体 又名谢新恩、雁后归、画屏春、庭院深深，双调六十字，上下阕各五句，三平韵

贺　铸

巧剪合欢罗胜子，钗头春意翩翩。
⊙●○○○●●；⊙○○○●△

艳歌浅笑拜嫣然。
⊙○○●●○△

愿郎宜此酒，行乐驻华年。
⊙○⊙●●；⊙●●○△

未至文园多病客，幽襟凄断堪怜。
⊙●⊙○○●●；⊙○⊙●●○△

旧游梦挂碧云天。
⊙○○●●○△

人归落雁后，思发在花前。
⊙○⊙●●；⊙●●○△

（此体宋元词范本也。偶有上起减一字，或下起减一字，不予校订。）

变体一 又名谢新恩、雁后归、画屏春、庭院深深，双调五十四字，上下
阕各四句，三平韵

和　凝

海棠香老春江晚，小楼雾縠空濛。
⊙○⊙●○○●；⊙○⊙●○△

翠鬟初出绣帘中。麝烟鸾佩惹苹风。
●○○●●○△　●○○●●○△

碾玉钗摇鸂鶒战，雪肌云鬓将融。
⊙●⊙○○●●；●○○●○△

含情遥指碧波东。越王台殿蓼花红。
○○⊙●●○△　⊙○○●●○△

（此调初创，仅存和凝2首。）

变体二 又名谢新恩、雁后归、画屏春、庭院深深，双调五十八字，上下
阕各五句，三平韵

张　泌

烟消湘渚秋江静，蕉花露泣愁红。
⊙○⊙●○○●；⊙○⊙●○△

五云双鹤去无踪。
⊙○⊙●●○△

几回魂断，凝望向长空。
⊙○⊙●；⊙●●○△

翠竹暗流烛泪怨，闲调宝瑟波中。
⊙●⊙○⊙●●；⊙○⊙●○△

花鬟月鬓绿云重。
⊙○⊙●●○△

古祠深处，香冷雨和风。
⊙○⊙●；⊙●●○△

（起句平仄有皆用⊙○⊙●○○●，或⊙●⊙○⊙●●者，亦有交替运
用者。）

变体三
又名谢新恩、雁后归、画屏春、庭院深深，双调五十八字，上下
阕各五句，三平韵

徐昌图

饮散离亭西去，浮生长恨飘蓬。
◉●○●○●；◉○◉●○△

回头烟柳渐重重。
◉○◉●●○△

淡云孤雁远，寒日暮天红。
●○○●●；◉○●○△

今夜画船何处，潮平淮月朦胧。
◉●◉○○●；○○◉●○△

酒醒人静奈愁浓。
◉○◉●●○△

残灯孤枕梦，轻浪五更风。
○○◉●●；◉●●○△

临江仙　（五代词）

牛希济

　　洞庭波浪飐晴天。君山一点凝烟。此中真境属神仙。玉楼珠殿，相映月轮边。　　万里平湖秋色冷，星辰垂影参然。橘林霜重更红鲜。罗浮山下，有路暗相连。

临江仙　（五代词）

鹿虔扆

　　金锁重门荒苑静，绮窗愁对秋空。翠华一去寂无踪。玉楼歌吹，声断已随风。　　烟月不知人事改，夜阑还照深宫。藕花相向野塘中。暗伤亡国，清露泣香红。

临江仙　（宋词）

刘　表

补李后主词

　　樱桃结子春归尽，蝶翻金粉双飞。子规啼月小楼西。玉钩罗幕，惆怅卷金泥。　　门巷寂寥人去后，望残烟草低迷。何时重听玉骢嘶。扑帘飞絮，依约梦回时。

临江仙　(宋词)

许　庭

不见灞陵原上柳，往来过尽蹄轮。朝离南楚暮西秦。不成名利，赢得鬓毛新。　　莫怪枝条憔悴损，一生唯苦征尘。两三烟树倚孤村。夕阳影里，愁杀宦游人。

临江仙　(宋词)

晏几道

梦后楼台高锁，酒醒帘幕低垂。去年春恨却来时。落花人独立，微雨燕双飞。　　记得小蘋初见，两重心字罗衣。琵琶弦上说相思。当时明月在，曾照彩云归。

临江仙　(宋词)

陆　游

离果州作

鸠雨催成新绿，燕泥收尽残红。春光还与美人同。论心空眷眷，分袂却匆匆。　　只道真情易写，那知怨句难工。水流云散各西东。半廊花院月，一帽柳桥风。

临江仙　(宋词)

高观国

风月生来人世，梦魂飞堕仙津。青春日日醉芳尘。一鞭花陌晓，双桨柳桥春。　　前度诗留醉袖，昨宵香浥罗巾。小姬飞燕是前身。歌随流水咽，眉学远山颦。

临江仙　(宋词)

陈　克

枕帐依依残梦，斋房匆匆馀醒。薄衣团扇绕阶行。曲阑幽树，看得绿成阴。　　檐雨为谁凝咽，林花似我飘零。微吟休作断肠声。流莺百啭，解道此时情。

临江仙　(宋词)

腾宗谅

湖水连天天连水，秋来分外澄清。君山自是小蓬瀛。气蒸云梦泽，波撼岳阳城。　　帝子有灵能鼓瑟，凄然依旧伤情。微闻兰芝动芳馨。曲终人不见，江上数峰青。

临江仙 （宋词）

苏 轼

夜饮东坡醒复醉，归来仿佛三更。家童鼻息已雷鸣。敲门都不应，倚杖听江声。　　长恨此身非我有，何时忘却营营。夜阑风静縠纹平。小舟从此逝，江海寄馀生。

临江仙 （宋词）

秦 观

十里红楼依绿水，当年多少风流。高楼重上使人愁。远山将落日，依旧上帘钩。　　一曲琵琶思往事，青衫泪满江州。访邻休问杜家秋。寒烟沙外鸟，残雪渡傍舟。

临江仙 （宋词）

晁补之

信州作

谪宦江城无屋买，残僧野寺相依。松间药臼竹间衣。水穷行到处，云起坐看时。　　一个幽禽缘底事，苦来醉耳边啼。月斜西院愈声悲。青山无限好，犹道不如归。

临江仙 　(宋词)

陈　瓘

　　闻道洛阳花正好，家家庭户春风。道人饮去百壶空。年年花下醉，看谢几番红。　　此别又从何处去，风萍一任西东。语声虽异笑声同。一轮深夜月，何处不相逢。

临江仙 　(宋词)

晁冲之

　　双舸亭亭横晚渚，城中飞观嵯峨。画桥灯火照清波。玉钩平浸水，金锁半沉河。　　试问无情堤上柳，也应厌听离歌。人生无奈别离何。夜长嫌梦短，泪少怕愁多。

临江仙 　(宋词)

苏　庠

　　猎猎风蒲初暑过，萧然庭户秋清。野航渡口带烟横。晚山千万叠，别鹤两三声。　　秋水芙蓉聊荡桨，一樽同破愁城。蓼花滩上白鸥明。暮云连极浦，急雨暗长汀。

临江仙 （宋词）

毛滂

都城元夕

闻道长安灯夜好，雕轮宝马如云。蓬莱清浅对觚棱。玉皇开碧落，银界失黄昏。　　谁见江南憔悴客，端忧懒步芳尘。小屏风畔冷香凝。酒浓春入梦，窗破月寻人。

临江仙 （宋词）

李弥逊

杏花

一片花飞春已减，那堪万点愁人。可能春便负闲身。细思愁不饮，却是自辜春。　　且共一尊追落蕊，犹胜陌上成尘。杯行到手莫辞频。杏花须记取，曾与此翁邻。

临江仙　（宋词）

陈与义

夜登小阁，忆洛中旧游

忆昔午桥桥上饮，坐中多是豪英。长沟流月去无声。杏花疏影里，吹笛到天明。　　二十馀年如一梦，此身虽在堪惊。闲登小阁看新晴。古今多少事，渔唱起三更。

临江仙　（宋词）

赵长卿

暮春

过尽征鸿来尽燕，故园消息茫然。一春憔悴有谁怜。怀家寒食夜，中酒落花天。　　见说江头春浪渺，殷勤欲送归船。别来此处最索牵。短篷南浦雨，疏柳断桥烟。

临江仙　(宋词)

赵长卿

秋日有感

枫叶白蘋秋未老，晚风吹泛轻艎。青山沥沥水茫茫。情随流水远，恨逐暮山长。　　一点相思千点泪，眼前无限情伤，佳人犹自捧离觞。阳关休唱彻，唱彻断人肠。

临江仙　(宋词)

辛弃疾

探梅

老去惜花心已懒，爱梅犹绕江村。一枝先破玉溪春。更无花态度，全有雪精神。　　剩向空山餐秀色，为渠著句清新。竹根流水带溪云。醉中浑不记，归路月黄昏。

临江仙 （宋词）

辛弃疾

和前韵（醉宿崇福寺）

钟鼎山林都是梦，人间宠辱休惊。只消闲处遇平生。酒杯秋吸露，诗句夜裁冰。　　记取小窗风雨夜，对床灯火多情。问谁千里伴君行。晚山眉样翠，秋水镜般明。

临江仙 （宋词）

程 垓

合江放舟

送我南来舟一叶，谁教催动鸣榔。高城不见水茫茫。云湾才几曲，折尽九回肠。　　买酒浇愁愁不尽，江烟也共凄凉。和天瘦了也何妨。只愁今夜雨，更做泪千行。

临江仙　（宋词）

刘克庄

潮惠道中

不见仙湖能几日，尘沙变尽形容。夜来月冷露华浓。都忘茅屋下，但记画船中。　　两岸绿阴犹未合，更须补竹添松。最怜几树木芙蓉。手栽才数尺，别后为谁红。

临江仙　（宋词）

无名氏

绿暗汀洲三月暮，落花风静帆收。垂杨低映木兰舟。半篙春水滑，一段夕阳愁。　　灞水桥东回首处，美人亲上帘钩。青鸾无计入红楼。行云归楚峡，飞梦到扬州。

临江仙　（宋词）

张孝祥

误入蓬莱仙境，松风十里凄凉。众中仙子淡梳妆。瑶琴横膝上，一曲泛宫商。　　独步寂寥归去睡，月华冷淡高堂。觉来犹惜有馀香。有心归洛浦，无计梦襄王。

临江仙　（金元词）

刘敏中

芙蓉

见说瑶池池上路，雪香花气葱茏。一双依约玉芙蓉。烟波孤梦断，风月两心同。　　千古情缘何日了，此生何处相逢。不堪回首怨西风。残芳秋淡淡，落日水溶溶。

临江仙　（金元词）

元好问

连日湖亭风色好，今朝赏遍东城。主人留客过清明。小桃如欲语，杨柳更多情。　　为爱暮云芳草句，一杯聊听新声。水流花落叹浮生。故园春更晚，时节已啼莺。

临江仙　（金元词）

张　翥

梁山舟中二首之二

羡杀渔村无畔岸，茫茫杨柳蒹葭。雨余秋涨没汀沙。惊鸿投别渚，浴鸟坐沉槎。　　残日篱头闲晒网，垂髫来卖鱼虾。得钱沽酒径归家。一声横笛外，烟火隔芦花。

113. 玲珑四犯 （三体）

正体 双调九十九字，上阕九句五仄韵，下阕八句五仄韵

周邦彦

秾李夭桃，是旧日潘郎，亲试春艳。
⊙●●○；●●●○○；⊙○○▲

自别河阳，长负露房烟脸。
●●○○；⊙●●○○▲

憔悴鬓点吴霜，细念想、梦魂飞乱。
⊙●●●○○，●●●、○○○▲

叹画阑玉砌都换。才始有缘重见。
●●⊙●●○▲　⊙○●○○▲

夜深偷展香罗荐。暗窗前、醉眠葱蒨。
●○○●○○▲　●○○、●○○▲

浮花浪蕊都相识，谁更曾抬眼。
⊙○●●○○；○●○○▲

休问旧色旧香，但认取、芳心一点。
⊙●●●⊙○；⊙●●、○○●▲

又片时一阵风雨恶，吹分散。
●●○●●●●；○○▲

（上阕第二、第八句及下阕第七句例用一字领。张炎词下阕第四句多一字，未予参校。）

变体一　双调一百零一字，上阕九句五仄韵，下阕八句五仄韵

史达祖

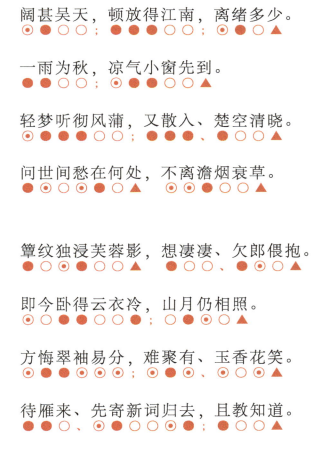

京口寄所思

阔甚吴天，顿放得江南，离绪多少。
⊙●○○；●●●○○；⊙●○▲

一雨为秋，凉气小窗先到。
●○○○；⊙●●○○▲

轻梦听彻风蒲，又散入、楚空清晓。
⊙●●●○○；●●●、⊙○○▲

问世间愁在何处，不离澹烟衰草。
●⊙○○●▲　⊙○●●○▲

簟纹独浸芙蓉影，想凄凄、欠郎偎抱。
●○●●○○▲　●⊙○、●⊙○▲

即今卧得云衣冷，山月仍相照。
⊙○●●○●；○○●⊙○▲

方悔翠袖易分，难聚有、玉香花笑。
⊙●●●○○；⊙●●、⊙○○▲

待雁来、先寄新词归去，且教知道。
●●○、⊙●○○⊙●；●○○▲

（刘之才词下阕第五、第六句重组且减一字，不予参校。）

变体二　玲珑四犯

双调九十九字，上阕十句五仄韵，下阕九句六仄韵

姜　夔

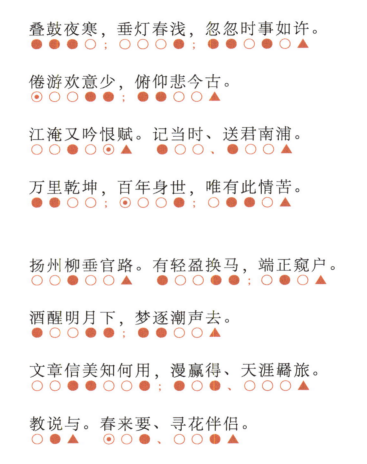

叠鼓夜寒，垂灯春浅，匆匆时事如许。
●●●○；○○○●；●●○●○▲

倦游欢意少，俯仰悲今古。
◉○●●●；●●●○○▲

江淹又吟恨赋。记当时、送君南浦。
○○●○●◉▲　●○●、○○○▲

万里乾坤，百年身世，唯有此情苦。
●●○○；◉○○●；●●●▲

扬州柳垂官路。有轻盈换马，端正窥户。
○○●○○▲　●○○●●；○●○▲

酒醒明月下，梦逐潮声去。
●●○●●；●●○○▲

文章信美知何用，漫赢得、天涯羁旅。
○○●●○○●；●○●、○○○▲

教说与。春来要、寻花伴侣。
○●▲　◉○●、○○◉▲

（此体系姜夔自度曲，宋人唯谭宣子依此填。下阕第二句用一字领。谭宣子词下阕第四句押韵。）

玲珑四犯　（宋词）

陈允平

金屋春深，似灼灼娉婷，真真娇艳。洗净铅华，依旧曲眉丰脸。犹记舞歇凉州，渐缥缈、碧云缭乱。自玉环、宝镜偷换。别后甚时重见。　　鸾帏凤席鸳鸯荐。但空馀、蕙芳兰茜。天涯柳色青青恨，不入东风眼。惆怅二十四桥，任落絮、飞花乱点。奈翠屏一枕云雨梦，谁惊散。

玲珑四犯　（宋词）

张　炎

杭友促归，调此寄意

流水人家，乍过了斜阳，一片苍树。怕听秋声，却是旧愁来处。因甚尚客殊乡，自笑我、被谁留住。问种桃、莫是前度。不拟桃花轻误。　　少年未识相思苦。最难禁、此时情绪。行云暗与风流散，方信别泪如雨。何况夜鹤帐空，怎奈向、如今归去。更可怜闲里白了头，还知否。

玲珑四犯　（金元词）

邵亨贞

秋感

　　秋晚登临，渐古驿丹枫，初试霜信。暝宿河桥，长记画桡乘兴。清夜载酒呼灯，向水面琵琶曾听。想那时席上歌舞，多少旧家风韵。　　茂陵投老惟多病。好情怀、怎堪提省。西风又动江湖梦，欢事今谁领。重见纵有后期，怕吟袖、弓腰难认。最恼人，沙上孤雁，落寒成阵。

114. 留春令 （一体）

正体 双调五十四字，上下阕各四句，三仄韵

无名氏

杨柳风前旗鼓闹。正陌上、闲花芳草。
○ ● ○ ○ ○ ● ▲　⊙ ● ● 、○ ○ ○ ▲

忍将愁眼觑芳菲，人未老、春先老。。
⊙ ○ ○ ● ● ○ ○ ；⊙ ● ● 、○ ○ ○ ▲

长安此日知多少。日易见、长安难到。
○ ○ ○ ⊙ ○ ○ ▲　⊙ ⊙ ● 、⊙ ○ ○ ▲

无情苕水不西流，渐迤逦、仙舟小。
⊙ ○ ○ ● ● ○ ○ ；● ● ● 、○ ○ ○ ▲

（上下阕句式似同。两结句亦可俱折腰或俱不折腰。李清照词，下起平仄：○ ● ● ● ○ ○ ● ▲。黄庭坚词，上起平仄：○ ○ ○ ⊙ ● ● ○ ○ ▲；下起平仄：● ● ● ○ ○ ○ ○ ▲。彭止词平仄变异更多。）

留春令 （宋词）

周紫芝

绝笔

梅子生时春渐老。红满地、落花谁扫。旧年池馆不归来，又绿尽、今年草。　　思量千里乡关道。山共水、几时得到。杜鹃只解怨残春，也不管、人烦恼。

留春令 （宋词）

李清照

湖上风来波浩渺。秋已暮、红稀香少。水光山色与人亲，说不尽、无穷好。　　莲子已成荷叶老。青露洗、蘋花汀草。眠沙鸥鹭不回头，似也恨、人归早。

留春令 （宋词）

黄庭坚

江南一雁横秋水。叹咫尺、断行千里。回纹机上字纵横，欲寄远、凭谁是。　　谢客池塘春都未。微微动、短墙桃李。半阴才暖却清寒，是瘦损人天气。

115. 柳梢青　（二体）

正体　又名早春怨、陇头月、云淡秋空、雨洗元宵、玉水明沙，双调四十九字，
　　　上阕六句三平韵，下阕五句三平韵

仲　殊

岸草平沙。吴王故苑，柳袅烟斜。
⊙●○△　⊙○○●；⊙●○△

雨后寒轻，风前香细，春在梨花。
⊙●○○；⊙○○●；⊙●○△

行人一棹天涯。酒醒处、残阳乱鸦。
⊙○⊙●○△　⊙⊙●、○○●△

门外秋千，墙头红粉，深院谁家。
⊙●○○；⊙○○●；⊙●○△

（一作秦观词。起句可不用韵。两结均用对仗。）

变体 双调四十九字，上阕六句三仄韵，下阕五句两仄韵

贺　铸

子规啼血。可怜又是，春归时节。
⊙○⊙▲　⊙○⊙○；⊙○○▲

满院东风，海棠铺绣，梨花飞雪。
⊙●⊙○；⊙○⊙●；⊙○○▲

丁香露泣残枝，算未比、愁肠寸结。
⊙○○●○○；⊙○●、⊙○○▲

自是休文，多情多感，不干风月。
⊙●⊙○；⊙○⊙●；⊙○○▲

（起句可不用韵，下起可用韵。）

柳梢青　（宋词）

朱敦儒

　　红分翠别。宿酒半醒，征鞍将发。楼外残钟，帐前残烛，窗边残月。　　想伊绣枕无眠，记行客、如今去也。心下难拼，眼前难觅，口头难说。

柳梢青　（宋词）

蔡　伸

　　数声鹁鸠。可怜又是，春归时节。满院东风，海棠铺绣，梨花飘雪。　　丁香露泣残枝，算未比、愁肠寸结。自是休文，多情多感，不干风月。

柳梢青　（宋词）

袁去华

建康作

　　白鹭洲前，乌衣巷口，江上城郭。万古豪华，六朝兴废，潮生潮落。　　信流一叶飘泊。叹问米、东游计错。老眼昏花，吴山何处，孤云天角。

柳梢青　（宋词）

曹　冠

游湖

　　湖岸千峰。嵌岩隐映，绿竹青松。古寺东西，楼台上下，烟雾溟濛。　　波光万顷溶溶。人面与、荷花共红。拨棹归欤，一天明月，十里香风。

柳梢青　（宋词）

陈　亮

　　柳丝烟织。掩映小池，鳞鳞波碧。几片飞花，半檐残雨，长亭愁寂。　　凭高望断江南，怅千里、疏烟淡日。鬥草风流，弄梅情分，教人思忆。

柳梢青　（宋词）

张履信

　　雨歇桃繁，风微柳静，日淡湖湾。寒食清明，虽然过了，未觉春闲。　　行云掩映春山。真水墨、山阴道间。燕语侵愁，花飞撩恨，人在江南。

柳梢青　（宋词）

韩　淲

　　云淡秋空。一江流水，烟雨濛濛。岸转溪回，野平山远，几点征鸿。　　行人独倚孤篷。算此景、如图画中。莫问功名，且寻诗酒，一棹西风。

柳梢青　（宋词）

戴复古

岳阳楼

　　袖剑飞吟。洞庭青草，秋水深深。万顷波光，岳阳楼上，一快披襟。　　不须携酒登临。问有酒、何人共斟。变尽人间，君山一点，自古如今。

柳梢青　（宋词）

吴　潜

　　断续残虹，翩飞去鸟，别岸孤村。傍水楼台，满城钟鼓，又是黄昏。　　悠悠岁月如奔。正目断、边尘塞云。两鬓秋风，百年人事，无限消魂。

柳梢青　（宋词）

周　晋

杨花

　　似雾中花，似风前雪，似雨馀云。本自无情，点萍成缘，却又多情。　　西湖南陌东城。甚管定、年年送春。薄幸东风，薄情游子，薄命佳人。

柳梢青　（宋词）

刘辰翁

春感

铁马蒙毡，银花洒泪，春入愁城。笛里番腔，街头戏鼓，不是歌声。　　那堪独坐青灯。想故国、高台月明。辇下风光，山中岁月，海上心情。

柳梢青　（宋词）

无名氏

晓星明灭。白露点、秋风落叶。故址颓垣，荒烟衰草，溪前宫阙。　　长安道上行客，念依旧、名深利切。改变容颜，销磨古今，垅头残月。

柳梢青　（金元词）

张　雨

拟白石

盼得春来，春寒春困，陡顿无聊。半剔残釭，片时春梦，过了元宵。　　空山暮暮朝朝。到此际、无魂可消。却倚东风，水如衣带，草似裙腰。

116. 六丑　　（一体）

正体　双调一百四十字，上阕十四句八仄韵，下阕十三句九仄韵

周邦彦

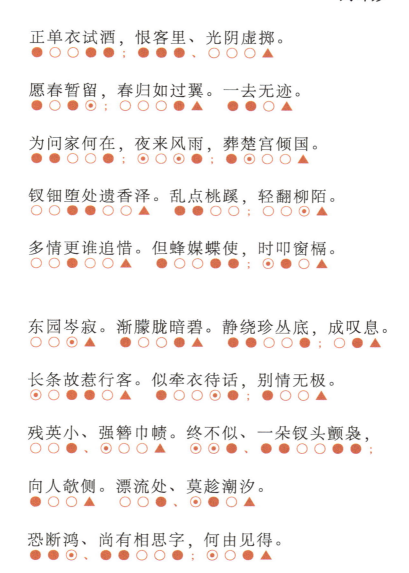

正单衣试酒，恨客里、光阴虚掷。

愿春暂留，春归如过翼。一去无迹。

为问家何在，夜来风雨，葬楚宫倾国。

钗钿堕处遗香泽。乱点桃蹊，轻翻柳陌。

多情更谁追惜。但蜂媒蝶使，时叩窗槅。

东园岑寂。渐朦胧暗碧。静绕珍丛底，成叹息。

长条故惹行客。似牵衣待话，别情无极。

残英小、强簪巾帻。终不似、一朵钗头颤袅，

向人欹侧。漂流处、莫趁潮汐。

恐断鸿、尚有相思字，何由见得。

（起句及上阕第八、第十三句，下阕第二、第六句，例用一字领。下阕第三、第四句，可重组为四字两句。个别七字句，有不破读为三、四者；彭元逊词有漏字，不予参校。）

六丑　（宋词）

方千里

看流莺度柳，似急响、金梭飞掷。护巢占泥，翩翩飞燕翼。昨梦前迹。暗数欢娱处，艳花幽草，纵冶游南国。芳心荡漾如波泽。系马青门，停车紫陌。年华转头堪惜。奈离襟别袂，容易疏隔。　　人间春寂。谩云容暮碧。远水沉双鲤、无信息。天涯渐老羁客。叹良宵漏断，独眠愁极。吴霜皎、半侵华帻。谁复省十载，匀得晕粉，髻倾鬓侧。相思意、不离潮汐。想旧家、接酒巡歌计，今难再得。

六丑　（宋词）

吴文英

壬寅岁吴门元夕风雨

渐新鹅映柳，茂苑锁、东风初掣。馆娃旧游，罗襦香未灭。玉夜花节。记向留连处，看街临晚，放小帘低揭。星河潋艳春云热。笑靥欹梅，仙衣舞缬。澄澄素娥宫阙。醉西楼十二，铜漏催彻。　　红消翠歇。叹霜簪练发。过眠年光，旧情尽别。泥深厌听啼鴂。恨愁霏润沁，陌头尘袜。青鸾杳、钿车音绝。却因甚、不把欢期付与，少年华月。残梅瘦、飞趁风雪。向夜永、更说长安梦，灯花正结。

六丑 （宋词）

刘辰翁

春感和彭明叔韵

看东风海底，送落日、飞空如掷。醉游暮归，怕西州堕策。归路偏失。记上元时节，千门立马，望金坡残雪。素娥推下团栾辙。塞草惊尘，河水渡楫。悠悠雨丝风拂。但相随断雁，时度荒泽。　　回头紫陌。梦归归未得。憔悴江南，秋风旧客。去年说著今日。漫故人相命，玳筵鸣瑟。愁汗漫、全林杯窄。况飘泊、相遇当时老叟，梨园歌籍。高歌为我几回阕。似子规、落月啼乌悄，傍人泪滴。

117.六么令　（一体）

正体　又名绿腰、乐世、录要，双调九十四字，上下阕各九句，五仄韵

柳　永

澹烟残照，摇曳溪光碧。
⊙○⊙●；⊙●⊙○▲

溪边浅桃深杏，迤逦染春色。
⊙○⊙○⊙●；⊙●⊙○▲

昨夜扁舟泊处，枕簟当滩碛。
⊙●○○●●；⊙●○○▲

波声渔笛。惊回好梦，梦里欲归怎归得。
⊙○○▲　⊙●●○；⊙●⊙○⊙○▲

展转翻成无寐，因此伤行役。
●●⊙○○●；⊙●○○▲

思念多媚多娇，咫尺千里隔。
⊙●○○○●；⊙●⊙○▲

都为深情密爱，不忍轻离拆。
⊙●⊙○●●；⊙●○○▲

好天良夕。鸳帏寂静，算得也应暗思忆。
⊙○○▲　⊙●●○；⊙●○○●○▲

（除起句外，上下阕句式似同。下起及上下阕第五句可用韵。下阕第三句可读作折腰。）

六么令　（宋词）

晏几道

雪残风信，悠飏春消息。天涯倚楼新恨，杨柳几丝碧。还是南云雁少，锦字无端的。宝钗瑶席。彩弦声里，拚作尊前未归客。　遥想疏梅此际。月底香英白。别后谁绕前溪，手拣繁枝摘。莫道伤高恨远，付与临风笛。尽堪愁寂。花时往事，更有多情个人忆。

六么令　（宋词）

贺　铸

宛溪柳

梦云萧散，帘卷画堂晓。残熏尽烛隐映，绮席金壶倒。尘送行鞭袅袅。醉指长安道。波平天渺。兰舟欲上。回首离愁满芳草。　已恨归期不早。枉负狂年少。无奈风月多情，此去应相笑。心记新声缥缈。翻是相思调。明年春杪。宛溪杨柳，依旧青青为谁好。

六么令　(宋词)

蔡　伸

梅英飘雪，弱柳弄新绿。冷冷画桥流水，风静波如縠。长记扁舟共载，偶近旗亭宿。渺云横玉。鸳鸯枕上，听彻新翻数般曲。　　此际魂清梦冷，绣被香芬馥。因念多感情怀，触处伤心目。自是今宵独寐，怎不添愁蹙。如今心足。风前月下，赖有斯人慰幽独。

六么令　(宋词)

李　纲

次韵和贺方回金陵怀古，鄱阳席上作

长江千里，烟澹水云阔。歌沉玉树古寺，空有疏钟发。六代兴亡如梦，苒苒惊时月。兵戈凌灭。豪华销尽，几见银蟾自圆缺。　　潮落潮生波渺，江树森如髮。谁念迁客归来，老大伤名节。纵使岁寒途远，此志应难夺。高楼谁设。倚阑凝望，独立渔翁满江雪。

六么令　（宋词）

辛弃疾

再用前韵（用陆氏事，送玉山令陆德隆）

倒冠一笑，华髮玉簪折。阳关自来凄断，却怪歌声滑。放浪儿童归舍，莫恼比邻鸭。水连山接。看君归兴，如醉中醒、梦中觉。　　江上吴侬问我，一一烦君说。坐客尊酒频空，剩欠真珠压。手把鱼竿未稳，长向沧浪学。问愁谁怯。可堪杨柳，先作东风满城雪。

六么令　（宋词）

李　琳

京中清明

淡烟疏雨，香径渺啼鴂。新晴画帘闲卷，燕外寒犹力。依约天涯芳草，染得春风碧。人间陈迹。斜阳今古，几缕游丝趁飞蝶。　　柳向尊前起舞，又觉春如客。翠袖折取嫣红，笑与簪华髮。回首青山一点，檐外寒云叠。梨花淡白。柳花飞絮，梦绕阑干一株雪。

118.六州歌头　（一体）

正体　双调一百四十三字，上阕十九句八平韵、八叶韵，下阕二十句八平韵、十叶韵

贺　铸

少年侠气，交结五都雄。
⊙○●▥；○●●○△

肝胆洞。毛发耸。立谈中。
○⊙▼　○⊙▲　●○△

死生同。一诺千金重。
●○△　●●○金▲

推翘勇。矜豪纵。轻盖拥。联飞鞚。
⊙⊙▲　○○▲　○⊙▲　▨○▲

斗城东。轰饮酒垆，春色浮寒瓮。吸海垂虹。
●○△　○○●●；●⊙○●▲　⊙●○△

闲呼鹰嗾犬，白羽摘雕弓。狡穴俄空。乐匆匆。
●○○⊙●；●●●▲　●○○△　●○△

似黄梁梦。辞丹凤。明月共。漾孤篷。
●○⊙▼　○○▲　○⊙▲　▨○△

官冗从。怀倥偬。落尘笼。簿书丛。
○●▲　○⊙▲　●○▲　▨○△

鹖弁如云众。共鹿用。忽奇功。笳鼓动。渔阳弄。
⊙●○○▲　⊙○▲　●○△　○●▲　○○▲

思悲翁。不请长缨，击取天骄种。剑吼西风。
●○△　⊙●●○○；⊙●○○▲　⊙●○△

恨登山临水，手寄七弦桐。目送归鸿。
●○○⊙●；⊙●●○△　⊙●○△

（有不叶仄韵者，亦有不叶韵而改押其他仄韵者，并可少押几韵。下阕第十五、十六、十七句，可重组为六字、七字各一句，其七字句破读为三、四。无名氏词上阕第十五句减一字；王埜、李曾伯词下阕倒数第三句减一字；刘将孙词下阕起句减一字；程珌词上阕第七、第十七句各增一字，下阕第十五、十六、十七句减一字重组为五字、七字各一句，其七字句破读为三、四；王之道词下阕句读变异较多；袁去华词下结移去上起句读作三、四。皆不予参校。）

六州歌头　　(宋词)

张孝祥

　　长淮望断，关塞莽然平。征尘暗，霜风劲，悄边声。黯销凝。追想当年事，殆天数，非人力，洙泗上，弦歌地，亦膻腥。隔水毡乡，落日牛羊下，区脱纵横。看名王宵猎，骑火一川明。笳鼓悲鸣。遣人惊。　　念腰间箭，匣中剑，空埃蠹，竟何成。时易失，心徒壮，岁将零。渺神京。干羽方怀远，静烽燧，且休兵。冠盖使，纷驰骛，若为情。闻道中原遗老，常南望、羽葆霓旌。使行人到此，忠愤气填膺。有泪如倾。

六州歌头　　(宋词)

王　埜

　　龙蟠虎踞，今古帝王州。水如淮，山似洛，凤来游。五云浮。宇宙无终极，千载恨，六朝事，同一梦休。更莫问闲愁。风景悠悠。得似青溪曲，著我扁舟。对残烟衰草，满目是清秋。白鹭汀洲。夕阳收。　　黄旗紫盖，中兴运，钟王气，护金瓯。驻游跸，开行殿，夹朱楼。送华辀。万里长江险，集鸿雁，列貔貅。扫关河，清海岱，志应酬。机会何常，鹤唳风声处，天意人谋。臣今虽老，未遣壮心休。击楫中流。

六州歌头 　（金元词）

邵亨贞

戊申岁，一春强半风雨，不可出户者至有兼旬之久。三月九日寒食，烟雨中望邻墙桃花，殆欲零落，感人事之不齐，叹芳时之易失，信笔纪述，斐然成章。桓司马谓树犹如此，人何以堪，今乃信之矣

刘郎老去，孤负几东风。思前度，玄都观，旧游踪。怕重逢。新种桃千树，花如锦，应笑我容颜改，浑不比、向时红。我亦无情久矣，繁华梦、过眼成空。纵而今再见，何似锦城中。往事匆匆。任萍蓬。　　忆欢娱地，经行处，秦楼畔，灞桥东。春冉冉，花可可，雾蒙蒙。水溶溶。几度题歌扇，欹醉帽，绕芳丛。时序改，人面隔，鬓霜浓。别有武陵溪上，秦人在、仙路犹通。待前村浪暖，鼓楫问渔翁。此兴谁同。

119. 露 华 （二体）

正体 又名露华慢，双调九十四字，前段十句四平韵，后段九句四平韵

王沂孙

晚寒伫立，记铅轻黛浅，初认冰魂。

碧罗衬玉，犹凝茸唾香痕。

净洗妒春颜色，胜小红、临水湔裙。

烟渡远，应怜旧曲，换叶移根。

山中去年人别，怪月悄风轻，闲掩重门。

琼肌瘦损，那堪燕子黄昏。

几片过溪浮玉，似夜归、深雪前村。

芳梦冷，双禽误宿粉痕。

（上下阕第二句例用一字领。）

变体 双调九十二字，上阕十句五仄韵，下阕九句五仄韵

王沂孙

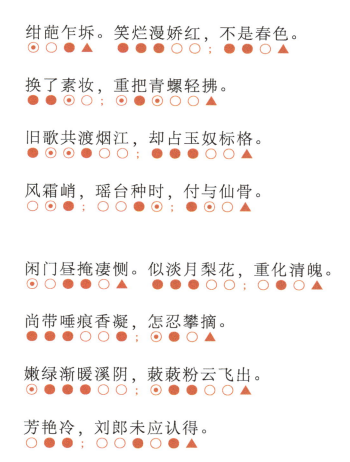

绀葩乍坼。笑烂漫娇红，不是春色。

换了素妆，重把青螺轻拂。

旧歌共渡烟江，却占玉奴标格。

风霜峭，瑶台种时，付与仙骨。

闲门昼掩凄恻。似淡月梨花，重化清魄。

尚带唾痕香凝，怎忍攀摘。

嫩绿渐暖溪阴，蔌蔌粉云飞出。

芳艳冷，刘郎未应认得。

（较正体，换做仄韵，且上下阕第七句各减一字。）

露华　（宋词）

周　密

次张云韵

暖消蕙雪，渐水纹漾锦，云淡波溶。岸香弄蕊，新枝轻袅条风。次第燕归将近，爱柳眉、桃靥烟浓。鸳径小，芳屏聚蝶，翠渚飘鸿。　　六桥旧情如梦，记扇底宫眉，花下游骢。选歌试舞，连宵恋醉珍丛。怕里早莺啼醒，问杏钿、谁点愁红。心事悄，春娇又入翠峰。

露华　（宋词）

张　炎

碧桃

乱红自雨，正翠蹊误晓，玉洞明春。蛾眉淡扫，背风不语盈盈。莫恨小溪流水，引刘郎、不是飞琼。罗扇底，从教净冶，远障歌尘。　　一掬莹然生意，伴压架酴醿，相恼芳吟。玄都观里，几回错认梨云。花下可怜仙子，醉东风、犹自吹笙。残照晚，渔翁正迷武陵。

露华　　(金元词)

陶宗仪

赋碧桃用南湖韵

武陵夜寂。记露影璇空，一笑曾识。素脸晕铅，巧把黛螺轻幂。莫是歌渡烟江，浣却旧家颜色。还又讶，深宫绀袖，唾花犹湿。　　问他阿母消息。甚落莫梨云，青鸟难觅。不比锦红轻薄，容易狼籍。嫩绿护出溪头，谁顾采香仙客。春晚也，频温玉笙是得。

露华　　(金元词)

张　翥

玉簪

瀛洲种玉。总付与花神，月底深劚。琢就瑶笄，光映鬓云斜矗。几度借取搔头，别试汉宫妆束。风露冷，幽香半襟，淡伫阑曲。　　亭亭雪艳愁独。爱粉沁冰箭，须拈金粟。石上那回磨断，争忍轻触。一自楚客归来，珠履旧游谁续。秋梦起，残妆半簪坠绿。

120. 满江红　　(四体)

正体　又名伤春曲，双调九十三字，上阕九句四仄韵，下阕十句五仄韵

柳　永

暮雨初收，长川静、征帆夜落。

临岛屿，蓼烟疏淡，苇风萧索。

几许渔人横短艇，尽将灯火归村落。

遣行客、当此念回程，伤漂泊。

桐江好，烟漠漠。波似染，山如削。

绕严陵滩畔，鹭飞鱼跃。

游宦区区成底事，平生况有云泉约。

归去来、一曲仲宣吟，从军乐。

　　（上阕第三、四句亦可并为一句作三、四破读，后五句句式似同。下阕第四、第五句有重组为三字、六字各一句者。下阕第五句例用一字领。本谱多用入声韵。）

变体一　双调九十一字，上阕八句四仄韵，下阕十句五仄韵

叶梦得

重阳赏菊，时予已除代

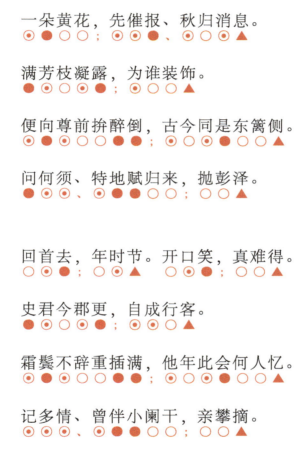

一朵黄花，先催报、秋归消息。

满芳枝凝露，为谁装饰。

便向尊前拚醉倒，古今同是东篱侧。

问何须、特地赋归来，抛彭泽。

回首去，年时节。开口笑，真难得。

史君今郡更，自成行客。

霜鬓不辞重插满，他年此会何人忆。

记多情、曾伴小阑干，亲攀摘。

（此变体七百余首宋、金元满江红词作中约有近三十首。较正体，唯上阕第三、四、五句减两字重组为五字、四字各一句。上阕第三句，下阕第五句例用一字领。无名氏别首下阕倒数第二句增两字，不予校订。）

变体二　双调九十五字，上阕八句四仄韵，下阕十句五仄韵

赵彦端

荼蘼

千种繁春，春已去、翩然远迹。
◉●○○；◉●●、○○◉▲

谁信道、荼蘼枝上，静中留得。
◉◉◉、●○○●；◉○○▲

晓镜洗妆非粉白，晚衣弄舞馀衫碧。
◉●◉○○●●；◉○◉●◉○▲

粲宝钿、珠珥不胜持，浓阴夕。
●●○、○●●○○；○○▲

金翦度，还堪惜。霜蝶睡，无从觅。
○◉●；○◉▲　○◉●；○○▲

知多少、好词清梦，酿成冰骨。
◉○◉、◉○○●；○○○▲

天女散花无酒圣，仙人种玉惭香德。
◉●◉○○●●；◉○◉●○○▲

怅攀条、记得鬓丝青，东风客。
●○○、●●●○○；○○▲

（此变体宋、金元词作九首。较正体，唯下阕第四、第五句添两字重组为七字、四字各一句。下阕第五句可分作三字、四字各一句，不作破读。）

变体三　双调九十四字，上阕九句四仄韵，下阕十句五仄韵

张　昇

无利无名，无荣无辱，无烦无恼。

夜灯前、独歌独酌，独吟独笑。

况值群山初雪满，又兼明月交光好。

便假饶百岁拟如何，从他老。

知富贵，谁能保。知功业，何时了。

算簟瓢金玉，所争多少。

一瞬光阴何足道，但思行乐常不早。

待春来携酒瓣东风，眠芳草。

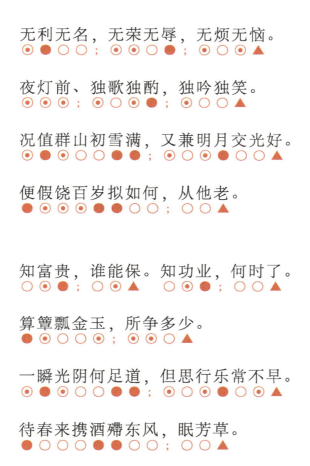

（此变体有张昇、徐元杰、游子蒙三首。上阕第二句添一字分作四字两句，或第一、第二句添一字重组为五字、七字各一句，余同正体。另有何师心、锦溪及无名氏满江红词各一首，变异较多，不予校订。彭元逊、李琳、张炎及彭芳远各有平韵满江红词一首，亦不予校订。）

满江红　（宋词）

秦　观

咏砧声

　　一派秋声，年年向、初寒时节。早又是、半天惊籁，满庭鸣叶。几处捣残深院日，谁家敲落高楼月。道声声、总是玉关情，情何切。　　鬥云起，偏激烈。随风去，还幽咽。正归鸿帘幕，栖鸦城阙。闺阁幽人千里思，江湖旋客经年别。当此时、寂寞倚阑干，成愁结。

满江红　（宋词）

岳　飞

写怀

　　怒髮冲冠，凭栏处、潇潇雨歇。抬望眼、仰天长啸，壮怀激烈。三十功名尘与土，八千里路云和月。莫等闲、白了少年头，空悲切。　　靖康耻，犹未雪。臣子恨，何时灭。驾长车踏破，贺兰山缺。壮志饥餐胡虏肉，笑谈渴饮匈奴血。待从头、收拾旧山河，朝天阙。

满江红　（宋词）

康与之

杜鹃

恼杀行人，东风里、为谁啼血。正青春未老，流莺方歇。蝴蝶枕前颠倒梦，杏花枝上朦胧月。问天涯、何事苦关情，思离别。　　声一唤，肠千结。闽岭外，江南陌。正长堤杨柳，翠条堪折。镇日叮咛千百遍，只将一句频频说。道不如归去不如归，伤情切。

满江红　（宋词）

辛弃疾

送李正之提刑

蜀道登天，一杯送、绣衣行客。还自叹、中年多病，不堪离别。东北看惊诸葛表，西南更草相如檄。把功名、收拾付群侯，如椽笔。　　儿女泪，君休滴。荆楚路，吾能说。要新诗准备，庐江山色。赤壁矶头千古浪，铜鞮陌上三更月。正梅花、万里雪深时，须相忆。

满江红 （宋词）

辛弃疾

赣州席上呈陈季陵太守

落日苍茫，风才定、片帆无力。还记得、眉来眼去，水光山色。倦客不知身近远，佳人已卜归消息。便归来、只是赋行云，襄王客。　些个事，如何得。知有恨，休重忆。但楚天特地，暮云凝碧。过眼不如人意事，十常八九今头白。笑江州司马太多情，青衫湿。

满江红 （宋词）

辛弃疾

暮春

可恨东君，把春去春来无迹。便过眼、等闲输了，三分之一，昼永暖翻红杏雨，风晴扶起垂杨力。更天涯、芳草最关情，烘残日。　湘浦岸，南塘驿。恨不尽，愁如积。算年年孤负，对他寒食。便恁归来能几许，风流已自非畴昔。凭画栏、一线数飞鸿，沈空碧。

满江红　（宋词）

赵师侠

丁巳和济时几宜送春

去去春光，留不住、情怀索莫。那堪是、日长人困，雨馀寒薄。叶底青青梅胜豆，枝头颗颗花留萼。叹流年、空有惜春心，凭春酌。　　歌共酒，谁酬酢。非与是，忘今昨。且随时随分，强欢寻乐。世事燕鸿南北去，人生乌兔东西落。问故园、不负送春期，明年约。

满江红　（宋词）

杨炎正

笔染相思，暗题尽、朱门白壁。动离思、春生远岸，烟销残日。杨柳结成罗带恨，海棠染就胭脂色。想深情、幽怨绣屏间，双鹨鹕。　　春水绿，春山碧。花有恨，酒无力。对一夜愁思，九分孤寂。寸寸锦肠浑欲断，盈盈一泪应偷滴。倩东风、吹雁过江南，传消息。

满江红　(宋词)

严　羽

送廖叔仁赴阙

日近觚棱，秋渐满、蓬莱双阙。正钱塘江上，潮头如雪，把酒送君天上去，琼裾玉珮鹓鸿列。丈夫儿、富贵等浮云，看名节。　　天下事，吾能说。今老矣，空凝绝。对西风慷慨，唾壶歌缺。不洒世间儿女泪，难堪亲友中年别。问相思、他日镜中看，萧萧髮。

满江红　(宋词)

刘克庄

丁巳中秋

说与行云，且擂就、嫦娥今夕。俄变见、金蛇能紫，玉蟾能白。九万里风清黑眚，三千世界纯银色。想天寒、桂老已吹香，堪攀摘。　　湘妃远，谁鸣瑟。桓伊去，谁横笛。叹素光如旧，朱颜非昔。老去欢悰无奈减，向来酒量常嫌窄。倩何人、天外挽冰轮，应留得。

满江红　(宋词)

刘克庄

嫌杀双轮，驾行客、之燕适粤。也不喜、船儿无赖，载他江浙。荡子不归鸳被冷，昭君远嫁毡车发。叹子规、闲管昔人愁，啼成血。　　渭城柳，争攀折。关山月，空圆缺。有琵琶改语，锦书难说。若要人生长美满，除非世上无离别。算古今、此恨似连环，何时绝。

满江红　(宋词)

吴　潜

豫章滕王阁

万里西风，吹我上、滕王高阁。正槛外、楚山云涨，楚江涛作。何处征帆木末去，有时野鸟沙边落。近帘钩、暮雨掩空来，今犹昨。　　秋渐紧，添离索。天正远，伤飘泊。叹十年心事，休休莫莫。岁月无多人易老，乾坤虽大愁难著。向黄昏、断送客魂消，城头角。

满江红 （宋词）

李曾伯

甲申春侍亲来利州道间

衮衮青春，都只恁、堂堂过了。才解得，一分春思，一分春恼。儿态尚眠庭院柳，梦魂已入池塘草。问不知、春意到花梢，深多少。　花正似，人人小。人应似，年年好。奈吴帆望断，秦关声杳。不恨碧云遮雁绝，只愁红雨催莺老。最苦是、茅店月明时，鸡声晓。

满江红 （宋词）

汤　恢

小院无人，正梅粉、一阶狼藉。疏雨过，溶溶天气，早如寒食。啼鸟惊回芳草梦，峭风吹浅桃花色。漫玉炉、沈水熨春衫，花痕碧。　绿縠水，红香陌。紫桂棹，黄金勒。怅前欢如梦，后游何日。酒醒香消人自瘦，天空海阔春无极。又一林、新月照黄昏，梨花白。

满江红 （宋词）

刘辰翁

莺语依然，但春去、人间无约。谁念我、吟情憔悴，醉魂落魄。尽日只将行卷续，有时自整残棋著。向黄昏、细雨闷无憀，青梅落。　　南又北，相思错。朝异暮，人情薄。漫踌躇在目，奢华如昨。海底月沉天上兔，辽东人化扬州鹤。记龙云、波浪岂能平，天难托。

满江红 （宋词）

王清惠

太液芙容，浑不似、旧时颜色。曾记得、春风雨露，玉楼金阙。名播兰簪妃后里，晕潮莲脸君王侧。忽一声、鼙鼓揭天来，繁华歇。　　龙虎散，风云灭。千古恨，凭谁说。对山河百二，泪盈襟血。客馆夜惊尘土梦，宫车晓碾关山月。问嫦娥、於我肯从容，同圆缺。

满江红　（宋词）

文天祥

代王夫人作

试问琵琶，胡沙外、怎生风色。最苦是、姚黄一朵，移根仙阙。王母欢阑琼宴罢，仙人泪满金盘侧。听行宫、半夜雨淋铃，声声歇。　彩云散，香尘灭。铜驼恨，那堪说。想男儿慷慨，嚼穿龈血。回首昭阳离落日，伤心铜雀迎秋月。算妾身、不愿似天家，金瓯缺。

满江红　（宋词）

汪元量

和王昭仪韵

天上人家，醉王母、蟠桃春色。被午夜、漏声催箭，晓光侵阙。花覆千官鸾阁外，香浮九鼎龙楼侧。恨黑风、吹雨湿霓裳，歌声歇。　人去后，书应绝。肠断处，心难说。更那堪杜宇，满山啼血。事去空流东汴水，愁来不见西湖月。有谁知、海上泣婵娟，菱花缺。

满江红　（宋词）

蒋　捷

秋本无愁，奈客里、秋偏岑寂。身老大、炊敲秦缶，懒移陶甓。万误曾因疏处起，一闲且向贫中觅。笑新来、多事是征鸿，声嘹呖。　　双户掩，孤灯剔。书束架，琴悬壁。笑人间无此，小窗幽阒。浪远微听葭叶响，雨残细数梧梢滴。正依稀、梦到故人家，谁横笛。

满江红　（宋词）

黄子行

归自湖南题富春馆

津鼓匆匆，犹记得、故人相送。春江上、鸟啼花影，马嘶香鞚。情逐阳关金缕断，泪和杨柳春丝重。算别来、几度月明时，相思梦。　　山万叠，愁眉耸。春一点，归心动。问风侪月侣，有谁游从。百里家山明日到，一尊芳酒今宵共。任楼头、吹尽五更风，梅花弄。

满江红　（金元词）

段克己

过汴梁故宫城

塞马南来，五陵草树无颜色。云气黯、鼓鼙声震，天穿地裂。百二河山俱失险，将军束手无筹策。渐烟尘、飞度九重城，蒙金阙。　　长戈袅，飞鸟绝。原厌肉，川流血。叹人生此际，动成长别。回首玉津春色早，雕栏犹挂当时月。更西来、流水绕城根，空呜咽。

满江红　（金元词）

李齐贤

相如驷马桥

汉代文章，谁独步、上林词客。游曾倦、家徒四壁，气吞七泽。华表留言朝禁闼，使星动彩归乡国。笑向来、父老到如今，知豪杰。　　人世事，真难测。君亦尔，将谁责。顾金多禄厚，顿忘畴昔。琴上早期心共赤，镜中忍使头先白。能不改、只有蜀江边，青山色。

满江红　（金元词）

萨都剌

金陵怀古

　　六代繁华，春去也、更无消息。空怅望、山川形胜，已非畴昔。王谢堂前双燕子，乌衣巷口曾相识。听夜深、寂寞打孤城，春潮急。　　思往事，愁如织。怀故国，空陈迹。但荒烟衰草，乱鸦斜日。玉树歌残秋露冷，胭脂井壤寒螿泣。到如今、惟有蒋山青，秦淮碧。

满江红　（金元词）

邵亨贞

己酉九日，雨中家居，忆夏士安、颐贞蒙亨叔侄，唐元望、元泰、元弘昆季六人，皆常年同莫菊者，一载之间，俱罹患难，各天一方，信笔纪怀，有不胜情者矣

　　风雨重阳，凭谁问、故人消息。记当日、承平节序，佩环宾席。处处相逢开口笑，年年不负登山屐。是几番、扶醉插黄花，乌巾侧。　　诗酒会，成陈迹。山水趣，今谁识。奈无情世故，转头今昔。冰雪关河劳梦寐，芝兰玉树蓲荆棘。对西风、愁杀白头人，长相忆。

满江红　（金元词）

元好问

嵩山中作

天上飞鸟，问谁遣、东生西没。明镜里、朝为青鬓，暮为华发。弱水蓬莱三万里，梦魂不到金银阙。更几人、能有谢家山，飞仙骨。　　山鸟弄，林花发。玉杯冷，秋云滑。彭殇共一醉，不争毫末。鞭石何年沧海过，三山只是尊中物。暂放教、老子据胡床，邀明月。